国内外经典教材辅导系列·中文类

童庆炳《文学理论教程》（第5版）

笔记和课后习题（含考研真题）详解

（修订版）

主编：圣才考研网

www.100xuexi.com

中国石化出版社

内 容 提 要

本书是童庆炳主编的《文学理论教程》(第5版)的学习辅导书。本书遵循该教材的章目编排，共分16章，每章由三部分组成：第一部分为复习笔记，总结本章的重难点内容；第二部分是课后习题详解，提供该教材的所有习题的参考答案；第三部分是考研真题详解，精选部分参考价值较高的考研真题并提供参考答案。

圣才考研网(www.100xuexi.com)提供童庆炳《文学理论教程》电子书、题库。购买本书享受大礼包增值服务【本书电子书+名校考研真题及详解电子书(手机版、电脑版)】。手机扫码(本书封底)领取本书大礼包。

图书在版编目(CIP)数据

童庆炳《文学理论教程》(第5版)笔记和课后习题(含考研真题)详解/圣才考研网主编. —2版. —北京：中国石化出版社,2018.12(2021.7重印)
国内外经典教材辅导系列
ISBN 978-7-5114-5141-5

Ⅰ.①童… Ⅱ.①圣… Ⅲ.①文学理论-研究生-入学考试-自学参考资料 Ⅳ.①I0

中国版本图书馆CIP数据核字(2018)第285465号

中国石化出版社出版发行
地址:北京市东城区安定门外大街58号
邮编:100011 电话:(010)57512500
发行部电话:(010)57512575
http://www.sinopec-press.com
E-mail:press@sinopec.com
武汉市盛宏源印务有限公司印刷
全国各地新华书店经销
*
787×1092毫米 16开本 12.75印张 320千字
2018年12月第2版 2021年7月第2次印刷
定价:58.00元

序　言

我国各大院校一般都把国内外通用的权威教科书作为本科生和研究生学习专业课程的参考教材，这些教材甚至被很多考试（特别是硕士和博士入学考试）和培训项目作为指定参考书。为了帮助读者更好地学习专业课，我们有针对性地编著了一套与国内外教材配套的复习资料，并提供配套的名师讲堂、电子书和题库。

童庆炳主编的《文学理论教程》（第5版）是我国高校采用较多的文学理论经典教材。作为该教材的配套辅导书，本书具有以下几个方面的特点：

1．整理名校笔记，浓缩内容精华

每章的复习笔记以童庆炳主编的《文学理论教程》（第5版）为主并结合其他文学理论教材对本章的重难点知识进行了整理，并参考了国内名校名师讲授《文学理论》的课堂笔记，因此，本书的内容几乎浓缩了该学科的知识精华。

2．解析课后习题，提供详尽答案

本书参考大量文学理论相关资料对该教材的课（章）后习题进行了解答，有针对性地梳理了知识点之间逻辑关系。

3．精选考研真题，强化应试能力

为了强化考生运用知识进行解题的能力，本书精选了部分参考价值较高的考研真题，并提供参考答案。所选考研真题基本涵盖了各个章节的热点和难点。

要深深牢记：第一，目前，部分高校研究生院往往会给考研专业课的复习指定一些参考书目，这些参考书目无疑是备考考生最重要的复习对象，但是，研究生入学考试作为一种发掘科研人才的选拔性考试，其属性决定考生仅仅把对专业知识的了解与掌握拘囿于一、两本参考书目是远远不够的，必须是对整个专业的学术概况有一定的了解，基于此，本书对笔记的编写和题目的选择融合了整个学科的重要资源，而不是只以一本教材作为依据。第二，考研不同一般考试，概念题（名词解释）要当作简答题来回答，简答题要当作论述题来解答，而论述题的答案要像是论文，有的论述题的答案简直就是一份优秀的论文（其实很多考研真题就是选自一篇专题论文），完全需要当作论文来回答。总之，答得多不扣分，答得少则可能漏掉采分点！

购买本书享受大礼包增值服务。手机扫码（本书封底）领取本书大礼包。具体包括：①本书电子书（手机版、电脑版）；②全国名校文学理论考研真题及详解电子书。

圣才考研网（www. 100xuexi. com）是圣才学习网旗下的考研考博专业网站，提供全国各高校教育类专业考研考博辅导班、电子书、题库、全套资料（历年真题及答案、笔记讲义等）、国内外经典教材名师讲堂、考研教辅图书等。

圣才考研网编辑部

目　录

第一编　导　论

【名师点拨】

由于文学理论学科的复杂性，加之初学者对这一学科知识的储备有限，从而对文学理论的性质和形态等存在认识不足、理解不深的问题。因此，对于文学理论这门学科的学习，需要在掌握基本概念和原理的基础上，自主思考各个知识点之间的关系，并尝试理解文学理论研究名家的相关经典论述，以增强对抽象内容的认识和理解。思考以下问题对学习本编内容很有帮助：

1. 文学有哪些基本要素？
2. 文学与文学研究的区别是什么？
3. 文学批评、文学理论、文学史之间的关系是什么？为什么说三者不可分离？
4. 为什么说文学鉴赏不是文学研究？
5. 作品鉴赏在文学研究中的作用是什么？
6. 如何理解文学研究的客观性与相对性？
7. 如何理解马克思主义文学理论的核心和优越性？
8. 马克思是如何论述文学与社会关系的？

第1章　文学理论的性质和形态

1.1　复习笔记

一、文学理论的性质

(一)文学理论的学科归属

1. 文艺学概述

文艺学是一门研究文学活动的理论学科，它不仅会揭示文学活动的基本规律，而且对文学活动也有着指导和支持作用。

(1)文艺学的特点

①文艺学具有复杂性，这是因为其研究的对象，即文学，本身就是一个复杂的整体。

②文艺学具有系统性，文艺学包含着不同的具体理论等知识体系，它们之间又互相联系形成一个系统。

(2)文艺学研究的发展

①“文艺学”在早期的中国和西方都被称为“诗学”或“诗论”，这是因为早期的文学大多都以诗歌这一体裁作为开端。直到19世纪，整个文学研究基本上仍处于笼统的未分化的状态。

②20世纪以来，随着学科的进一步分化，文艺学发展出了不同的分支用以适应文学实践的不断多样化。文艺学的各分支展现了不同的文学研究视角和方法，它们既相互独立又相互联系。在这个过程中，严格意义上的文学理论也随之成立。

(3)文艺学的分支

国内外文学理论界一般把文艺学区分为文学理论、文学批评和文学史三个分支。这三个分支一方面各自有其独特的研究范围、对象、任务和功能，另一方面又相互联系、渗透和作用。三者间的关系具体表现为：

①区别

a. 文学理论是对文学的原理、文学的范畴和判断标准等类问题的研究。

b. 文学批评或文学史是对具体的文学艺术作品的研究。

②联系

a. 文学史包含的文学材料为文学理论讨论的对象，文学批评实践的成果为文学理论进一步深化提供了依据。

b. 文学理论为文学史、文学批评提供指导作用。如果没有文学理论的指导，文学史就会成为一堆散乱的材料，文学批评也会成为个人情感的随意抒发。

2. 文学理论的学科归属

文学理论是文艺学三个分支之一，与其他分支有极其密切的联系。文学理论不同于文学史、文学批评，它具有普遍性，揭示的是文学研究中的一般性规律，起指导作用；而文学史、文学批评具有特殊性，它们包含着具体的作家、作品、文学现象，是文学理论研究的基础。

(二)文学理论的对象和任务

1. 文学四要素的观点

文学的四要素包含世界、作品、读者、作家，这四个要素共同组成了文学活动。这一观点是由艾布拉姆斯在《镜与灯——浪漫主义文论及批评传统》中提出的。

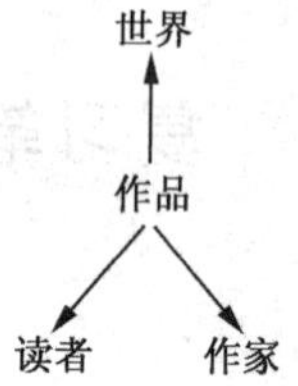

2. 文学理论的任务

(1)文学活动发展论：文学活动是伴随着人类共同发展的，随着时代的变化，文学活动会呈现出不同的历史特征，而文学理论就是要去发现这些特征。

(2)文学活动本质论：文学活动具有特殊性，不同于人类其他的精神活动，而文学理论就是要研究文学活动的这一特殊性，也就是发现文学活动的本质。

(3)文学创造论：文学以社会生活为创作的源泉，文学创作者通过特殊的创作方式将社会生活变为文学文本，而文学理论就是要对这一创作的方式与规律进行研究。

(4)作品构成论：文学作品由诸多方面构成，其中包括主题、形象、语言、风格等方面，而文学理论就是要对这些方面及其相互关系进行研究。

(5)文学接受论：文学文本如果离开了读者的阅读与欣赏就不能成为作品，只有读者将其经验为审美对象，文学文本的使命才得以完成，而文学理论就要探究读者接受文本的过程与规律。

（三）文学理论的应有品格

1. 文学理论的实践性

(1) 文学理论建立在文学活动的实践之上，如果没有对从古至今的文学活动实践的归纳总结，文学理论就只是空谈。先有文学活动的实践，然后才会有文学理论的概括。

(2) 文学理论还需要通过检验才能得以成立，而这检验的标准就是文学活动的实践。

(3) 对待马克思主义文艺理论的态度：一要坚持，二要发展。

2. 文学理论的价值取向

文学活动的价值取向应该是民主的、科学的和现代的。

(1) 民主的。文学应该是喜闻乐见的，应该满足广大人民的审美需求，而不应该只迎合少数人的审美倾向。

(2) 科学的。文学理论应该通过科学的方法总结出文学规律，这并不是说一定要通过精密的计算等方式进行文学研究，而是说文学理论要具有逻辑性、学理性。

(3) 现代的。文学理论应该时刻回应时代的需要，也应该具有引领性，不能只面向过去，而更应该用现代化的方式设想未来。

二、文学理论的形态

（一）文学理论形态多样化的依据

文学理论的形态与文学研究的客体及视角密切相关。文学活动在意向上可以理解为两个过程：

1. “文学创作 – 文学作品 – 文学接受”过程。

2. “文学生产 – 作品价值生成 – 文学消费”过程。

从这两个过程我们可以发现，文学研究的客体可以变化为多个对象，并且可以通过多种视角进行考察，所以，文学理论就呈现出了多种样态。

（二）文学理论的基本形态

1. 从文学创作 – 文学作品 – 文学接受这一流动系统看

(1) 文学创作是对社会生活的反映，反映论这个马克思主义的哲学视角，是揭示文学活动的基本视角，因此以反映论为基础的文学哲学是文学理论的一个基本形态。

(2) 在创作 – 作品 – 接受的过程之中，不同主体的心理都有参与。所以，文学研究需要结合心理学分析的方法与视角，才能对不同主体的心理行为进行分析，从而更好地理解文学活动这一整体。

(3) 创作 – 作品 – 接受的过程，是一个符号化的过程，文学接受首先要破译语言符号，而文学符号学也理所当然地成为文学理论的一种基本形态。

(4) 这样一来，从信息学的视角来研究文学活动必然会形成一个新的学科——文学信息学。创作 – 作品 – 接受过程就是一个完整的信息传播系统。作者创作是信息的生成，作品发表是信息的传播，读者阅读是信息的接收，作者再根据读者的阅读进行创作则是信息的反馈。所以，文学理论还需要信息学的参与。

2. 从文学生产 – 作品价值 – 文学消费这一流动的系统来看

(1) 文学从生产再到消费不是由单一的个体完成的，而是由社会参与的，是一个社会文化过程。所以，文学理论中还需要融入社会学的视角，而且这一视角具有独特的地位。

(2) 这一过程对文学的艺术价值的产生、建立、确证有着重要作用。艺术价值在文学生产中产生，在文学作品中得以建立，在文学消费中得以确证。因此，由价值学视角所形成的文学价值学可以也必然成为文学理论的一种形态。

(3)文学创作－文学作品－文学接受系统与文学生产－文学价值－文学消费系统并不是完全割裂的，两者是相互联系的，这要求文学理论把两者统一起来，这就要加入文学文化学的视角。

3．小结

文学理论有着丰富的基本形态：从文学创作－文学作品－文学接受系统看，有文学哲学、文学心理学、文学符号学、文学信息学四种基本形态；从文学生产－文学价值－文学消费系统看，有文学社会学、文学价值学两种基本形态；而将两者统一起来看，有文学文化学这一基本形态。

【知识点引申】

弗洛伊德谈文学创作的心理学动因：①人的潜意识中存在欲望，欲望之中对人产生决定性的欲望是性欲；②在社会规范中，欲望是受到压制的，因而人们需要通过一定的途径来释放自己的欲望；③欲望的释放需要合乎社会的规范并被社会所接受，艺术就成为一种方式。综上，艺术是力比多的体现，艺术是艺术家避免崩溃的工具。

『名家名论』

人文学科的重心在于具体和个别的事实，而个别的事实只有在参照某种价值体系时才能被理解。

——李凯尔特

画者画物，度物象而取真。

——荆浩

1.2 课后习题详解

1．试从学科归属、对象任务和学科品格三个角度，说明文学理论的性质。

答：(1)从学科归属上看

文学理论属于文艺学，是文艺学的重要分支。文学理论不同于其他两个分支，即文学史、文学批评，它具有普遍性，揭示的是研究文学中的一般性规律，起指导作用。而文学史、文学批评具有特殊性，它们包含着具体的作家、作品、文学现象，是文学理论研究的基础。

(2)从对象任务上看

①文学活动发展论：文学活动是伴随着人类共同发展的。随着时代的变化，文学活动会呈现出不同的历史特征，文学理论就是要去发现这些特征。

②文学活动本质论：文学活动具有特殊性，不同于人类其他的精神活动。文学理论就是要研究文学活动的这一特殊性，也就是发现文学活动的本质。

③文学创造论：文学以社会生活为创作的源泉。文学通过特殊的创作方式将社会生活变为文学文本。而文学理论就是要对这一创作的方式与规律进行研究。

④作品构成论：文学作品由诸多方面构成，其中包括主题、形象、语言、风格等方面。而文学理论就是要对这些方面及其相互关系进行研究。

⑤文学接受论：文学文本如果离开了读者的阅读与欣赏就不能成为作品。只有读者将其经验为审美对象，文学文本的使命才得以完成。文学理论就要发现读者接受文本的过程与规律。

(3)从学科品格上看

文学理论具有实践性和自身独特的价值取向。

①文学理论的实践性：文学理论建立在文学活动的实践之上，如果没有从古至今文学活动的实践及其总结，文学理论就只是空谈。先有文学活动的实践，然后才会有文学理论的概括。除此之外，文学理论还需要通过检验才能得以成立，而这检验的标准就是文学活动的实践。

②文学理论的价值取向：

文学活动的价值取向应该是民主的、科学的和现代的。

a. 民主的。文学应该是喜闻乐见的，应该服务于广大人民的审美理想，他不应该只满足少数人的审美倾向。

b. 科学的。文学理论应该通过科学的形式总结出文学规律，这并不是说一定要通过精密的计算等方式进行文学研究，而是说文学理论要具有逻辑性、学理性。

c. 现代的。文学理论应该时刻回应时代的需要，也应该具有引领性，不能只面向过去，而更应该用现代化的方式设想未来。

2. 文学理论有哪几种基本形态？其划分的依据是什么？

答：参见本章复习笔记。

1.3 考研真题详解

一、填空题

1. ______的《镜与灯——浪漫主义文论及批评传统》论述了文学的作品、作家、世界、读者四要素。[首都师范大学2012年研]

相关试题：《镜与灯——浪漫主义文论及批评传统》的作者是______。[中山大学2017年研]

【答案】M. H. 艾布拉姆斯

【解析】美国当代文学理论家M. H. 艾布拉姆斯教授作于1953年的《镜与灯——浪漫主义文论及批评传统》是现代文学理论的扛鼎之作。本书着重讨论了西方浪漫主义文学理论和文学批评，同时也对西方文艺理论做了一个全面总结和回顾，从历史发展角度阐述了“模仿说”“实用说”“表现说”和“客观说”。此外，艾布拉姆斯还在该书中提出了著名的文学四要素理论，即“作品、世界、作家、读者”。

2. 文艺学分为文学批评、文学史、______。[暨南大学2014年研]

相关试题：人们通常把文艺学分为三个分支，即______、______、______。(**【答案】**文学批评；文学史；文学理论)[扬州大学2017年研]

【答案】文学理论

【解析】文艺学是一门研究文学活动的理论学科，它不仅会揭示文学活动的基本规律，而且对文学活动也有着指导和支持作用。它包含文学理论、文学史、文学批评三个分支，它们相互独立又相互联系。

二、名词解释

1. 逻各斯[北京大学2013年研]

答：逻各斯在希腊语中记为“logos”，是欧洲古代和中世纪常用的哲学概念，逻各斯一般指世界的可理解的规律，因而也有语言或“理性”的意义。自赫拉克利特最初把“逻各斯”引入哲学中后，它当时既有语言、说明、尺度之蕴，又有理性、法则之意。海德格尔曾经从语源学上对逻各斯有过考证，他认为古希腊语中的“logos”，起源于“legein”，而“legein”，在古希腊语中意为“说话”。后来，德里达继承海德格尔的思路对西方哲学进行了总的概括，提出了以逻各斯为中心的逻各斯中心主义。

2. 艾布拉姆斯的艺术四要素［南京大学2011、2014年研］

相关试题：

（1）文学四要素及其关系。［简答题，山东大学2022年研；南京师范大学2022年研；厦门大学2021年研］

（2）文学四要素［中国传媒大学2012年研］

（3）艾布拉姆斯所说的文学活动四要素［南京大学2010年研］

答：文学四要素说是美国学者艾布拉姆斯在他的《镜与灯——浪漫主义文论及批评传统》一书中提出的观点。他认为文学是一种活动，由四个相关的要素构成，即世界、作家、作品和读者，四者共同构成文学活动。一切文学作品都有源泉，这就是生活，即“世界”；生活要经过“艺术家”的加工改造，这样才能创造出具有意义的文本，即“作品”；作品如果束之高阁，不跟读者，即“欣赏者”见面，也还不能构成完整的文学活动。这四个要素并不是割裂的，它们有着渗透和依存关系，要从整体上予以把握。

三、论述题

试论述柏拉图和亚里士多德的“模仿说”的异同。［同济大学2012年研；北京大学2015年研］

答：“模仿说”是关于文学起源和文学本质的学说，它起源于古希腊。“模仿说”认为艺术作品起源于对于现实的模仿，赫拉克利特、德谟克利特、柏拉图、亚里士多德以及后世许多文艺理论家、艺术家都持这种观点。其中，柏拉图和亚里士多德都对此进行了精妙的论述，两人对文艺创作活动的认识具有一定的传承性。但作为古希腊杰出的思想家、美学家和文艺理论家，两者都具有完整的、个性的认识世界的方式，“模仿说”只是建立在他们的唯心主义哲学理论体系上的一部分，因此具体阐释和最终结论都存在较大的不同。

（1）相同之处

柏拉图和亚里士多德都认为文艺的本质在于模仿，在一定程度上反映了现实世界。柏拉图认为文艺创作是模仿感觉世界的活动，艺术品就是由感性事物引起人的灵魂对美的理式的回忆而产生的，是低于现实世界和理式世界的。亚里士多德则认为文艺是创造性的模仿。他认为宇宙间的事物都是物质与形式的统一，艺术的模仿不是抄袭事物的外形，而是一种从质料发展成为形式的有机过程，是一种创造性的活动。

（2）不同之处

柏拉图认为艺术作品是对于现实世界的模仿，而现实世界本身是对于“理念”的模仿，因此艺术作品就是对模仿的模仿，距离真理性的“理念”隔了两层。正是因为这样的艺术本质观，使得柏拉图认为艺术家作为模仿者是缺少“真知识”的无能的人，包括荷马这样伟大的诗人亦不过如此，因为他们不能直接模仿“理念”，只会制造出一些和“理念”相隔甚远的影像。由此，柏拉图将诗人称为“影像制造者”，认为诗歌模仿的影响力使得理性无法很好地指导人们。柏拉图与亚里士多德不同，他将模仿与真理联系了起来，虽然说“艺术和真理隔着三层”，但两者之间的联系不可否认，他也试图从两者之间的关系来揭示艺术与文学的本质。后世的一些理论家也持有类似的观点，把艺术家称作“仿造者”。

亚里士多德的“模仿说”是在柏拉图理论的基础上发展而成的。虽然同样承认艺术作品是对现实世界的模仿，但不同于柏拉图的是，亚里士多德认为现实世界本身是真实的，因而对于现实世界进行模仿的艺术作品本身也是具有意义的。同时，他明确提出艺术模仿的对象是“行动中的人”，是人的性格、感受和行动。因此，艺术比现实更为真实，其所模仿的绝不是柏拉图所言的世界的表象，而是现实世界的必然性和普遍性，即其内在的本质和规律。也正因为如此，亚里士多德充分肯定了艺术创作主体的积极性和能动性，即艺术家作为模仿者并非由于无能，而是天性使然。诗人对自然的模仿并非依样画葫芦，他不是被动者，而是不同于历史学家的主动创造者：“历史学家与诗人的区别……在于前者记述已发生的事，后者描述可能发生的事。”

亚里士多德的“模仿说”也对后世产生了深远的影响，文艺复兴和启蒙运动时期的前驱们都继承了亚里士多德的“模仿说”，强调艺术家、诗人的创造性，强调通过想象、虚构，把理想与现实结合起来。例如，狄德罗“理想范本”的演剧观就承袭了亚里士多德的理念，两者都认为戏剧作品不应该对现实状况或自然状态进行完全照搬的模仿，而是模仿蕴含在自然中的真理。

综上所述，通过柏拉图和亚里士多德的比较可以看出，尽管两人都承认艺术的本质在于模仿，但柏拉图的“镜子模仿论”是其客观唯心主义思想在文艺领域的反映，而亚里士多德的“模仿说”则更具有客观性的因素，突出了文艺本身的作用。

第2章 马克思主义文学理论与中国当代文学理论建设

2.1 复习笔记

一、马克思主义文学理论的基石

(一)艺术活动论

1. 文学活动论的来源

(1)马克思主义认为，人类的活动可以分为两个基本的层次：一是物质生产活动，二是精神生产活动。

(2)人类的精神生产活动必须以物质生产活动为基础，物质生产活动在最终的意义上决定了人类的精神生产活动。

(3)文学是一种精神生产活动，但有其区别于其他精神生产活动的属性——审美性。

2. 马克思主义“异化劳动”的观点

马克思在考察资本主义的发展的时候，发现人的异化和人的劳动的“异化”，“异化劳动”主要表现在四个方面：

(1)人同劳动产品的异化。

(2)人同劳动本身的异化。

(3)人同人的类本质的异化。

(4)人同人的异化。

3. 人的生活活动和动物的生命活动是不同的

(1)马克思认为：“动物和它的生命活动是直接同一的。动物不把自己同自己的生命活动区别开来……有意识的生命活动把人同动物的生命活动直接区别开来。”

(2)人的生活活动用马克思的话来说是以“自由自觉”为基本特性的。

①“自由”，是指人的活动是建立在关于人对对象世界的规律认识的基础上的，是有意识的，并以理性为指导的。

②“自觉”，是说人的活动是有目的的、有计划的、能动的。

4. 人的生活活动的特性

人的生活活动是通过主体人的活动把自己的精神的、肉体的力量体现在客体的对象中。文学活动论的意义在于把文学艺术与人的能动的力量联系起来。

(二)艺术交往论

在生产与消费的关系中，马克思特别强调它们之间的媒介与转换，认为“一条铁路如果没有通车不被磨损，不被消费，它只是可能的铁路，不是现实的铁路”。这一观点后来被西方的马克思主义所发展，形成了对话交往理论。文学作为一种语言符号的艺术，更是主体间交往对话的理想之域。

(三)艺术生产论

1. 艺术生产论的形成

马克思在考察资本主义的经济的发展后，又从经济学的观点来看待文学艺术活动，提出

"艺术生产"的概念。艺术生产论强调了文学艺术不是孤立的存在，它的发展与社会的经济发展的变化密切相关。人们必须从社会的物质生产和精神生产的实践中，从生产、消费、分配、交换的关系中，才能获得对文学艺术的最终的解释。

2. 马克思的"艺术生产"概念的多种意义

(1)把物质生产与作为精神生产的艺术生产相比较，并不专指某一特定历史时期的艺术现象。

(2)同时论述物质生产与艺术生产的不平衡关系，认为艺术的一定繁盛期不与社会的一般发展成比例。

(3)艺术生产是指实际的艺术创作过程。

(4)专指在资本发展时期，一切艺术生产是为资本创造价值，一切艺术品都具有商品的属性。

(四)艺术反映论

1. 马克思主义认为，意识形态是对于社会存在的反映，并且意识形态与社会存在相互作用，即文学作为一种意识形态，也是社会生活的反映，但不是刻板的反映，而是能动的反映。文学反映生活，也反作用于生活。

2. 马克思和恩格斯所阐述的这个历史唯物主义原理被运用于对文学活动性质的解说。表现在：

(1)列宁用"反映"这个词说明了文学是对于生活的反映。

(2)毛泽东指出："人民生活中本来存在着文学艺术原料的矿藏，这是自然形态的东西，是粗糙的东西，但也是最生动、最丰富、最基本的东西；从这点上说，它们使一切文学艺术相形见绌，它们是一切文学艺术的取之不尽、用之不竭的唯一的源泉。"并进一步强调："文艺作品中反映出来的生活却可以而且应该比普通的实际生活更高，更强烈，更有集中性，更典型，更理想，因此就更带有普遍性。"

(五)文学审美意识形态论

1. 文学审美意识形态论的产生

马克思、恩格斯根据历史唯物主义，把文学艺术纳入他的整个社会结构理论中，明确指出文学艺术是生产关系总和构成的社会经济基础的上层建筑，是上层建筑中的一种社会意识形态。

2. 文学审美意识形态论的特点

把文学艺术看成是"审美意识形态"，意味着文学艺术是社会意识形态的变体。它既具有意识形态的性质，又具有审美的性质，是这两者的有机结合。

(六)人民文学论

"人民文学"应该是文学"人民性"的丰富展开。

1. 不能将"人民文学"简单地理解为文学题材问题。

2. 不能简单地把"人民文学"理解为是一个认识问题。

3. 不能简单地把"人民文学"理解为抽象的概念。

【知识点引申】

马克思主义文学理论对文学研究的作用：①马克思主义文学理论十分重视一种具体的思想、文化现象与社会之间的关系，可以从宏观的角度上阐释文学发生、发展的原因并对文学变化的方向做出解释，同时也可以揭露作品深层的社会含义，这对于文学研究是有价值的；

②社会的变化可以改变社会主体观念和思想，但“它们的形式与风格、类型和实际文学标准的形成究竟其社会起因何在罕有确实可靠的论证”。(摘自韦勒克《文学理论》)

二、中国当代的文学理论建设

(一)以马克思主义作为理论指南

1. 以马克思主义作为理论指南的原因

马克思主义是人类历史经验与智慧的结晶，值得我们认真总结。

2. “以马克思主义为指导思想”的两层含义

(1)马克思主义的文学理论由马克思、恩格斯开创，并在其后的历史发展过程中不断得到丰富和发展。

(2)我们将马克思主义文学理论的基本原理、原则，毫不动摇地贯彻到对各种文学问题的考察和研究中去。

(二)中国特色

中国当代的文学理论应当具有中国特色，马克思主义文学理论也只有同世界各国的民族文化相结合才能生根、发芽、成长。马克思主义中国化应注意以下两点：

1. 当代文学理论的建设必须植根于民族文化和文学的土壤之中，中国特色是马克思主义文学理论中国化的必然结果，只有这样，它才能走向世界。

2. 寻求马克思主义文学理论与中国传统文学理论的结合点，实现古今对话和现代转化。

(三)当代性

建设中国当代的文学理论，必须具有当代性，体现时代精神。中国当代文学理论具有当代性并体现时代精神，须做到以下几点：

1. 必须联系当下现实，解决在文学发展中提出的新问题。

2. 必须面对现代西方文论的挑战。

3. 必须注意吸收新兴学科的一切有益成果，以完善文学理论和方法，建设新的学科增长点。

『名家名论』

动物和它的生命活动是直接同一的。动物不把自己同自己的生命活动区别开来。它就是这种生命活动。

——马克思：《1844 年经济学哲学手稿》

人的活动是自由自觉的活动：“劳动过程结束时所取得的成果在劳动开始时就已存在于劳动者的观念中了，已经以观念的形式存在着了。”

——马克思：《资本论》

不是意识决定生活，而是生活决定意识。

——马克思、恩格斯：《德意志意识形态》

当艺术生产一旦作为艺术生产出现，它们(指艺术形式——引者)就再不能以那种在世界史上划时代的、古典的形式创造出来。

——马克思：《〈政治经济学批判〉导言》

作家所以是生产劳动者，并不是因为他生产观念，而是因为他使出版他的著作的书商发财，也就是说，只有在他作为某一资本家的雇佣劳动者的时候，他才是生产的。

——《马克思恩格斯全集》第 26 卷

生产直接是消费，消费直接是生产。每一方直接是它的对方。可是同时在两者之间存在着一种中介运动。生产中介着消费，它创造出消费的材料，没有生产，消费就没有对象。但是消费也中介着生产，因为正是消费替产品创造了主体，产品对这个主体才是产品。产品在消费中才得到最后完成。

——马克思：《〈政治经济学批判〉导言》

托尔斯泰的思想，是我们的农民起义的弱点和缺点的一面镜子，是家长制农村的软弱和勤劳庄稼汉的习以为常的懦弱的反映。

——列宁：《列夫·托尔斯泰是俄国革命的镜子》

艺术作为意识形态现象，其特殊实质就在于这种“审美方面”。

意识形态原则上只有在各种表现中——作为哲学意识形态、政治意识形态、法的意识形态、道德意识形态、审美意识形态——才会现实地存在。

——阿·布洛夫：《美学：问题和争论》

作为观念形态的文艺作品，都是一定的社会生活在人类头脑中的反映的产物。……人民生活中本来存在着文学艺术原料的矿藏，这是自然形态的东西，是粗糙的东西，但也是最生动、最丰富、最基本的东西；在这点上说，它们使一切文学艺术相形见绌，它们是一切文学艺术的取之不尽、用之不竭的唯一源泉。

——毛泽东：《在延安文艺座谈会上的讲话》

文艺作品中反映出来的生活却可以而且应该比普通的实际生活更高，更强烈，更有集中性，更典型，更理想，因此就更带普遍性。

——毛泽东：《在延安文艺座谈会上的讲话》

2.2 课后习题详解

1. 作为马克思主义文学理论的基石是什么？试作简要说明。

答：马克思文学理论的五大基石如下：

（1）文学活动论

文学活动论的意义在于把文学艺术与人的能动的力量联系起来。文学是作为主体的人的能动的创造，它塑造人，是一种“人学”。

（2）文学反映论

文学反映论认为文学反映生活也反作用于生活。

（3）艺术生产论

艺术生产论强调了文学艺术不是孤立的存在，它的发展与社会的经济发展的变化密切相关。艺术生产是指实际的艺术创作过程。

（4）文学审美意识形态论

文学艺术是建立在社会经济基础之上的上层建筑，是上层建筑中的一种社会意识形态。文学艺术作为主体的创造，是通过语言所呈现出来的“审美意识形态”。

（5）艺术交往论

马克思在论述生产与消费的关系时，特别强调它们之间的媒介与转换，认为“一条铁路如果没有通车不被磨损，不被消费，它只是可能的铁路，不是现实的铁路”。这一观点后来被西方马克思主义所发展，形成了对话交往理论，即文学活动就是由世界、作家、作品、读者构成的一个交往结构。

2. 试概括出马克思主义对文学理解的特点。

答：马克思主义对文学理解的特点主要有：

(1)跨学科阐释，多角度、多样化展露文学面相。

①从人类学的观念看，文学是人的活动。

②从辩证唯物论的观念看，文学是人的一种反映活动。

③从现代的经济学观念看，文学是一种艺术生产活动。

④从美学的社会的观点看，文学是审美意识形态。

⑤从历史唯物论角度看，文学是“人民文学”。

⑥从媒介和符号的观念看，文学是一种交往对话。

(2)马克思主义文学理论是从实践出发并且时刻作用于社会现实的，也就是说它既来源于存在又作用于存在，并在存在中发展。所以其发展与更新总是与社会现实密切相关的。

(3)马克思主义文学理论主要是在对康德以来特别是对黑格尔、费尔巴哈的哲学、美学、文学思想的批判继承中完成的。不仅是在社会主义国家发扬光大，也在西方发展出“西方马克思主义”。可以说马克思主义文学理论经历过历史的洗礼和验证。

3. 建设中国当代的文学理论应注意几个方面的问题？

答：建设中国当代的文学理论应注意以下三个方面的问题：

(1)以马克思主义作为理论指南

①必须以马克思主义的世界观和方法论作为指导。

②马克思主义的文学理论不但是马克思、恩格斯的创造，而且在其后的历史发展过程中不断得到丰富和发展。

(2)应具有中国特色

①中国特色是指当代文学理论的建设必须植根于民族文化和文学的土壤之中，中国特色是马克思主义文学理论中国化的必然结果。只有这样，它才能走向世界。

②使马克思主义的普遍真理同中国实际相结合寻求马克思主义文学理论与中国传统文学理论的结合点实现古今对话和现代转化。

(3)要具有当代性，体现时代精神

①联系当下现实，解决在文学发展中提出的新问题，总结新经验，在当代补充文学理论，应用文学理论。

②必须面对20世纪西方文论的挑战。要以辩证唯物主义和历史唯物主义的世界观和方法论，揭露20世纪西方文论非理性主义的、形式主义的实质，吸取精华，摒弃糟粕。

③随着科学的发展，20世纪出现了许多新的学科，这些新学科反映了20世纪科学的新成果。必须注意吸收其所提供的一切有益成果，以补充理论方法，建设新的学科增长点。跨学科阐释，多角度、多样貌展露文学面相。

2.3 考研真题详解

一、填空题

主张交往诗学批评的理论家是______。[南开大学2011年研]

【答案】哈贝马斯

【解析】哈贝马斯的交往诗学批评纠正了法兰克福学派的“左倾激进主义”的倾向，试图建立起一种崭新的以“话语”和“共识”为中心的交往行为理论体系，强调文学和艺术的自律性，将其作为现代社会的有机组成部分，构成了“文学公共领域”。这种理论的提出实际上发挥的是交往理性的作用，其本质是交往。

二、名词解释

1. “按照美的规律造型”［北京师范大学2014年研］

答：“按照美的规律造型”是马克思主义美学的重要观点，是马克思在著名的《1844年经济学哲学手稿》（简称《手稿》）中提出的。马克思在《手稿》中提出：“动物只按照他所属的那个物种的标准和需要去制造，而人却知道怎样按照每个物种的标准来生产，而且知道怎样把本身固有的（内在的）标准运用到对象上来制造，因此，人还按照美的规律来制造。”这就是著名的关于人类按照美的规律造型的经典论断。在这里，马克思表述了两个方面的理论内涵：一是严格区分了人的劳动与动物的劳动的质的不同，强调人的生产是有目的、有意识的，并且在劳动中体验到包括情感、智慧、意志等在内的人的本质力量；而动物则不能意识到劳动的目的，动物只是在直接的肉体需要的支配下生产，是一种受自然法则制约的本能行为。二是他第一次提出了“人按照美的规律来造型”的命题，揭示了精神追求在生产活动中的作用。其实，人在整个劳动过程中都在努力寻找并积极体现劳动产品以及劳动本身的审美价值。

2. 文学活动论［中国传媒大学2016年研］

答：文学活动论是马克思主义文学理论的基石之一。马克思主义把文学艺术活动看成是人的生活活动，不同于动物的生命活动，人的生活活动是“自由自觉”的，是人的本质力量的对象化，即通过主体人的活动把自己的精神的、肉体的力量体现在客体的对象中。因此可以说，把文学艺术与人的能动力量联系起来就是“文学活动论”的意义。

3. 艺术生产［河南大学2021年研］

答：艺术生产是指以审美思维和审美物化为手段进行艺术创作和制作的活动。马克思在考察资本主义的经济的发展后，又从经济学的观点来看待文学艺术活动，提出“艺术生产”的概念。艺术生产，既不像一般物质生产那样，完全基于实用的目的，生产人类必需的生活用品，也不像一般精神生产那样，是一种纯粹的理论演绎和概念论证，而是将自己的主体精神和审美意识渗透于生产过程，并物化为审美产品的活动。艺术生产有以下几个方面的特点：①精神性与物质性的统一。②审美属性与商品属性的并重；③创造性与工艺性的结合。④个体生产与集体生产的交叉。

三、简答题

如何理解艺术交往论？［中国传媒大学2012年研］

答：（1）含义

马克思关于生产、消费、分配、交换相互之间的交往理论，成为后来马克思主义理论发展的一个重点。20世纪西方法兰克福学派的重要理论家哈贝马斯在继承了马克思的理论和方法的基础上，提出了交往行为理论，这种交往行为理论应用在文学理论上，是把文学艺术理解为一种交往和对话。在他看来，两个具有语言和行为能力的主体都可以用符号作为中介达成一种对话关系。文学作为一种语言符号的艺术，更是主体与主体之间对话与交往的理想之域。这里以作品为中心构成了作家与作家、作家与此岸世界、作家与读者、作家与彼岸世界的交往关系。这样，文学活动就成了由世界、作家、作品、读者所构成的一个交往结构。

（2）特点和类型

广义的艺术交往的特点是创造性，狭义的艺术交往的特点则兼具憧憬性、虚构性与创造性。艺术交往本身具备三种类型：其一，作为特定社会角色的创作者和鉴赏者之间的交往；其二，创作主体和创作对象、鉴赏主体和鉴赏对象之间的交往；其三，作为创作对象或鉴赏对象的人物之间的交往。

(3)意义

①艺术交往促进文学活动的最终完成

马克思的政治经济学著作在谈及生产与消费的关系时，特别强调它们之间的媒介与转换，认为“一条铁路如果没有通车不被磨损，不被消费，它只是可能的铁路，不是现实的铁路”。那么也就不难理解文学作为一种语言符号的艺术，本身就是主体间交往对话的参与者和最终产物。

②艺术交往促进艺术风格的形成

艺术风格作为个人表征与群体表征，乃是社会认知的重要依据。艺术风格与主体特征是对立统一的关系。两者的统一表现在“风格即人或文如其人”；两者对立的一面为艺术风格对主体特征的背离。

第二编　文学活动

【名师点拨】

与第一编的内容相比，“文学活动”从字面来看似乎更容易理解，但事实并非如此。本编内容一方面能够唤起学生对文学本身的既有认识，另一方面也会使学生在学习时很容易忽略从内部或外部的研究视角出发，来对文学活动进行更深入的理解与研究。思考以下问题可以加深对本编内容的理解：

1. 如何理解文学与文明的关系？为什么并非所有有文字的东西都可以被称为文学？

2. 如何理解“语言是文学的材料”这一观点？

3. 文学的核心是什么？它对文学创作的重要意义表现在何处？

4. 东西方对文学活动与世界的关系有怎样的不同看法？

5. 东西方分别有哪几种主要的文学观念？

第3章　文学作为活动

3.1　复习笔记

一、活动与文学活动

(一) 人类活动的性质

1. 人的活动是一种生活活动，是人类特有的一种有意识的生命活动。

2. 生活活动展现着人类的自觉意识，生产活动是它的基础，它包含人类生存、繁衍、发展的活动系统。

(1) 从发生学层面看，人类的延续离不开生活活动，社会发展也以人类的生活活动为前提。

(2) 从认识论层面看，既然人是从一定生活活动中产生与发展的，那么也理应从生活活动出发来认识人的特性。

(二) 生活活动的美学意义

1. 生活活动导致人与对象之间的诗意情感关系

(1) 生活活动使得人的本质力量对象化。这是指，一方面，人在劳动时对自然进行改造，也就是在自然中打上人的印记，成为人化的自然；另一方面，人在劳动过程中也通过对自然的改造使自身得到改造，丰富了自身的体验。

(2) 人的生活活动的美学意义在于，人作为与自然相对的一方，其感觉可以同对象保持一种自由的关系。

2. 生活活动导致人的自觉能动的文学创造

(1) 人的生活活动是合目的性与合规律性的统一

①“合目的性”，是指人的活动是有意识、有目的、有计划的，是根据一定的需要而设计的。

②“合规律性”，是指人们生活活动中能够充分考虑客观条件与规律的制约并进行生产，体现了人的主体性。

(2)人的活动的美学意义

①人的感觉与后天的学习、思考、锻炼相关，它在具有感性形式的同时，又积淀着理性的内容。

②人的感觉具有能动性，这意味着人的感觉不仅是主动的，还具有创造性。

3. 生活活动使文学成为人的本质力量的确证

在精神活动与物质活动中，人具有主观能动性，这使得改造对象在符合人的要求的同时又被灌注了人的本质力量。人的审美活动(包括文学活动)正是产生于人的本质力量对象化这一过程；而通过文学的创造和欣赏，人构造出一个审美的诗意世界，从而使得人的本质力量充分显现出来。

(三)文学活动的地位

马克思将人的生活活动概括为两大基本层次：

1. 物质活动

物质活动是指人们为了满足自身直接的物质生活需要所进行的物质生产的活动，物质活动决定着精神活动。

2. 精神活动

(1)定义

精神活动是指人的意识在人脑中的种种活动。精神活动以物质活动为基础，受到物质活动的制约，但也对物质活动起到能动作用。

(2)分类

精神活动形态多样，有不同的分类方法：

①用理论方式掌握世界的精神活动，可以称为理论性或认识性的精神活动。

②用宗教方式掌握世界的精神活动，可以称为宗教性或幻象性的精神活动。

③用实践－精神方式掌握世界的精神活动，可以称为伦理性或意志性的精神活动。

④用艺术方式掌握世界的精神活动，则可以称为审美性或情感性的精神活动。

⑤根据其与物质经济基础的关系，精神活动可分为意识形态的精神活动和非意识形态的精神活动。

a. 意识形态的精神活动与物质经济基础密切相关并为其服务，包括世界观、人生观、价值观等方面。

b. 非意识形态的精神活动与物质经济基础关系不大，既不为其服务，也不会随之改变，主要包括自然科学和技术、语言和文字。

3. 文学活动的地位

文学活动是一种具有意识形态性的精神活动，它作为一种审美活动有着重要的地位。

二、文学活动的构成

(一)世界

1. 世界的含义与分类

“世界”作为文学术语，指的是构成文学活动的基本要素。主要包括文学活动所能够反映的主观世界(人的思想)、客观世界(不以人的意志为转移的自然世界)、社会世界(人类生活中的社会制度等等)、超验世界(宗教信仰意义上的世界)。

2. 文学与世界的联系

自古以来，人们都在探寻文学与世界的关系。不同时期与地区的人们对此有不同的认识：

(1)西方：从古希腊开始，人们就强调文学是对客观世界的真实描绘，而后就出现了模仿论与再现论。

①德谟克利特提出“艺术模仿自然”说。

②别林斯基强调文学艺术是对客观世界的模仿和再现。

(2)中国：先秦以来，人们对文学与世界的联系有不同程度的探讨，中国哲学往往强调人与世界合二为一，相互交融。

(二)作者

1. 文学活动与作者的关系

一方面，作者是构成文学活动的基本要素；另一方面，文学是作者的表达场所，作者在文学活动中表达自身独特的体验与情感，期待着读者的共鸣。

2. 中西方文学与作者的区别

(1)中国：作品既是作者的情感抒发，也反映世界，两者并不矛盾冲突。

(2)西方：因为浪漫主义思潮的影响，更加强调“文学是作者的情感表现”这一方面。

3. 表现论与模仿论的区别

(1)模仿论关注文学与社会存在的关系，认为文学是对现实的模仿，强调文学再现客观世界的真实性。表现论以作家和艺术作品之间的关系为主，侧重考察作家主体性对创作过程与作品的影响。

(2)模仿论不认可作者的决定作用，认定的是现实的决定作用；而表现论强调作者的决定作用。

(3)模仿论强调描写世界的真实性，强调遵循客观规律；表现论强调作品的意义是如何生成的，并且强调“天才”。

(三)作品

1. 作品与文学活动

作品是构成文学活动的基本要素。文学中所描绘的世界与现实世界不是完全相等的，并且作者的内心感受也不会完完全全在文本中被表达出来。

2. 作品的长处与短处

作品显现出的与现实的差异，是其短处，也是其长处：

(1)从根本上讲，其短处在于艺术描写并不能达到丝毫不差、原原本本地再现现实。

(2)正因为艺术描写与现实存在着差异，艺术描写才充分显示出文学的独特长处：可以超越事物的本真形态，去创造更具有普遍性的、更深层的意蕴。

3. 作者与作品

一方面，作者可以赋予作品创新的内容与表达方式，从而使作品拥有独特的价值；另一方面，作者不是其作品的唯一“阐释者”。对于作者而言，其创作观念作为一种特殊意识在本质上难以与其现实经验区分开来。

4. 作品与形式的关系问题

(1)俄国形式主义认为，文学的本质在于文学的形式，文学研究的真正对象应是作品的形式价值。

(2)英美新批评注重文本自身的研究，认为文本本身就包含了全部价值与意义。他们主张不应过多考虑作家所处的社会历史背景、自身个性等外在因素，而应该在语词选择、结构组织和多重语义等方面进行辨析，也就是说，这种新批评强调作品的形式研究。韦勒克与沃伦合著的《文学理论》的第四部分“内部研究”堪称形式批评的理论总结。

(3)结构主义批评也强调作品的形式研究。与前两者不同的是，它强调从整体结构来对作品进行观察，特别是分析作品中的“深层结构”。比较典型的代表是格雷马斯，他建立了一个可以归纳大多数文本叙事语法的矩阵模型。

(四)读者

1. 读者与文学活动

文学活动不仅仅只需要作者的参与，更需要读者的阅读与鉴赏。只有经过读者阅读鉴赏，作者创作的文本才能实现其价值。因此，读者是文学活动的又一个基本要素。

2. 读者再创造

读者的再创造指的是读者在阅读过程中根据自身的经验与知识水平，通过想象将作品中的世界在自己头脑中具象化的过程。读者头脑中的这一世界不同于作者想要在作品中所展现的世界，它深深地打上了读者自身的烙印。

3. 文学研究的转型

在文学阅读活动的重要性得到正视的背景下，20世纪60年代兴起了接受美学和读者反应批评。它们将文学接受活动作为自己研究的焦点，并对接受活动中读者的自主性加以积极认可和强调，推动了文学研究由重视作者和作品向重视读者的范式转型。

【知识点引申】

韦勒克对“文学是社会的表现”这一说法的质疑：如果它假定文学在任何特定的时代都“正确地”反映当时的社会状况，那它就是错误的；如果它的意思仅指描绘社会现实的某些方面，则只是一句平凡、陈腐和含糊的话。要是说文学反映或表现生活，那就更是模棱两可的了。一个作家不可避免地要表现他的生活经验和他对生活的总的观念；可是要说他完全而详尽地表现整个生活，甚至某一特定时代的整个生活，那就显然是不真实的。

三、文学活动的发生与发展

(一)文学活动的发生

1. 巫术发生说

(1)巫术的含义

巫术是在前文明时代诞生的、约定俗成的、带有宗教信仰性质的行为方式，它通常具有一定的目的与意义。

(2)巫术的特点

总要采用一定仪式，使巫师由人过渡为神或具有神性的人的表征。

(3)巫术与文学的关系

英国人类学家弗雷泽在其代表作《金枝》中较早提出了巫术与文学的关系问题。他认为，巫术原理有两条：

①同类相生或同果必同因，即“相似律”。

②甲乙二物接触后，施力于甲可影响乙，施力于乙可影响甲，即“接触律”。

2. 宗教发生说

(1)宗教与巫术的区别

①从产生时间看，巫术在史前社会就有了，宗教则是人类进入文明阶段才产生。

②从世界观上看，巫术认为人能控制自然，具体手段是采用相应仪式，宗教则多认为这种控制是不行的。

③从表现形态看，巫术包含了许多技术操作问题，而宗教更多地包含人生价值的探讨和道德训诫问题。

(2)宗教与文学的关系

①联系

宗教与文学具有内在联系，就本质而言，它们都是以人为出发点，宗教的实践活动与文学的审美活动分别从不同的维度体现了人类对于社会、对于人类自身的认识。

②差异

文学与宗教虽然都以情感与体验为中介，但宗教以信仰为基础，而文学则是通过艺术形象本身的感染力，通过审美愉悦而实现的。

3. 游戏发生说

(1)来源

最早从理论上系统阐述游戏说的是德国哲学家康德。康德提出了两个重要论断：一是艺术是一种自由的游戏，二是这种游戏“无功利”又“合目的”，且带有自身的愉快。

(2)发展

①康德的游戏说在席勒那里被系统地继承并加以发挥。席勒认为，人的艺术活动是一种以审美外观为对象的游戏冲动。他认为艺术与游戏相似，都是人精力过剩的产物，艺术的审美能够恢复人的天性完整性。

②谷鲁斯的游戏观包括动力上的本能论和存在方式上的虚拟论，他认为游戏是由生物本能所驱动的，并且游戏表现出生物本能的虚拟性。

4. 劳动说

这一观点认为，文艺起源于人的劳动，强调实践性。把劳动作为文学发生的起点的原因主要有：

(1)劳动提供了文学活动的前提条件。

(2)劳动产生了文学活动的需要。

(3)劳动构成了文学描写的主要内容。

(4)劳动制约了早期文学的形式。

(二)文学活动的发展

1. 文学发展动力的不同理论阐述

(1)有的学者认为文学发展动力是社会风气的变化。

(2)有的学者认为文学发展与时代变化密切相关。

(3)有的学者认为文艺发展动力是某种非人力可以改变的因素。

(4)有的学者认为文学发展的动力来源于文学内部。

(5)还有学者认为，文学内部的因素是固定的，文学的发展就是由这些因素不断重新组合而推动的。

2. 文学发展的根本力量

从表面上看，文学发展似乎更加直接地受到其他因素的影响，但探究其根本动因，生产活动等经济因素才是最深层的制衡因素，因此，文学发展的根本力量仍然是生产劳动。

3. 文学与劳动的“不平衡关系”

文学艺术与生产劳动的关系是“不平衡”的，也就是说，文学发展与经济发展有着不同的步调，文学发展有时会超过经济的发展，有时又会滞后于经济发展。这提醒人们也要关注经济相对落后国家的文学发展状况。

4. 不平衡的两种典型体现

(1)文艺类型具有时代性。在某些生产力水平较低的历史时期，少数文艺类型会呈现出十分繁荣的景象，但是随着生产力水平的提高，其他的文艺类型就会替代并超越它。

(2)文艺创作不与物质生产成正比。有些经济相对落后的国家有可能拥有十分优秀的文艺作品。

5. 影响文学发展的因素

经济基础，即人类的物质生产是文学发展的决定因素；此外，还有作为上层建筑的政治、道德、哲学、宗教等观念以及一些涉及文学发展的制度、政策、设施，它们甚至会对文学发展产生更直接的影响。

『名家名论』

人们首先必须吃、喝、住、穿，然后才能从事政治、科学、艺术、宗教等等；所以，直接的物质的生活资料的生产，从而一个民族或一个时代的一定的经济发展阶段，便构成基础；人们的国家设施、法的观点、艺术以至宗教观念，就是从这个基础上发展起来的，因而，也必须由这个基础来解释，而不是像过去那样做得相反。

——恩格斯：《在马克思墓前的讲话》

生活活动是以生产活动为基础的人类生存、繁衍和发展的活动系统的总称。

有意识的生命活动把人同动物的生命活动直接区别开来。

——马克思：《1844 年经济学哲学手稿》

劳动首先是人和自然之间的过程……人自身作为一种自然力与自然物质相对立。为了在对自身生活有用的形式上占有自然物质，人就使他身上的自然力——臂和腿、头和手运动起来。当他通过这种运动作用于他身外的自然并改变自然时，也就同时改变他自身的自然。

——马克思：《资本论》

观古今于须臾，抚四海于一瞬。笼天地于形内，挫万物于笔端。

——陆机：《文赋》

古者包牺氏之王天下也，仰则观象于天，俯则观法于地，观鸟兽之文与地之宜，近取诸身，远取诸物，于是始作八卦，以通神明之德，以类万物之情。

——《周易·系辞下》

文章者，所以表天地万物之情状也。

——叶燮：《原诗》

诗人的职责不在于描述已发生了的事，而在于描述可能发生的事，即按照可然律或必然律可能发生的事。

——亚里士多德：《诗学》

一个(《荷马史诗》)是详尽的描述，着墨均匀，各部分连接紧密，表述自如，发生的一切均在幕前，一目了然，在历史发展和人类问题方面有局限；另一个(《圣经》)是突出几个部分，淡化其他部分，支离破碎，未完整表达的东西具有强烈的作用，后景化，含义模糊，需要诠释，世界历史的要求、历史观念的形成及问题的深化。

——奥尔巴赫：《论模仿：西方文学中所再现的现实》

作者的作用是表示一个社会中某些话语存在、传播和运作的特征。

——福柯

一部文学作品并不是一个自身独立、向每一时代的每一读者均提供同样的观点的客体。它不是一尊纪念碑，形而上学地展示其超时代的本质。它更多地像一部管弦乐谱，在其演奏中不断获得读者新的反响，使文本从词的物质形态中解放出来，成为一种当代的存在。

——姚斯：《走向接受美学》

3.2 课后习题详解

1. 文学活动与生活活动是怎样的关系？文学活动在生活活动中处在什么位置？

答：(1)文学活动与生活活动的关系

人的生活活动是文学活动的前提，展现着人类的自觉意识，并能从中提炼出审美性的特质。

①生活活动导致人与对象之间的诗意情感关系

人的感觉可以发展成为一种诗意情感的关系，文学艺术正是人的感觉中这种诗意情感高度发展的产物。在世界中，只有人才能以具有诗意情感的文学艺术方式去感受事物。

②生活活动导致人的自觉能动的文学创造

文学作为人的一种活动形态，它是一种合目的性和合规律性的自觉能动的创造，在这种创造中，可以达到感性与理性的统一。

③生活活动使文学成为人的本质力量的确证

文学活动作为一种审美活动，是人的本质力量的确证。通过创造和欣赏文学，人的本质力量可以尽情地展现出来。

(2)文学活动在生活活动中的位置

①文学活动是一种精神活动，更确切来说是一种审美活动。物质决定精神，所以从根本上说，文学活动受到物质活动的制约，但也对物质活动起到反作用。

②文学作为一种精神活动，具有意识形态性。文学活动与物质经济基础有着密切的联系，但需要注意的是这种联系并不是直接的。

总之，文学活动是一种具有意识形态性的精神活动，它作为一种审美活动在人的生活活动中有着重要的地位。

2. 简述文学活动四种理论视角各自的依据，以及评析各自可能具有的局限。

答：文学活动的四种理论视角分别以文学活动的四个要素为依据。美国文论家艾布拉姆斯提出了文学活动涉及作品、作家、世界和读者四个要素的观点，这与对文学活动四阶段的论述基本吻合。

(1)从世界角度出发的再现论(现实主义)

①“世界”作为文学术语，是构成文学活动的基本要素之一，主要包括文学活动所能够反映的主观世界(人的思想)、客观世界(不以人的意志为转移的自然世界)、社会世界(人类生活中的社会制度等等)、超验世界(宗教信仰意义上的世界)。文学无法脱离世界单独存在。

②“再现论”认识到了现实世界对文学的重要作用，具有合理性；但却将世界作为文学的唯一描写对象，忽视了其他因素对文学的影响，不利于整体把握文学。

(2)从作者角度出发的表现论(浪漫主义)

①一方面，作者是构成文学活动的基本要素之一；另一方面，文学是作者的表达场所，作者在文学活动中表达自身独特的体验与情感，期待着读者的共鸣。

②从作者角度理解文学，最具代表性的就是表现论。这一理论的产生归因于18、19世纪之交的浪漫主义思潮。表现论强调作品的意义是如何生成的，并且强调“天才”。这一观点甚至将现实世界包含在了人的想象之中，因此缺乏现实客观性的评价维度。

(3)从作品角度出发的本体论(形式主义)

①作品中所描绘的世界与现实世界不是完全相等的，并且作者的内心感受也不会完完全全在作品中被表达出来。

②从作品的角度理解文学最具代表性的就是形式主义文论，包括俄国形式主义文论、英美新批评、结构主义文论等。虽然它们通过对文本本身的分析发现了文学的独特魅力，但是其忽视了作者、社会背景等外在因素，逐渐走向了极端。

(4)从读者角度出发的接受论(接受美学)

①文学活动包括文学读者进行阅读鉴赏的活动。只有经过读者阅读鉴赏，作者创作的文本才能实现其价值。因此，读者是文学活动的又一个基本要素。

②接受美学强调文学作品的社会效果，重视读者的积极参与性，但仍然存在回避艺术的本质等不足，比如，把读者的地位提得过高而忽视文本的制约作用，就会出现“阐释过度”的情况。

总之，文学活动所涉及的世界、作家、作品和读者四个基本要素只具有相对的可分性，在实际的文学活动过程中，却是相互依存、相互渗透、相互作用、融为一体的。只有在对文学活动的整体观照中，才可能准确而全面地把握它的本质特征。

3. 简要评述文学起源问题上的“劳动说”，作为生产活动的劳动的重要性和文艺有何关系?

答：“劳动说”是文学起源的重要命题之一，这一观点认为文艺起源于人的劳动，强调文学的实践性。马克思就是这一观点的代表人物之一。把劳动作为文学发生的起点，主要有以下几方面的原因：

(1)劳动提供了文学活动的前提条件

首先，文学活动以物质资料的生产为基础，人只有基本的生存需求被满足后，才会开始进行其他活动(包括文学活动)；其次，人在生产活动中成为文学活动的主体；最后，文学活动的需要是在生产活动中产生的。

(2)劳动构成了文学描写的主要内容

远古时代遗存的作品中大都描写了当时人们劳动生活的内容。如《击壤歌》中写道：“日出而作，日落而息。凿井而饮，耕田而食。帝力于我何有哉?”它写出了早期农耕生活中人们自给自足、随遇而安的历史情况。

(3)劳动制约了早期文学的形式

从世界范围来看，“诗”是各民族文学的开端，当然这并不仅仅指文本形式上的诗，更包括音乐形式与舞蹈形式上的诗。因此早期的文艺是诗、乐、舞三位一体的结合体。这种早期文艺的形式同劳动过程直接相关。早期人类的舞蹈就是从狩猎等劳动动作演化而来的，诗歌也是从劳动时的呼喊中变化而来的，而呼喊中所蕴含的声调、节奏也变为了早期的音乐。由此可知，不论是音乐，还是舞蹈，甚至是我们讨论的诗歌都是在劳动过程中孕育而生的，所以早期的艺术形式呈现出“诗乐舞”三位一体的特点。

4. 试辩证说明文学发展的诸种原因。

答：文学发展在最终意义上是受经济制约的，但文学作为一种意识形态，它的发展变化往往是多种因素共同作用的结果。文学发展的动因可以从以下三方面来认识：

(1)生产力的发展要求意识形态与之相适应。

意识形态的变革往往首先表现在政治领域中，政治意识形态的变革，又进一步对文学意识形态提出相应的变革要求。欧洲文艺复兴运动中，艺术的变革就与政治上的变革要求直接相关；在中国，“五四”新文学运动也可以找到政治上革新要求的影响，它们都不是由经济直接推动的文学变革。

(2)文学发展有着自身体系化的要求和发展惯性。

文学发展有着相对的独立性以及自身的一些特征，如诗歌文体对于韵律、句式的一些调整，小说文体在叙事模式上的一些演进，大都是文学发展自身规律在起作用，与经济的关系不明显。

(3)承认经济状况与文学变化发展非一一对应的同时，应看到经济的影响是可以反映在文学领域中的。

古希腊城邦制国家以市民作为公民主体，它的戏剧艺术很早就步入了发达阶段。而古代中国是农业社会，农民居住分散，闲暇时间不多，也没有建立商品消费的生活模式，这使中国戏剧长期停留在巫术仪式、傩戏阶段。在欧美国家，长篇小说产生在文艺复兴之后，几百年来，成果丰硕，它与版权法等经济法规的推行直接相关。从上述方面，可见经济因素对文学发展的直接影响。

总之，推动文学发展的原因是多方面的，在不同的情况下，可能有着不同的起主导作用的原因。在这种种原因中，有些与经济因素相关，有些则没有直接关系。但在最终决定意义上，经济因素是文学发展的终极原因。

3.3 考研真题详解

一、填空题

1. 弗洛伊德认为文学艺术实质上是性本能的“______”。[南开大学 2011 年研]

【答案】升华

【解析】弗洛伊德认为，文艺本质上是被压抑的性本能冲动的一种“升华”。在他看来，“艺术的产生并不是为了艺术，它们的主要目的是在于发泄那些在今日大部分已被压抑了的冲动。”

2. “文学者，游戏之事业也”见于______的______。[首都师范大学 2013 年研]

【答案】王国维；《文学小言》

【解析】“文学者，游戏之事业也”出自王国维的《文学小言》。《文学小言》是王国维早期的学术随笔，从文学本体论、价值论、分类法等不同层面提纲挈领地勾勒了作者早期文学思想的精华。它不仅奠定了王国维文学研究的理论基础，而且鲜明地体现了古典传统与现代意识的通融，在 20 世纪学术史上具有十分重要的意义。

3. 古典文学理论认为，构成文学作品基本要素的是______。[四川大学 2013 年研]

【答案】文学形象

【解析】文学形象是古典文学理论中构成文学作品的基本要素，它在文学作品中表现为具体的感性的、具有艺术概括性的、体现着作家审美理想的、能唤起人的美感的人生图画。文学形象中包含了深刻的社会生活的本质与内涵，能够表达丰富的内在意蕴，同时文学形象的运用也是文学不同于哲学、宗教、科学之处，其塑造得成功与否，是衡量优秀文学作品的重要标志。

二、名词解释

1．文学活动［中山大学 2012 年研］

答：文学活动是一种具有意识形态性的精神活动，它受到物质活动的制约，但也对物质活动起到反作用。文学活动不仅仅包括文学的创作过程，还包括文学的接受过程。文学活动以“人”为出发点和归宿点，所以有人又称文学为“人学”。根据艾布拉姆斯在《镜与灯——浪漫主义文论及批评传统》中的论述，文学主要包括世界、作者、作品和读者这四个构成因素。不同的学者从这四个因素出发看待文学，从而发展出了不同的文学理论。总之，文学活动是一种对人有着重要作用的活动，它具有意识形态的一般特征，还具有独特的审美意义。

2．文学性［南开大学 2024 年研；中山大学 2024 年研］

相关试题：______是文学区别于其他艺术的最本质特征。［填空题，湖南师范大学 2022 年研］

答：文学性是 20 世纪 20 年代俄国形式主义批评家罗曼・雅各布森提出的一个术语。罗曼・雅各布森的《最新俄诗》被奉为“文学性”的创始文献。作为一位结构主义语言学家，雅各布森将“文学性”描述为“文学的内在法则”。“文学性”在之后的使用中，含义逐渐变为了“文学之所以成为文学的性质”。文学性存在于话语从表达、叙述、描写、意象、象征、结构、功能以及审美处理等方面的普遍升华之中，存在于形象思维之中。形象思维和文学幻想、多义性和暧昧性是文学性最基本的特征。文学性的定义与语言环境以及文化背景有着密切的联系。在“文学性”的定义中，接受者的角色是主动的，而非被动的。文学性的概念一直是开放的、宏观的，而非一成不变的。

3．欲望升华说［南京大学 2011 年研］

答：欲望升华说是弗洛伊德关于艺术本质和审美本质的学说，该学说以精神分析学作为哲学基础。在弗洛伊德看来，尽管艺术活动是受本能欲望驱使的非理性的直觉活动，但艺术家能够在理智的控制下构建一个象征体系，使本能欲望及其引起的种种冲突以社会公认的形式表现出来，正是艺术使被压抑的本能欲望在想象中得到能量的释放和升华，因而艺术品给人以美感。简言之，弗洛伊德认为，艺术和美根源于人的本能欲望，艺术美的本质在于对本能欲望的升华。

4．模仿说［南开大学 2024 年研；中国人民大学 2014 年研；上海大学 2021 年研；复旦大学 2023 年研］

答：模仿说是古希腊学者对于文艺与现实关系的朴素表达与概括，认为艺术的本质在于模仿或展现现实世界的事物，其形成与演变经历了一定的历史时期，柏拉图使之初具理论体系，直至亚里士多德方成为完整的学说理论，成为美学和文学理论的核心用语。模仿说不仅在西方文学理论史上具有重要意义和深远影响，对于两千年来的西方文学创作，同样具有不容忽视的影响力。

5．文以载道［南京大学 2013 年研］

答：文以载道是宋代理学家周敦颐关于文道关系的主张，是中国古代对文学本质的一种重要论述。它由中唐时期韩愈等古文运动家提出的“文以明道”发展而来，经宋代理学家的解释得到完善。“文以载道”的意思是说“文”像车，“道”像车上所载之货物，通过车的运载，可以达到目的地。文学就是传播儒家之“道”的手段和工具，这一文学观念偏于文学的教化目的。

6. 语言本体论[北京师范大学2015年研]

答：语言本体论是自索绪尔之后的现代语言学对于语言的一种全新理解，过去的语言学认为语言是工具，人是语言的中心，而语言本体论则认为，说话的主体并非语言的控制者，语言本身是一个独立的体系，“我”只是语言体系的一部分，是语言说“我”，而不是“我”说语言。语言本体论反映在文学上则认为，语言是人们把握世界的一种方式，文学语言就是人们审美地把握世界的一种方式。语言是存在的家园，语言也是文学的家园。

三、简答题

1. 如何理解文学活动及其意义？[中国传媒大学2010年研]

答：(1)文学活动

参见本章考研真题详解名词解释1。

(2)文学活动的意义

文学活动基本上属于精神活动的范畴。它作为一种审美精神活动在人的生活活动中处于重要地位，并且具有意识形态特征和一定的美学意义。人类文学活动的美学意义，其实讲的是人与对象的关系，这种人与对象的关系应用于文学创作，是一种诗意情感的关系。它能引起人的自觉能动的、含目的性的文学创造，让人的本质力量充分地得到体现。

换言之，人的生活活动，无论是物质的生产活动还是精神创作活动，都是人意志的表现，从精神创作活动方面来看，文学活动也是一种展现的方式，并因此而呈现一定的美学意义，具体表现在：①人与自然的关系是一种自由的关系；②人与自然的关系是一种诗意情感的关系；③人可以通过“自然的人化”使得自然成为具有人的本质力量的对象；④通过文学创作和欣赏，人的本质力量可以让“人化的自然”尽情展现出来。

总之，文学活动是人的社会活动之一，具有复杂性与系统性。文学作为一种活动，是人类社会所特有的现象。文学活动与人类其他活动既有相同点也有不同之处。文学最突出的特点就是将人作为活动的出发点与归宿点，所以有人又称文学为“人学”。

2. 简述艺术起源“游戏说”的主要观点。[北京师范大学2010年研]

相关试题：游戏说[名词解释，中南民族大学2024年研；北京大学2015年研]

答：“游戏说”是关于文学艺术起源的具有代表性的学说之一，其主要观点有：

(1)艺术本质特征就是无目的的合目的性

最早从理论上系统阐述游戏说的是德国哲学家康德。康德提出了两个重要论断：一是艺术是一种自由的游戏，二是这种游戏“无功利”又“合目的”，且带有自身的愉快。

(2)“过剩精力”是文艺与游戏产生的共同生理基础

席勒受到了康德的影响，继承并发展了康德的游戏说，认为艺术是一种审美游戏。人之所以会产生游戏的冲动，是因为生命力的盈余。席勒还进一步指出，审美的游戏从是动物性的游戏中脱离了出来的，它的对象是广义的美，它逐步摆脱了需要的强制，超越了物质的束缚，由自然的必然走向了自由的表现。

(3)自由是审美与游戏的根本特征

席勒认为人格完整的人，能够借助“游戏冲动”而将感性冲动和理性冲动融合，形成一种自由状态。在这种状态中，人既能感受到自己存在的局限，同时又意识到自身的自由；既感觉到自身的物质属性，又意识到自己的精神存在。这种融合消磨了人性的碎片化，摆脱了身上外在的功利关系，摆脱了身体和道德的“强制”，进入一种自由的游戏状态，最终实现了人性的完满。

(4)艺术活动是“内模仿”的心理活动，其在本质上与游戏相通

谷鲁斯把游戏和模仿联系起来，他受席勒的“游戏冲动”理论影响，提出了“游戏练习”说来阐明艺术的起源。他对席勒的主张并不是全盘接受，而是提出了质疑，他认为游戏的实际情况与席勒的主张并不完全相符，因为动物在无过剩力量的情况下也会发生游戏；他还认为，游戏有隐含的实用目的，是为未来的工作做准备。为了解释艺术也是一种具有更高目标的游戏，他提出“内模仿”说。一般来讲，人的模仿可以分为两种，一种是外模仿，也就是行为模仿，一种是内模仿，也就是心理模仿。谷鲁斯的“内模仿”说认为，审美主体在欣赏活动中，总是同情地分享着旁人或外物的姿态和运动，总会有一种内模仿的运动神经活动，从而在主体的心灵中产生一种自觉或主动的幻觉，仿佛要把自我变形投射到旁人或外物中去。正是因为人具有这种冲动，所以才会创造出艺术。

总之，游戏说试图从心理学、生物学和生理学的角度揭示艺术发生的奥秘，无疑是十分必要的，它将精神上的“自由”看作是艺术创造的核心，对于人们理解艺术的本质和艺术创造的基本动因，有着十分积极的作用。但游戏说忽略了更为重要的社会原因，把艺术活动仅仅归结为“本能冲动”或者“天性”，并且不能解释这种“本能冲动”或“天性”来自何处，这样就难以从根本上揭示艺术起源的真正原因。

3. 简要陈述文学起源的劳动说？［中国传媒大学2016年研］

相关试题：为什么说艺术是起源于以劳动为中心的人类生存活动？［论述题，湖南师范大学2022年研］

答：参见本章课后习题详解3。

四、论述题

1. 参照艾布拉姆斯《镜与灯——浪漫主义文论及批评传统》提出的文学活动四要素模式，分析文学活动四种理论视野各自的理论依据，请简述之，并指明它们的合理性与片面性。［首都师范大学2011年研］

答：(1)文学活动四要素

艾布拉姆斯《镜与灯——浪漫主义文论及批评传统》提出的文学活动四要素模式，即世界、作者、作品和读者，它们共同构成了文学活动。这一理论的提出，打破了传统文学批评观念中只研究作家与作品关系的桎梏。构成文学的四要素在文学活动中扮演着不同的角色，各自发挥着独特作用：世界既是文学作品“还原”的对象，又为文学活动提供物质前提；作者不仅创作文学，而且将文学作为自身体验的表达场域；读者是文学活动得以完成的重要保证，只有经过读者阅读鉴赏，作者创作的文本才能实现其价值；作品是联系世界、作者、读者的纽带，处于四要素构成的文学动态图式的中心。

(2)文学活动四种理论视野各自的理论依据及其合理性与片面性

文学活动的四种理论视角分别是世界视角、作者视角、作品视角、读者视角。从上述每一个要素视角出发，都会看到文学的一个重要方面。

①世界

世界即现实世界、社会生活。文学与生活密切相关，文学中的客观材料与主观情思来源于社会生活，生活是文学艺术的唯一源泉，从古希腊的“模仿说”，到近代的“再现论”，再

到我国解放后的"反映论"，都大体表达了这样的认识：强调文学与生活世界的联系。其理论依据是：文学是一种意识反映行为，没有反映对象，就没有反映；文艺起源于对自然的模仿；文学作品中确实包含着现实世界的影子，这也是其合理性所在。不过，如果只看到文学与生活世界的联系，看不到两者的区别，看不到文学同时也是一种作者的主观表现，就具有片面性。

②作者

文学是作者创作的。一方面，作者可以赋予作品创新的内容与表达方式，从而使作品拥有独特的价值；另一方面，作者不是其作品的唯一"阐释者"。对于作者而言，其创作观念作为一种特殊意识在本质上难以与其的现实经验区分开来。从中国古老的"诗言志""诗缘情"到西方"心灵表现论"，都认为文学是作者心灵与情感的表现。其理论根据是：文学是作家"情动"与要表达情感的产物，文学中也确实包含着作者主观的思想情感与理想。不过，倘若只把文学看作作者情感的表现，而看不到文学与生活的联系、看不到作品有其自足性，这种认识也是片面的。

③作品

作品是文学的最终表现形式，即反映生活也好，表现作者思想情感也好，最终都要表现为文学作品。不过，作品并不原本地再现生活和表现作者生活中的情感，即它是按美的规律改造了生活与情思，这是其短处，也是其长处。它是以超越事物的本来形态，创造出更具普遍性的审美世界，包含更深广的意蕴，这说明文学作品确实有其审美的独立自主性。但如果过分强调了这一点，而割断了文学作品与生活、与作者的联系，也是片面的。

④读者

文学只有经过读者的阅读，文本的价值才能实现。而读者的阅读，既是对作品、人情世态与作家思想感情的了解与"复原"，又是一种"再创造"，即根据自己的生活经验与文化修养对作品的意义进行具体化的理解，其结果必然与作品原意既有重合，也有所不同。20世纪60年代兴起的接受美学与读者反应批评强调文学欣赏与接受不是被动的，而是主动的、创造性活动，认为作品是由作家与读者共同创造的，这一说法有其积极意义。但他们过于夸大文学接受中的再创造，宣布文本一经写出，"作家就死了"，作品任由读者去理解，有否认作品"原意"的意向，暴露出片面性。

需要指出的是，文学的四要素绝不是"四足鼎立"，而是一个多元共生共融的开放的"广场"，文学活动场内各参与者是相互依存、相互渗透、相互作用、浑然一体的，而且文学场从根本上说是一种动态的历史建构。因此，我们不能从四个要素中的某一个要素单一地把握文学理论，而要从整体上去把握它。以往的批评家往往只是根据其中的一个要素，就生发出分析文学活动的主要范畴和主要标准，这种做法是片面的。在运用文学活动四要素中的某一个要素进行作品分析时，一定要兼顾到其他三个要素，以免失之偏颇。

2．论述文学与生活的关系。［东北师范大学2018年研］

答：参见本章课后习题详解1。

3．席勒："只有当人充分是人的时候，他才游戏；只有当人游戏的时候，他才完全是人。"谈谈你对这句话的理解。［北京师范大学2012年研］

答：（1）对这句话的理解

席勒指出："只有当人充分是人的时候，他才游戏；只有当人游戏的时候，他才完全是人。"这句话是说人之所以会产生游戏的冲动，是因为生命力的盈余；一个人格完整的人，能够借助“游戏冲动”而将感性冲动和理性冲动融合，形成一种自由状态。

在这句话中，席勒阐发了他关于游戏说的两个观点：

①“过剩精力”是文艺与游戏产生的共同生理基础

席勒受到康德的影响，继承并发展了康德的游戏说，认为艺术是一种审美游戏。人之所以会产生游戏的冲动，是因为生命力的盈余。审美的游戏从动物性的游戏中脱离出来，其对象是广义的美，它逐步摆脱了需要的强制，超越了物质的束缚，由自然的必然走向了自由的表现。

②自由是审美与游戏的根本特征

席勒认为人格完整的人，能够借助“游戏冲动”而将感性冲动和理性冲动融合，形成一种自由状态。在这种状态中，人既能感受到自己存在的局限，同时又意识到自身的自由；既感觉到自身的物质属性，又意识到自己的精神存在。这种融合消磨了人性的碎片化，摆脱了身上外在的功利关系，摆脱了身体和道德的“强制”，进入一种自由的游戏状态，最终实现了人性的完满。

（2）席勒“游戏说”的贡献与不足

席勒试图从人的生命活动的独特性质中去探寻审美发生的直接精神动力，并且敏锐地揭示审美活动与人自由本质之间的内在关系。他既看到了人的审美活动与动物游戏活动的不同，也发现两者之间存在的某种深层的联系。

然而，席勒“游戏说”忽视了对动物向人的游戏转化过程的机制及人的游戏得以发生和进行的社会历史条件的探讨，在他看来，游戏与审美几乎是同义词。

第4章 文学活动的审美意识形态属性

4.1 复习笔记

一、文学的含义

(一)文学的文化含义

1. 含义

文学的文化含义是指一切口头或书面的语言行为和作品，这是因为，人类最初对文学及其本质的思考只是包括于对自然和人生的哲学思考中，文学还统辖于哲学、宗教、政治、历史等范畴。

2. 历史发展

(1)在中国，“文学”一词最早出现在《论语》中，为“孔门四科”之一，泛指一切与礼仪制度有关的文献学问。在魏晋之前，“文学”更多地体现着广义的文化含义。

(2)在西方，“文学”(拉丁文 litteratura)的原初含义来自“字母”或“学识”(拉丁文 littem)，“文学”的这种文化含义在近代之前一直居主导地位。

(二)文学的审美含义

1. 含义

文学的审美含义是指文学作为语言行为和作品包含情感、虚构和想象等审美因素。

2. 历史发展

(1)在中国，到了“文学自觉”的魏晋时期，“文学”逐渐被用来专指以美感作用为主的纯文学作品。

(2)在西方，到了16世纪至18世纪，“文学”的审美含义逐渐取代“文学”的文化含义。

(三)文学的通行含义

1. 文学的审美含义在现在通行的因素

(1)人类活动的持续发展促进人类符号表意能力渐趋丰富，文学最终从一般文化形态中分离出来，成为专门的审美表现领域。

(2)现代分类机制的建立与健全促进了文学作为一个学科被归入审美-表现领域，即通过符号形式表现人类的审美体验。

2. 文学通行含义的确定

人类活动的长期发展和现代分类机制的合理化作用促进了文学的通行含义的形成。文学的通行含义是指文学是一门包括诗歌、小说、散文、剧本等体裁的艺术门类，是主要展现人类审美属性的语言艺术。

(四)文学与非文学

1. 文学与非文学的关系

尽管现行用法已经确定，但事实上，文学的含义常常发生复杂的演变。正是在这种演变中，通常意义上的非文学有可能会变成文学。文学的含义总在演变中，需要历史地和具体地对待。

2. 判断文学和非文学的标准

(1)文学的语言富有独特表现力。

(2)文学总是要呈现审美形象的世界，这种审美形象具有想象、虚构和情感等特性。

(3)文学传达完整的意义，本身构成一个整体。

(4)文学蕴含着似乎特殊而无限的意味。

二、文学的审美意识形态属性

(一)文学作为一般意识形态的形式

1. 社会结构的构成

社会结构由两个基本层面构成：社会的经济基础与社会上层建筑。其中，上层建筑包含的两个层面：

(1)政治、法律制度。

(2)社会意识形态。

在社会结构的经济基础和上层建筑两大部分中，文学属于上层建筑的社会意识形态之一，处于与经济基础、上层建筑等法律、政治制度及其各种意识形态的各个大小系统组成的网络之中，是整个社会结构系统中的一个组成部分，所以文学不是游离于社会之外的孤立偶然的现象。

2. 经济基础和上层建筑的关系

(1)经济基础是社会结构中的最终决定力量，它制约着上层建筑。

(2)上层建筑也不是完全被动的，它反作用于经济基础。

3. 文学与社会结构的关系

(1)一方面，社会的经济基础对作为意识形态的文学具有决定作用。换言之，文学的发展情形归根到底要由经济基础来说明。

(2)另一方面，文学发展具有相对独立性。文学与经济基础的关系是间接且有距离的，通过上层建筑中政治、法律等环节的中介作用产生联系；经济基础施加于文学的支配性作用也要通过中介桥梁完成。

(二)文学作为审美意识形态的形式

1. 审美意识形态的含义

(1)审美意识形态是意识形态的具体形态之一，表现为与现实社会生活关系密切的审美领域。

(2)审美意识形态在文学、音乐、戏剧、绘画、雕塑等艺术活动领域均有体现。

(3)审美意识形态是一般性和特殊性的统一。一般性体现在审美意识形态与其他意识形态因子共同构成社会意识形态的有机整体，审美意识形态的特殊性表现为它区别于其他意识形态的审美特性。

2. 审美意识形态的特殊性

(1)它一方面被看作意识形态的富于审美特性的种类。

(2)另一方面又渗透着社会生活以及其他意识形态的因子，与它们复杂地纠缠在一起。

3. 审美意识形态在中国的发展

(1)20 世纪 80 年代以来，马克思主义文艺理论研究的成果之一就是提出文学具有审美意识形态，打破了文学从属于政治的格局。

(2)20 世纪 90 年代初，文学理论研究进一步发展，“审美意识形态”正式成为文学基本属性的核心范畴之一。

4. 审美意识形态的运用

运用“审美意识形态”范畴，要妥善处理三方面相互协调和融会的问题：

(1)如何继承和发展马克思主义中国化的理论成果。

(2)如何继承和革新本民族的文论传统。

(3)如何回应“语言论转向”以来西方当代种种文论思潮的挑战。

(三)文学的审美意识形态属性的表现

1. 文学的审美意识形态属性的含义

文学的审美意识形态属性，是指文学的审美表现与意识形态相辅相成的关系。文学审美包含意识形态的因素，意识形态则通过文学审美得以体现。

2. 具体表现

(1)无功利与功利

文学审美意识形态的无功利性表现为文学没有直接的功利目的，但这种无功利也隐含有一定的功利意图。

①无功利性

审美的无功利性表现在审美并不寻求直接的实际利益满足，这点集中体现在作者创作和读者阅读的活动过程中。

②功利性

文学的无功利性背后又总是存在着某种功利。文学直接地是无功利的，但间接地或内在地却又隐伏着某种功利性。

a. 文学作为一种话语活动，承载着作者与读者的话语表现，故而间接地具有社会功利性。这种功利性显现为审美地掌握世界这一深层目的。

b. 文学作为一种话语结构，具有再现社会生活的功能。文学把审美的无功利性视为实现其再现功能的一种特殊手段，这就是文学功利性的体现。

c. 文学由于在其话语结构中显示了现实社会关系的丰富与深刻变化，因而间接地也体现出掌握现实社会生活这一功利意图。

(2)形象与理性

文学审美意识形态同时具有形象与理性，文学凭借文学中的形象打动读者，但其中包含理性。

①形象性

审美形象是文学的特有存在方式，它是根据文学文本结构呈现出来的审美感性形态，具有丰富的内涵。

a. 审美形象既具有感性特征，同时又渗透想象、虚构或情感等精神过程。

b. 文学中的审美形象具有假定的、不确定的、模糊的特点，科学活动中的理性概念则是抽象的、确定的、明晰的。

c. 由于以形象形态存在，文学必然地表现为直觉方式。因为，形象往往只在直觉的瞬间才真正活现出来。

②理性

理性与形象相对，理性是由概念、判断、推理等方式构成的思维过程。事实上，从意识形态角度看，文学仍然必须依赖理性，只不过，理性在这里是以特殊形式存在的；更进一步讲，文学的艺术形象本身就蕴含着某种理性。

(3)情感与认识

文学的审美意识形态表现为文学既有情感性又有认识性。

①情感

文学是情感的。情感，这里指审美情感，是凝聚在审美形象中的主体态度。

a. 审美情感往往是一种超越个人利害得失而具有人类普遍性的情感。

b. 审美情感已不只是单纯情感而是情感的形式或形式的情感。

c. 审美情感是一种审美评价，通过审美的无功利和形象展现。

②认识

文学也是认识的，因为文学作为意识形态，必然包含认识因素。认识在这里意味着客观的、理智的反映。文学不仅表达主观情感评价，而且也表达客观理智认识。

③审美情感与理智认识的关系

审美情感是直接的，而理智认识是间接的。直接的审美情感在其深层往往隐伏着间接的理智认识。

三、文学的话语蕴藉属性

(一)文学与话语

1. 文学与话语的关系

严格说来，在具体的文学活动中，文学是以话语的方式存在的。

(1)话语是语言具体的社会存在形态。

(2)文学作为一门“语言艺术”，具有丰富深刻的内涵，需要通过话语等具体的语言概念加以分析。

2. 话语的含义

文学是一种话语。话语是说话人在特定的社会语境中和受话人之间进行沟通的具体言语行为。

3. 意识形态

意识形态是连接话语与现实生活之间关系的一种方式。文学是“话语”通过“审美意识形态”的方式运作的社会实践。

意识形态包含两方面的内涵：

(1)它是人们所说所写的话语。

(2)这种话语与现实社会生活之间存在紧密联系。

4. 文学作为话语包含的五要素

(1)说话人，是体现在文本中的叙述者或抒情者角色和作家因素，这是话语活动的两主体之一。

(2)受话人，是阅读文本的接受者角色和读者因素，这是话语活动的另一主体。

(3)文本，是供阅读以便达到沟通的特定言语系统(有时也称话语系统)，这是话语活动的符号形式。

(4)沟通，是说话人与受话人之间通过文本阅读而达到的相互了解或融洽状态，这是话语活动的目的。

(5)语境，是说话人和受话人的话语行为所发生于其中的特定社会关联域，包括具体语言环境和更广泛而根本的社会生存环境。

5. 文学的基本属性

文学的基本属性是由文学与话语的关系决定的。这一基本属性表现为文学不仅是人与人之间的社会活动，同时也是一种社会话语实践。

（二）文学与话语蕴藉

1. 蕴藉的概念

“蕴藉”在用于品评人物时，多指人物品性的宽容和富于涵养，而在文学语境中则特指作品意义含蓄深厚。

2. 蕴藉的含义

在考察文学话语的特点时，蕴藉是一个重要的标尺。蕴藉表现了一种话语状况，即作品内部蕴含多重复杂意义，进而具备多种解读的可能性。

3. 话语蕴藉的含义

话语蕴藉是指文学活动意义含蓄深厚的话语状况，体现出文学在意义生成方面丰富的可能性。

(1)整个文学活动带有话语蕴藉属性。在特定的话语系统中，文学的属性和意义在文学创作与接受的过程中具有不可估量的阐释可能。

(2)具体的文本带有话语蕴藉属性。话语之间的特殊组合使文本内部具有意义生成的无限可能。

（三）话语蕴藉的典范形态

文学话语蕴藉具体表现为含蓄和含混这两种典型的文本形态。

1. 含蓄

含蓄是指让读者在有限的话语中体味无限的韵味。

2. 含混

含混，又称歧义、复义或多义，是文本的话语蕴藉的典范形态之一，指看似单义而确定的话语蕴蓄多重不确定意义，令读者回味无穷。

3. 总结

文学与社会生活多方面的关系都只能通过话语蕴藉这一特定的形态加以表现。文学与其他社会关系无法脱离话语蕴藉而独立，只能蕴含在话语的含蓄或含混的意义空间中。由此可以提出如下文学定义：文学是一种语言艺术，是话语蕴藉中的审美意识形态。

『名家名论』

诗之至处，妙在含蓄无垠，思致微渺，其寄托在可言不可言之间，其指归在可解不可解之会，言在此而意在彼，泯端倪而离形象，绝议论而穷思维，引人于冥漠恍惚之境，所以为至也。

——叶燮：《原诗·内篇》

文学者，以有文字著于竹帛，故谓之文；论其法式，谓之文学。

——章炳麟：《国故论衡·文字论略》

曹丕的一个时代可说是“文学的自觉时代”，或如近代所说是为艺术而艺术(Art for art’s sake)的一派。

——鲁迅：《魏晋风度及文章与药及酒之关系》

文学作为审美意识形态，是以感情为中心，但它是个感情与思想的结合；它是一种虚构，但又具有特殊形态的真实性；它是有目的的，但又有不以实利为目的的无目的性；它具有阶级性，但又是具有广泛的社会性及全人类性的审美意识形态。

——钱中文：《文学是审美意识形态》

文学研究不仅与文明史的研究密切相关，而且实在和它就是一回事。在他们看来，只要研究的内容是印刷或手抄的材料，是大部分历史主要依据的材料，那么，这种研究就是文学研究。

——韦勒克、沃伦：《文学理论》

“纯”意识形态原则上是不存在的。意识形态只有在各种具体的表现中——作为哲学的意识形态、政治意识形态、法律意识形态、道德意识形态、审美意识形态——才会现实地存在。

——阿·布罗夫：《美学：问题和争论》

我们观察一切事物，有三种方式——实际的、理论的和审美的。一个人若从实际的观点来看一座森林，他就要问这森林是否有益于这地区的健康，或是森林主人怎样计算薪材的价值；一个植物学者从理论的观点来看，便要进行有关植物生命的科学研究；一个人若是除了森林的外观没有别的思想，从审美的或艺术的观点来看，就要问它作为风景的一部分其效果如何。

——勃兰兑斯：《十九世纪文学主流》

艺术的本质是双重的：一方面，它摆脱经验现实和效果网络即社会；另一方面，它又属于现实，属于这个社会网络。于是直接显示出特殊的美学现象：它始终自然地是审美的，同时又是社会现象的。

——阿多诺：《美学理论》

我的观点是，最为有用的是把“文学”视为一个名称(name)，人们在不同时间出于不同理由把这个名称赋予某些种类的写作，这些写作则处在一个米歇尔·福柯称之为“话语实践”(discursive practice)的完整领域内；如果有什么应该成为研究对象的话，那就是这一完整的实践领域(whole field of practice)，而不仅是那些有时被颇为晦涩地贴上“文学”标签的东西。

——伊格尔顿：《文学理论导论》

4.2 课后习题详解

1. 文学概念有哪两种含义？现在通行的文学含义是什么？

答：(1)文学概念的两种含义

文学概念有广义的文化含义和狭义的审美含义。

①文学的文化含义是指一切口头或书面语言行为和作品，这是因为，人类最初对文学及其本质的思考只是包括于对自然和人生的哲学思考中，文学还统辖于哲学、宗教、政治、历史等范畴。这种含义盛行于中国魏晋以前和西方18世纪之前。

②审美含义是指具有审美属性的语言行为及其作品，包括诗、散文、小说、剧本等。此种文学概念大致完成于中国魏晋时期和西方16至18世纪，强调文学具有不同于一般文化形态的特殊审美性质。

(2)现在通行的文学含义

文学的通行含义是指文学是一门包括诗歌、小说、散文、剧本等体裁的艺术门类，是主要展现人类审美属性的语言艺术。文学的通行含义形成于人类活动的长期发展和现代分类机制的合理化作用。尽管文学的通行含义已经固定，但也并不存在一个明确、清晰的界限，可以截然分辨文学与非文学，因此，文学的含义具有一定的模糊性和不确定性。

2. 怎样理解文学的一般意识形态性质？

答：(1)文学是社会结构的一个组成部分

社会结构是由人类社会生活过程的各种要素或各个方面的总和构成的总体组织，包括两个基本层次：经济基础和上层建筑。经济基础由社会生产关系的总和构成，它是社会结构中的最终决定力量，也是社会赖以生存和发展的现实物质基础，经济基础必须和一定的物质生产力相适应。上层建筑是由经济基础影响和制约的各种制度及情感、信念、幻想、思想方式和世界观的总和，包含两个层面：政治、法律制度和社会意识形态。

(2)文学属于上层建筑中的社会意识形态

意识形态是与经济基础相对的一种上层建筑形式，指上层建筑内部区别于政治、法律制度的话语活动。文学作为一种社会意识形态，它的发展具有相对独立性。文学与经济基础的关系是间接且有距离的，通过上层建筑中政治、法律等环节的中介作用产生联系；经济基础施加于文学的支配性作用也要通过中介桥梁完成。

(3)文学和社会生活有着密切的关系

文学源于生活又高于生活。从理论和实践上讲，文学都是社会生活的反映。经过能动创作的文学作品显然要高于生活。社会心理是文学反映生活的中介环节。

3. 怎样理解文学的审美意识形态属性？

答：参见本章复习笔记。

4. 什么是话语蕴藉？怎样理解文学的话语蕴藉属性？试结合具体作品加以说明。

答：(1)话语蕴藉的含义

参见本章复习笔记。

(2)文学的话语蕴藉属性

话语是说话人在特定的社会语境中和受话人之间进行沟通的具体言语行为。文学是一种话语，包含说话人、受话人、文本、语境、沟通五大要素，由话语系统蕴藉而成。文学作为话语蕴藉，有两层含义：

①整个文学活动带有话语蕴藉属性

a. 从创作角度看，文学的基本属性是由文学与话语的关系决定的。这一基本属性表现为文学反映的是人与人之间的社会活动，同时也是一种社会话语实践。任何社会权力关系的表达都需要蕴藉在话语系统中展示。

b. 从阅读和批评角度看，读者和批评者对文学的属性和意义的阐释具有无限的可能。

整个文学活动带有话语蕴藉属性是指在特定的话语系统中，文学的属性和意义在文学创作与接受的过程中具有不可估量的阐释可能。

②具体的文本带有话语蕴藉属性

a. 具体的文本带有话语蕴藉属性，话语之间的特殊组合让文本内部具有意义生成的无限可能。

b. 整体的文学活动要通过具体文本的话语蕴藉来表现，而具体文本的话语蕴藉又被纳入相应的整体语境中。

c. 文学话语蕴藉具体表现为含蓄和含混这两种典型的文本形态。

(3)含蓄和含混

①含蓄是文本的话语蕴藉的典范形式之一

含蓄是指让读者在有限的话语中体味无限的韵味。

举例：唐代诗人王昌龄的《长信宫词》：“奉帚平明金殿开，且将团扇共徘徊。玉颜不及寒鸦色，犹带昭阳日影来。”这首诗是写班婕妤失宠被贬长信宫的宫怨诗，诗人并未直接刻画班婕妤的幽怨之情，而是含蓄地把哀怨之情蕴藉在侧面刻画中：班婕妤捧帚打扫宫殿时的偷闲和沉思，哀叹她如同团扇的命运；后两句以寒鸦作比，写她貌美却反不及寒鸦的怨情。诗人并未直言哀怨，读者却能清晰地体会诗中人的幽怨哀伤。

②含混是文本的话语蕴藉的典范形态之一

含混是指看似单义而确定的话语蕴含多重不同的意义，有多种“读法”。

举例：现代诗人戴望舒的《雨巷》写道：“撑着油纸伞，独自/彷徨在悠长、悠长/又寂寥的雨巷，/我希望逢着/一个丁香一样地/结着愁怨的姑娘。”这里的“雨巷”和“丁香”都是意义含混，“结着愁怨的姑娘”，这幻想中的人物，像梦一般在“寂寥的雨巷”中飘散、消失，是“我”的虚空、缥缈的主观情绪的外化，读之令人回味再三。

4.3　考研真题详解

一、填空题

1. 文学的一般意识形态性质是指文学是一种______。[首都师范大学 2010 年研]

【答案】意识形态

【解析】意识形态的有多种具体形态，包括哲学、政治、法律态、道德、审美等多方面的意识形态。文学从本质上说是意识形态。作为意识形态，文学具有普遍的属性，也具有特殊的属性。前者体现为文学具有一般意识形态的共性；后者则表现为文学具有审美意识形态的属性。

2. ______是构成文学作品的基本要素。[四川大学 2011 年研]

【答案】语言

【解析】题干这一命题包含两层意思：①语言是文学的物质媒体，一切文学作品都是用语言创作的，一切文学作品也都需要通过语言来欣赏；没有语言，就没有文学的物质存在。②语言也是文学的审美要素，人们阅读文学，不仅是欣赏语言所表达出来的情感和形象，富有个性特色的语言本身也会给人以丰富的美感享受。因此文学又被称为语言的艺术。

3. “酒神精神”是______在《______》中提出的关于希腊悲剧思维方法与艺术特点的重要概念。[首都师范大学 2013 年研]

【答案】尼采；悲剧的诞生

【解析】尼采在《悲剧的诞生》中将希腊神话中的日神和酒神用来象征两种基本的心理经验。尼采认为，酒神精神和日神精神是两种根本的艺术冲动。自然界本身的日神精神产生、肯定和美化个体生命；而自然界本身的酒神精神则毁掉和否定个体生命。更为原始的酒神精神正是通过否定“个体化原则”对世界的生命意志的肯定，从而使人体验到复归自然界原始统一的欢悦。

二、名词解释

1. 文学语言和日常语言[复旦大学 2013 年研]

答：文学语言，又称标准语，是现代汉民族语言中经过高度加工、符合规范化的语言，是民族共同语的高级形式。现代汉语的文学语言不仅包括文艺作品语言，也包括自然科学和社会科学著作的语言。文学语言的形成依赖于书面语的产生，而文学语言也具有口头形式，凡是合乎文学语言规范的，都是口头形式的文学语言。文学语言对民族语言的健康发展有极大的推动作用，承担着反映生活、塑造形象、表达情感的功能。日常语言是人们在日常生活中具体使用语言的结果，其活动领域局限于人们的日常生活。它适应日常生活的需要，在日常生活中承担着表情达意、相互交流的功能。

2. 审美意识形态［中国传媒大学 2010、2011 年研］

相关试题：论文学的审美意识形态属性。［论述题，中国人民大学 2016 年研］

答：参见本章复习笔记。

3. 艺术形式［南开大学 2010 年研］

答：艺术形式是艺术作品内部的组织构造和外在的表现形态以及各种艺术手段的总和。艺术形式包括两个层次：一是内形式，即内容的内部结构和联系；二是外形式，即由艺术形象所借以传达的物质手段所构成的外在形态。在任何艺术作品中，内形式与外形式是结合在一起的，只有通过一定的艺术形式，艺术作品的内容才能够得到表现。艺术形式具有意味性、民族性、时代性、变异性等特点。构成艺术形式的要素有：结构、体裁、艺术语言、表现手法等。

4. 话语蕴藉［河南大学 2024 年研；西安外国语大学 2022 年研；中国传媒大学 2014 年研；中央财经大学 2017 年研］

相关试题：蕴藉［中国海洋大学 2024 年研；中山大学 2017 年研］

答：参见本章复习笔记。

三、简答题

1. 文学话语与日常话语、科学话语的区别？［首都师范大学 2010 年研；中国传媒大学 2014 年研］

答：文学话语是语言运用中的一种功能变体，它是文学家提炼加工后，借以集中传达审美意识的语言。文学话语既具有语言的基本特征，又具备高度的艺术特性。在文学作品中，语言的社会职能已从单纯的传递信息转变为给人以美的享受。文学话语作为一种话语，它与日常话语、科学话语的区别表现为：

（1）文学话语符合艺术逻辑，日常、科学话语符合事理逻辑

①英伽登将文学作品看成是一个由表及里的多层次组织结构。根据这一理论，文学话语是文学作品的最外层，也是读者最直观地接触到的一个层面。艺术世界是诗人、作家虚构的模拟世界，尽管它来自客观世界，以现实世界为基础，但并不等同于现实世界。因为它已经融入了诗人、作家的主观情感，所以往往超出现实世界。因此，文学话语是内指性的，它符合艺术氛围中的情感逻辑。

②日常话语和科学话语是外指性的，即指向语言符号以外的现实世界，必须符合现实生活的事理逻辑，经得起客观生活和科学规律的检验，并遵守各种形式逻辑的规则。

（2）文学话语侧重表现功能，日常、科学话语侧重指称功能

文学话语侧重于表现功能，意义复杂多向，必须符合特定的语境才能把握。文学话语常常因其注进了文学家的心理内涵，往往托物寓意，言在此而意在彼，从而呈现出一种话里有话、弦外之音的效果。日常话语和科学话语侧重话语的指称功能。指称功能是指话语符号用来指称客观事物的功能，意义往往单一，它主要由语言符号的字面意义所确定和传达。表现功能是指话语符号表现说话者心理状态、情绪倾向的功能。

(3) 文学话语侧重陌生化，日常、科学话语侧重常规化

在很多情况下，文学话语并不是马上就能看明白。因为这些话语常常打破常规，或者使用一些不为人熟悉的修辞手法，甚至不合语法，从而达到陌生化效果。目的在于引起读者的注意，使读者在经历一番思索后，深感其妙。这是文学话语的文学性、艺术性所在。而日常话语和科学话语相对文学话语而言，则是自动性的、常规化的，一听就能理解，因而缺少艺术性。——

总之，文学话语在逻辑、功能以及形态方面与日常话语、科学话语之间产生了差异。文学正是因为这些因素和特征，才具艺术价值，充满无穷魅力。

2. 怎样理解“语言是文学的第一要素”？［南开大学 2011 年研］

答：“语言是文学的第一要素”这句话出自高尔基。高尔基说：“文学的第一个要素是语言。语言是文学的主要工具，它和各种事实、生活现象一起，构成了文学的材料。”也就是说，“文学的材料”不止一种，但语言是它的最基本、最有本质特性的材料。语言是文学文本最先呈现于读者面前供其阅读的具体符号系统。文学言语是作家以文学世界的形式逻辑创造的特殊言语系统，具有特殊的属性，却别于普通言语。语言之所以是文学的第一要素，是因为文学言语具有普通言语不具备的特点，主要表现为：

(1) 文学言语是内指性的

普通言语指向的是语言符号以外的现实世界，要求既符合客观现实生活的逻辑，又遵守形式逻辑的原则。文学言语则是指向本文中的艺术世界，它不必符合现实生活的逻辑而要求与整个艺术世界氛围相统一。例如，诗句“感时花溅泪，恨别鸟惊心”和“月是故乡明”，明显地违反客观现实，但它指向诗中特定的情境，因此只要符合艺术世界的诗意的逻辑就行了，不必经过现实生活的检验。

(2) 文学言语具有心理蕴含性

语言符号一般有两种功能，即指称功能与表现功能。普通言语侧重于它的指称功能，而文学言语则把它的表现功能提到更加重要的位置。文学言语蕴含了创作者丰富的心理体验，创作者的感觉、知觉、情绪、想象、观念等心理因素无孔不入地渗透在文学的言语系统中，使文学的意蕴与形象无时无刻不折射出心灵之光。雪莱在《西风颂》中写道：“如果冬天来了，春天还会远吗?”这里的“冬天”“春天”都已被诗人那种希望、神往、憧憬的情绪浸泡过，故与普通言语中的意义大不相同，更富于心理蕴含性。

(3) 文学言语具有阻拒性

这是俄国形式主义者提出的观点，是指对语言进行陌生化处理后达到的效果。它针对的是因过于熟悉而容易被人们忽略的日常化语言。例如，用“弹指间”来表示时间过得快，一开始显得很生动形象，但在被大量重复使用后，人们只把它当作一个干巴巴的符号，而不再有新鲜感。俄国形式主义主张文学言语要跳出言语“自动化”陷阱，把普通言语加工成让读者感到陌生进而引起兴趣的言语。这种言语可能不合语法，打破了人们理解的常规，甚至让人不得不仔细琢磨，但却能引起人们的注意和兴趣，在延长感知时间，增加感知难度的情况下，反而增强了它的审美效果，形成了文学言语的一大特色。

正是由于以上因素，文学言语成了审美性的言语。由这种言语组成的文学作品的言语层面，便具有了无穷的艺术魅力。文学以语言为符号，从这个意义上说，文学是一种语言艺术。文学作品中的言语，即作家个人的言语行为，其中包括人物的具体的独白、对话等，是文学审美价值的重要构成要素。

3. 谈文学语言的文学性，并举例说明。［北京大学 2011 年研］

答：（1）概述

文学语言同其他方面的语言一样，同属于整个社会语言的大系统，也有着与其他语言相同的性质，它们都是作为人类交际手段而存在，都是用来传递信息、表达情感和影响他人活动的，都具有集体性、社会化的性质。但是文学语言同普通的、日常生活的语言相比，存在根本的差异。判断文学与非文学语言的标准并不简单地在于审美属性及语言形式，而主要在于：文学的语言蕴含着独特的表现力；文学总是要呈现审美形象的世界，这种审美形象具有想象、虚拟和情感等特性；文学蕴涵着特殊而无限的意味。这些都是文学语言的文学性，而非文学语言则不具备。

（2）文学语言的文学性的重要性

①文学性是文学的本质特征

文学性意指文学的本质特征，这一术语由俄国形式主义批评家罗曼·雅各布森提出。雅各布森认为："文学研究的对象并非文学而是'文学性'，即那种使特定作品成为文学作品的东西。"在这里，文学性指的是文学文本有别于其他文本的独特性。在雅各布森看来，如果文学批评仅仅关注文学作品的道德内容和社会意义，那是舍本求末，文学形式所显示出的与众不同的特点才是文学理论应该讨论的对象。对于雅各布森和他同时代的俄国形式主义批评家来说，文学性主要存在于作品的语言层面。

②文学性是对日常语言的"变形"

鲍里斯·艾亨鲍姆认为，把"诗的语言"和"实际语言"区分开来，"是形式主义者处理基本诗学问题的活的原则"。雅各布森则进一步指出，文学性的实现就在于对日常语言进行变形、强化，甚至歪曲，也就是说，要"对普通语言实施有系统的破坏"。一旦语言本身具备了某种具体可感的质地或特别的审美效果，它就具有了文学性。

总之，文学语言使得文学文本有别于其他文本，使其具有文学性。文学性的研究侧重文学的内部研究，俄国形式主义、英美新批评等文论流派都是持这种主张，并努力践行的代表。

四、论述题

1. 结合相关的文学理论知识，谈谈你对以下两段文字的理解。［北京师范大学 2013 年研］

高行健说："我想要说明的是，文学也只能是个人的声音——而且，从来如此。文学一旦弄成国家的颂歌、民族的旗帜、政党的喉舌，或阶级与集团的代言，尽管可以动用传播手段，声势浩大、铺天盖地而来，可这样的文学也就丧失本性，不称其为文学，而变成权力和利益的代用品。"

莫言说："我认为优秀的文学作品是应该超越党派，超越阶段、超越政治、超越国界的。作家是有国籍的，这毫无疑问，但优秀的文学是没有国界的。优秀的文学作品是属于人的文学，是描写人的感情，描写人的命运的。它应该站在全人类的立场上，应该具有普世的价值。"

答：（1）文段观点

①高行健认为文学应该坚持其独立性，不应成为政治的从属品，阶级或集团的发声器。动用国家机器或许可以造成声势浩大、人尽皆知的局面，但终究会失去文学之所以为文学的内在规定性。

②莫言认为文学可以是没有国界，没有等级，超越政治的。优秀的文学作品是人的文学，关注人的命运和意义，应该具有人文主义精神。他强调文学创作的自主性和纯粹性。

（2）对两段文字的理解

关于文学本质的问题，是文学理论的核心问题。那么文学的本质究竟是什么？一般认为，文学作为一种精神现象，在社会结构中，属于上层建筑领域，是一种意识形态。同时，文学又是人们审美的产物，是按照“美的规律”建造的，具有审美的特性。探讨文学的本质，应该考虑到文学这两方面的特性，只有这样，才能准确地把握文学的本质，对文学有正确的认识。

长期以来，因为对文学本质的认识存在误区，我国现当代文学有相当一段时间被“文学从属于政治”“文学为政治服务”这一类的教条所禁锢，从根本上说，就是没有理清文学作为一种意识形态，和其他意识形态特别是政治之间的关系。20 世纪 80 年代，文学审美意识形态论被提出，终于在文学是一种意识形态和文学是一种特殊的意识形态（即文学的意识形态性和审美性）两者之间取得某种平衡。这一理论创新在多数学者那里达成了共识。

文学作为一种特殊的审美意识形态，与政治等其他意识形态之间的根本区别在于：

（1）在反映对象上，文学展示的是活生生的人间百态

每一种具体的社会意识形态都有一个极为明确鲜明的关切取向，如政治关注的主要是人的政治关系；法律关注的主要是人的法律关系；哲学关注的主要是人对世界的基本看法。与这些不同的是，文学反映的是以人为中心的具有审美意义的社会生活整体。文学要以生动、具体的美感形式，即用形象化的方式去反映生活，传达思想情感，这是文学不同于其他社会意识形态的基本特征之一。文学反映生活，或是重再现，或是重表现，但无论是哪一种，文学中反映的世界总是以具体生动的审美形象来展示人间百态。

（2）在反映方式上，文学以感性形式来把握世界

其他社会意识形态与文学对人和社会的反映过程和目的是不一样的，前者从具体的人和社会现象出发，随着认识的深化便会渐渐疏远对象自身的感性特征，进而专注于对人和社会的准确单纯的抽象意义和普遍原则的把握；而文学从具体的人和社会现象的体验和观察中，经由对具体对象的理解和思考、深化和升华，最终完成的是比人和社会现象本身更为集中和更具表现力度的具体的审美意象。文学艺术的创作过程虽然伴随着理性的分析和判断，但这一过程自始至终都是用具体个别的形象来反映生活。

（3）在反映态度上，文学以富有主观色彩的审美眼光来刻画社会人生

尽管其他的社会意识形态也会在某种层面上与人的主观心理有关，如政治有政治热情、道德和宗教也都有情感问题，但是这些情感成分时时刻刻都要受到客观事实和规律的制约，都要受到现实需要的选择，这样才有可能保证其客观性及真理价值。文学尽管也需要表现人类的某些共同的情感，但往往是以独特的主观态度来表现，以独特的感受、独特的理解、独特的心理姿态来表现社会人生。比如《三国演义》写的是历史故事，但作者却有浓厚的“尊刘抑曹”的情感倾向；鲁迅的《呐喊》和《彷徨》里的大多数小说，从表面看来是很冷静客观的，但细细地品味之后就会发现其大都熔铸着作家自己独特的“哀其不幸，怒其不争”的主体倾向。

综上所述，文学这种意识形态表现出其他社会意识形态所不具备的特殊性，将文学与其他社会意识形态等同，或简单机械地置于其他社会意识形态的框架之内，都是不恰当的。

2．怎样理解文学的话语蕴藉的属性？试结合具体作品加以说明。［武汉大学 2011 年研］

相关试题：简述文学的话语蕴藉属性。［南京师范大学 2024 年研］

答：（1）话语蕴藉的属性的含义

参见本章复习笔记。

（2）文学作为话语蕴藉的两层含义

参见本章课后习题详解 4。

例如，唐朝诗人王之涣的《登鹳雀楼》中“欲穷千里目，更上一层楼”一句，“更”字至少可以表达出三层意义：

一是再次登楼，比喻人生行为的重复出现。

二是继续登楼，比喻人生境界的继续提升。

三是永远不断地继续向上登楼，比喻人生境界永远向上继续提升。

一个“更”字聚合了登楼的三重意义，把寻常的一个动作与人生境界追求联系起来，为诗人的登楼体验营造内涵丰富的意义空间，打造出话语蕴藉效果。

3. 比较分析以下三种关于文学性质的定义：

诗歌是为了达到一种审美目的，而用有效的审美形式，来表示内心或外界现象的语言的表现。（格罗塞：《艺术的起源 · 诗歌》）

文学是指以语言文字为工具形象化地反映客观现实的艺术，包括戏剧、诗歌、小说、散文等，是文化的重要表现形式，以不同的形式（称作体裁）表现内心情感和再现一定时期和一定地域的社会生活。（百度百科网）

文学就是一个特定的社会认为是文学的任何作品，也就是由文化来裁决，认为可以算作文学作品的任何文本。（卡勒：《当代学术入门：文学理论》）［首都师范大学2012年研］

答：（1）第一种关于文学的看法实际上是一种文学审美意识形态论

文学的审美意识形态属性，是指文学的审美表现与意识形态相辅相成的关系。文学审美包含意识形态的因素，意识形态则通过文学审美得以体现。从目的看，文学的审美意识形态表现为无功利性与功利性兼具。作者或读者在创作或欣赏的当时一般都没有直接的功利目的，不企求直接得到现实利益。但另一方面，文学要表现对现实、人生的关注，反映一定社会、时代、阶级的利益和情感，不可能不具有功利性。从方式看，文学的审美意识形态表现在形象性与理性共存。文学的基本任务在于塑造审美形象，因而具有形象性；同时，在文学创作中作家需要分析素材，提炼主题，构思情节等，这些过程中时常掺杂着作家的理性思考。从态度看，文学的审美意识形态表现在情感性与认识性相互渗透。文学活动中无时不贯注着作家或读者的主观情感倾向，同时，也蕴含着作家或读者对社会人生真理的探寻和认识。

（2）第二种关于文学的看法实际上是一种文学反映论

马克思主义的文学理论认为文学是一种社会意识形态，文学是社会生活的反映，社会生活是文学的唯一源泉。文学发展的历史充分证明，一切文学作品的内容都是对一定社会生活的反映，不是这方面的反映，就是那方面的反映；不是直接的、现实的反映，就是间接的，幻想的反映；不是正确的、真实的反映，就是错误的、歪曲的反映。完全不反映社会生活的文学作品，古今中外都是没有的。另一方面，一切文学作品的形式也是源自社会生活的，也是社会生活本来就存在的美的属性的反映，因为艺术形式、艺术手法对于作者来说，不是孤立存在的，也不是先天就有的，而是来源于作者能够对生活美深刻的全面感受。

（3）第三种关于文学的看法实际上是一种文学文化论

文学是文化的象征，这种观念采用社会文化视角。女性主义批评、新历史主义批评、后殖民主义批评、社会政治批评等，都属于这种观念下的不同流派。这种观念的基本点是把文学理解为与社会文化密切相关的事物，文学是文化的象征，文学必然有深厚的文化内涵，从而纠正了那种不注重文学的社会历史维度的“内部研究”的偏差。目前这种观念在国内外都逐渐成为“显学”。文化诗学是可能的，它的优势也是明显的。但是，这种观念并不是没有弱点，它较难切入文学固有的审美特质，也有脱离文学作品的实际而单纯关注社会文化问题的可能。

第5章　社会主义时期的文学活动

5.1　复习笔记

一、社会主义时期文学活动的基本属性

（一）社会主义的意识形态性

1. 社会主义的特点

文学活动的发展与一定时期的社会发展密切相关，建立在一定的社会经济基础上。社会主义时期的文学活动则是建立在社会主义经济基础上，具有社会主义意识形态性。社会主义的基本特征有：

（1）解放和发展生产力，建立和完善社会主义的生产资料公有制，逐步消灭剥削，消除两极分化，最终达到共同富裕。

（2）建立了以按劳分配为主体、多种分配方式并存的分配制度。

（3）以经济建设为中心，逐步建立起了社会主义市场经济体制。

（4）建立起社会主义国家政权，发展社会主义民主，完善社会主义法制，建设社会主义的政治文明。

（5）以马克思主义为指导，大力发展社会主义文化，建设社会主义精神文明，构建和谐社会。

2. 我国社会主义时期文学活动的性质和主要特征

（1）以马克思列宁主义、毛泽东思想、邓小平理论、“三个代表”重要思想、科学发展观、习近平新时代中国特色社会主义思想为指导思想。

（2）坚持工人阶级及其先锋队共产党的领导地位。

（3）维护和巩固社会主义经济基础。

（二）社会主义时期文学活动的特点

1. 主导性

社会主义时期的文学活动，同人类历史上出现的各种文学活动一样，都是一种社会现象，是一种审美活动。但是，作为社会主义时期的审美意识形态的文学活动，又具有时代的特点和性质，即鲜明的主导性。在社会主义时期，社会主义文学占据主导地位。其主要特征有：

（1）具有鲜明的社会主义意识形态性。

（2）无产阶级的阶级性、党性与人民性、民族性、人性的高度统一。

（3）共产主义的理想性与艺术的真实性、典型性、独创性的统一。

（4）革命的思想内容与民族形式的统一。

（5）深刻的哲理性与强烈的艺术感染力的统一。

2. 层次性

社会主义时期文学活动是多层次的，对于一切有进步意义和审美价值的活动都要包容，允许其存在和发展。提倡有益的，允许无害的，反对和禁止一切有害的文学活动。总的来说，要从多角度来看其层次性。

(1)从反映社会现实生活看，有致力于真实再现人民大众生活的写实文学，也有着重抒发自我人生感悟的抒情文学。

(2)从政治思想性质看，既有具有鲜明政治倾向性的文学作品，如革命文学、改革文学，也有政治倾向性不明显的文学作品，但其中仍包含了爱国主义、人道主义。除此之外，还有一些政治反动文学，对此应加以批判和抵制。

(3)从审美价值和艺术性看，有高低、粗细、文野的不同层次。

3. 多样性

社会主义时期的文学活动尽管以社会主义文学为主导，但同时强调文学活动的多样性与丰富性。

(1)有鲜明的社会主义意识形态性

其主要特征有：

①无产阶级的阶级性、党性与人民性、民族性、人性的高度统一。

②共产主义的理想性与艺术的真实性、典型性、独创性的统一。

③革命的思想内容与民族形式的统一。

④深刻的哲理性与强烈的艺术感染力的统一。

(2)文学创作的题材、思想、人物、形式、风格、艺术方法与表现手法都是多样化的。

①在题材上，不局限于反映当下的现实生活，也存在古代题材、外国题材甚至科幻作品等。

②在思想上，既有表达爱国主义的作品，也有向往自由、歌颂爱情、鞭挞黑暗的作品等。

③在艺术方法上，既吸收了古典文学的叙事传统，也借鉴了外国文学的表达技巧，创作手法丰富。

二、社会主义时期文学活动的价值取向

(一)社会主义时期文学活动的主要价值取向

在科学继承毛泽东文艺思想的基础上，邓小平又结合新的时代条件和发展要求，倡导文艺要"为人民服务，为社会主义服务"，即"二为"方向，并且强调应当把"二为"方向与"双百"方针有机统一起来。"二为"方向和"双百"方针成为新时期我国最重要的文艺发展指针。繁荣社会主义文艺为什么必须坚持"二为"方向和"双百"方针？这是因为：

1. 为人民服务、为社会主义服务，决定着我国文艺的性质和方向，为我国文艺的发展和繁荣开辟了无比广阔的前景，在社会主义现代化建设的整个过程中，始终是我们必须坚持的根本原则。

2. 如果说"二为"方向明确了社会主义文艺的基本性质，那么"双百"方针则强调尊重文艺创作规律和艺术自由，两者的有机结合才能使我国社会主义文学艺术得到繁荣发展。

(二)高雅文艺与通俗文艺

在社会主义初级阶段，雅与俗的问题尤为突出。高雅艺术和通俗艺术是一个双向运动的发展过程。

1. 雅与俗的关系

雅与俗是两种不同的文化形态，体现不同的价值取向，但又是共存于民族文化中的对立统一体。

(1)雅与俗是相互依存的。对于一个民族来说，既需要代表文学艺术纯正发展方向的雅

文学，也需要代表文学艺术价值世俗化取向的俗文学，两者缺一不可。

（2）雅与俗在一定条件下可以相互转化。在不同的时期，我们对雅与俗的认知可能不同。在古代，诗处于正统地位，是雅文化的代表，而词却被认为是粗俗的民间艺术，但是现在两者皆被认为是雅的文学形式。

2. “阳春白雪”与“下里巴人”的提出

（1）相传《阳春白雪》是春秋时期“乐圣”师旷所作，比喻高深典雅的文艺作品；《下里巴人》原指战国时代楚国民间流行的一种歌曲，今用于比喻通俗的文学艺术。

（2）毛泽东在《延安文艺座谈会上的讲话》曾说，现在是“阳春白雪”和“下里巴人”统一的问题，是提高和普及统一的问题。

3. 衡量雅与俗的标准

社会主义时期的文学活动，以是否满足人民群众的日益增长的审美需要为判断标准，文学艺术正确的发展方向即为人民服务，为社会主义服务。

（三）社会主义文学艺术的价值追求

每一时代的社会核心价值体系总制约着文学艺术作品的思想内容，制约着特定作品对于题材、主题乃至形式和风格的选择。在今天，社会主义核心价值体系同样涉及文学艺术的思想内容，涉及文艺所表现的世界观、人生观、价值观和社会理想、美学理想、道德理想，以及文艺创作中作家艺术家所表现的情感倾向。因而，它必然要成为社会主义时代文艺创作和文艺批评都必须予以十分重视的问题。

1. 社会主义的本质

社会主义的根本任务是解放和发展社会生产力，最终目标是谋求人民的共同富裕，既包括物质的富裕，也包括精神的富裕。这是我国人民群众的共同理想。

2. 马克思主义以人为本的价值观

马克思主义的基于辩证唯物主义和历史唯物主义的世界观和共产主义的人生观，必然会推出以人为本的价值观。一切以对广大人民群众是否有利作为准绳，这就是社会主义时代应有的价值观。

3. 社会主义的爱国主义

社会主义的爱国主义是一种对祖国强烈和真挚的情感，一种为祖国勇于担当和奉献的精神，同时也是维护民族团结、凝聚民族力量的纽带，是一个国家、民族生生不息、发展壮大的力量源泉。

4. 改革创新的时代精神

社会主义现代化必须建立在发达的生产力基础之上。实现社会主义现代化，最根本的就是要通过改革创新，不断促进先进生产力的发展。改革创新归根结底也是为了国家的昌盛和人民的幸福。

5. 社会主义荣辱观

集中地体现了社会主义社会的应有道德准则，是促进和谐社会建设的人们行为的规范。

正是以上这一切，构成了现阶段我国社会的核心价值体系，成为我国社会主义先进文化建设的本质性的内涵。

（四）贴近生活、贴近群众

1. 作家是文学活动的主体，他们的生活道路和创作道路，直接影响着作品的质量。

2. 文学要表现人及其社会关系，要反映人民的情感、情绪、思想、性格、命运，因此，作家第一位的工作是贴近人民群众的现实生活，了解他们的喜怒哀乐。

3. 文艺工作者应积极学习马克思主义世界观和方法论，提高自己的思想道德修养；应深入生活、深入群众，向生活学习，向群众学习，整体把握生活的底蕴，体验人民的感情，领悟生命的真谛。

三、科学发展观与文艺的繁荣

(一)科学发展观

社会主义时期的文学活动则是建立在社会主义经济基础上，具有社会主义意识形态性。社会主义文艺的发展规律是整个社会主义发展规律的一个子系统。社会主义文艺的大发展、大繁荣，是实现中华民族伟大复兴的重要标志，科学发展观则是实现社会主义文艺大发展、大繁荣的指路明灯。

(二)继承与创新

在我国，毛泽东明确指出必须批判地继承一切优秀的文化遗产。

1. 文学活动的继承性

文学活动的发展有自己的历史继承性。历史继承性是指前代文学艺术对后代文学艺术的巨大影响以及后代文学艺术对前代文学艺术的积极成果的继承发扬，它揭示了文学历史发展之间的必然的、本质的、稳定的联系。这是古今中外一切文学艺术发展都应遵循的普遍规律。

2. 文学艺术的继承与创新的关系

(1)继承是创新的前提

文学艺术的历史继承性，首先表现在对本民族文学艺术遗产的吸收和接受，以及对其他民族和国家优秀文化和艺术成果的吸纳。文学艺术的历史继承性，在文学艺术的内容、审美观念、形式、种类和创作方法等方面均有突出的表现。

(2)创新是继承的目的

①从文学艺术作品来说，创新可以表现为文学艺术作品内容的创新与形式的创新。文学艺术内容的创新即创造新的艺术形象、表现新的思想感情，这是文学艺术作品创新的主导方面。文学艺术内容的创新必然带来文学艺术形式的创新，即文学艺术作品组织结构与语言的创新。

②从创新程度来说，创新可区分为同一文学艺术风格延续中的创新与不同文学艺术风格转变中的创新。所谓同一文学艺术风格延续中的创新，实际上是文学艺术发展的量的积累，是对某一文学艺术风格的完善。所谓不同文学艺术风格转变中的创新，实际上是文学艺术发展过程质的飞跃，是对某种艺术风格的根本变革，是新的文学艺术风格的产生。

3. 批判地继承

扬弃是继承的原则。对于文学艺术遗产，应取其精华，去其糟粕。我们要反对“肯定一切”和“否定一切”两种错误。

(三)借鉴与创造

1. 中华民族在漫长的历史进程中以自己的智慧和才能创造了灿烂的古代文化，对世界文学的发展做出了巨大的贡献，这种创造力需要被后世继续发扬光大。

2. 文明的多样性、文学艺术的多样性，是人类社会的客观存在。每个民族艺术家创造的优秀艺术作品都是人类共同的精神财富，要使民族的珍品成为世界的财富，就必须加强民族文学艺术的相互对话、交流活动，取长补短，共同繁荣。

（四）百花齐放、百家争鸣

1．1956年毛泽东提出了著名的“双百”（“百花齐放，百家争鸣”）方针，这是发展和繁荣社会主义时期科学文化和文艺事业的一个根本性方针。

2．“双百”方针的内涵：百花齐放是指文学艺术上的不同形式和风格可以自由发展；百家争鸣是指科学研究上的不同学派可以自由争论。

『名家名论』

希腊神话不只是希腊艺术的武库，而且是它的土壤……希腊艺术的前提是希腊神话，也就是已经通过人民的幻想用一种不自觉的艺术方式加工过的自然和社会形式本身。这是希腊艺术的素材。

——马克思

资产阶级，由于开拓了世界市场，使一切国家的生产和消费都成为世界性的了。……物质的生产是如此，精神的生产也是如此。各民族的精神产品成了公共的财产。民族的片面性和局限性日益成为不可能，于是由许多种民族的和地方的文学形成了一种世界的文学。

——马克思、恩格斯：《共产党宣言》

现代历史的全部经验，特别是《共产党宣言》发表后半个多世纪以来世界各国无产阶级的革命斗争，都无可争辩地证明，只有马克思主义的世界观才正确地反映了革命无产阶级的利益、观点和文化。

——列宁：《论无产阶级文化》

无可争论，写作事业最不能机械划一，强求一律，少数服从多数。无可争论，在这个事业中，绝对必须保证有个人创造性和个人爱好的广阔天地，有思想和幻想、形式和内容的广阔天地。

——列宁：《论文学与艺术》

人民不仅是创造一切物质价值的力量，人民也是精神价值的唯一的永不枯竭的源泉，无论就时间，就美还是就创造天才来说，人民总是第一个哲学家和诗人：他们创作了一切伟大的诗歌、大地上的一切悲剧和悲剧中最宏伟的悲剧　　——世界文化的历史。

——高尔基：《个人的毁灭》

歌，诗，词，曲，我以为原是民间物，文人取为己有，越做越难懂，弄得变成僵石，他们就又去取一样，又来慢慢地绞死它。

——鲁迅

我以为根本问题是在作者可是一个“革命人”，倘是的，则无论写的是什么事件，用的是什么材料，即都是‘革命文学’。从喷泉出来的都是水，从血管里出来的都是血。

——鲁迅

文艺工作者要学习社会，这就是说，要研究社会上的各个阶级，研究它们的相互关系和各自状况，研究它们的面貌和它们的心理。只有把这些弄清楚了，我们的文艺才能有丰富的内容和正确的方向。

——毛泽东：《在延安文艺座谈会上的讲话》

我们必须继承一切优秀的文学艺术遗产，批判地吸收其中一切有益的东西，作为我们从此时此地的人民生活中的文学艺术原料创造作品时候的借鉴。有这个借鉴和没有这个借鉴是不同的，这里有文野之分，粗细之分，高低之分，快慢之分。所以我们决不可拒绝继承和借鉴古人和外国人，哪怕是封建阶级和资产阶级的东西。但是继承和借鉴绝不可以变成替代自己的创造，这是决不能替代的。文学艺术中对于古人和外国人的毫无批判的硬搬和模仿，乃是最没有出息的最害人的文学教条主义和艺术教条主义。

——毛泽东：《在延安文艺座谈会上的讲话》

5.2 课后习题详解

1. 简述社会主义时期文学活动的基本属性。

答：社会主义时期文学活动的基本属性，概括起来主要有以下两点：

(1)社会主义的意识形态性

文学活动的发展与一定时期的社会发展密切相关，建立在一定的社会经济基础上。社会主义时期的文学活动则是建立在社会主义经济基础上，具有社会主义意识形态性。其主要特征有：

①以马克思列宁主义、毛泽东思想和中国特色社会主义理论体系为指导。

②坚持工人阶级及其先锋队共产党的领导地位。

③维护和巩固社会主义经济基础。

(2)社会主义时期文学活动的主导性、层次性、多样性

①主导性。其主导部分主要在于鲜明的社会主义的意识形态性，它以无产阶级的阶级性、党性、人民性、民族性、人性的高度统一，共产主义的理想性与艺术的真实性、典型性、独创性的统一，革命的思想内容与民族形式的统一、深刻的哲理性与强烈的艺术感染力的统一为其主要特征。

②层次性。社会主义时期文学活动是多层次的，对于一切有进步意义和审美价值的活动都要包容，允许其存在和发展。提倡有益的，允许无害的，反对和禁止一切有害的文学活动。总的来说，要从美学的和历史的、思想内容和艺术形式相统一的观点来看其层次性。

③多样性。社会主义时期文学活动应是多样性的，拒绝模式化、概念化、公式化。其文学创作的题材、思想、人物、形式、风格、艺术方法与表现手法都应该而且多样化，这一方面可以调动作家创作的积极性，另一方面则能满足人民日益增长的多样化的艺术审美需要。

2. 谈谈你对社会主义文学艺术的价值趋向的认识。

答：参见本章复习笔记。

3. 试论以人为本的丰富内涵及其对文学发展的意义。

答：(1)以人为本的内涵

①以人为本的“人”，是指中国和世界最广大的人民群众。在当代中国，就是以工农兵、知识分子为主体的、包括社会各阶层和海内外一切热爱祖国、维护祖国统一、独立和富强的最广大的人民群众。

②以人为本的“本”，就是以最广大人民群众的生命和根本利益为本，这是我们一切工作最根本的出发点和落脚点。

总的来说，以人为本，就是以最广大人民群众的生命和根本利益为本，这是社会主义文学艺术的本质属性和突出标志。需要强调的是，它不同于“五四”时期周作人在《人的文学》中所说的那种“个人主义的人间本位主义”，不同于宗教家和宗教文学中宣扬的“以神为本”，不同于今天市场经济大潮中那些“一切向钱看”的“以物为本”。

(2)对文学发展的意义

①中外文学史的发展表明，人的觉醒、人的发现、人的思想的每一次大解放，都对文学

带来了发展和繁荣。改革开放以来的伟大实践和中国当代文学发展的实绩同样证明：以人为本是引领社会主义文艺走向大发展、大繁荣的总纲和灵魂。

②文学是写人的，是表现人的思想感情、展示人的心灵世界的。一部世界文学史，就是人类艺术地认识自己、观照自己、展示自己灵魂的历史。

③文学又是写给人看的，一部文学作品只有真正为人民大众所赞赏和接受，作家创作的文本，才能称之为文学作品。作品的好坏美丑，最终还是要由人民来判断。

④以人为本，在文学发展和文学创作上，就应把人民的绚丽多彩的社会生活看作是取之不竭用之不尽的唯一源泉。

⑤以人为本是科学发展观的核心。科学发展观是马克思主义关于发展的世界观和方法论的集中体现。它是我们观察当今时代、观察中国社会、观察文学艺术的强大思想武器和认识工具。因此，我们只有站在时代的高度，以人为本，运用科学发展观去观察、研究、分析文学艺术，才有可能认清文学发展的过去、现在和将来，打开文学殿堂的大门，揭示文学的真谛和奥秘。

4. 简论继承与创新的关系。

答：参见本章复习笔记。

5.3 考研真题详解

一、名词解释

1. 大众文学[首都师范大学2010年研]

答：大众文学是现代文学中一种具有广泛群众性或通俗性的文学的总称。大众文学和“纯文学”相对应，在商品经济流通过程中，侧重于追求群众趣味，注意消遣性和娱乐性。现代题材小说、传奇小说、剑侠小说、冒险小说、侦探小说、打斗小说、政治小说、言情小说、推理小说、科学幻想小说等，在广义上都可以列为大众文学。

2. 纯文学[厦门大学2012年研]

答：纯文学是近现代西方唯美主义思潮的文学主张。纯文学论者主张艺术至上，认为艺术本身就是目的，他们反对文学中的道德因素和理性因素，否定文学的功利性、社会性，将文学看作个人的消遣。纯文学的思想可以追溯到康德等人关于审美活动非功利性的论述。1873年，英国佩特在《文艺复兴史研究》一书中，提出艺术是生活的目的，表现了“为艺术而艺术”的倾向，其后的王尔德、叶芝等人也有类似的主张。

二、简答题

社会主义时期文学活动的价值取向。[中央财经大学2017年研]

相关试题：“二为”方向[名词解释，华南师范大学2022年研]

答：参见本章复习笔记。

三、论述题

结合具体的作品，谈谈文学中的雅、俗，以及雅俗之间的关系。[中国传媒大学2012年研]

答：(1)文学中的雅与俗

①文学中的雅：高雅文学是一种典雅、正统、经典、纯粹的具有较高思想艺术价值的文学类型。高雅文学有时又称“纯文学”“美文学”“严肃文学”或“精英文学”。大众文学，是与“高雅文学”相对而言的一种浅近、通俗、平易、流行的文学类型。

②文学中的俗：在商业社会，大众文学又称“消费文学”，往往具有明显的盈利性和较高的商业价值。简言之，雅文学是偏向于文雅、具有浓厚文学气息和较高文化艺术价值的文学；俗文学则是具有浅近、通俗、大众化的特点，是比较贴近生活、能为一般平民百姓所接受的文学形态。

（2）雅俗文学之间的关系

①雅俗文学再现现实世界的经验方式不同

雅文学更多地趋向于整体经验，俗文学则更多地趋向于单维经验。这里的“整体经验”包含两层意思：

a. 是指立体地、全方位地且生动地、有机地再现社会生活图景。

b. 是指对具象世界的一般性抽象，也即以充满张力的形象语言发现新的实在，发现普遍真理。

雅文学再现生活，或许夸大、或许变形，但它是完整的，也是真实的，在假定性基础上保持着一种逻辑一贯性，甚至在细节上也是如此。如在《红楼梦》里，贾府连接着皇宫、王府、官府、街市、寺庙、农村等，它们相互依赖、休戚相关，并每天制造出无穷的原因和结果，从而构成了独立于读者之外的有生命的世界。而俗文学往往描述一个个孤立的、个别的事实。俗文学也并不指向任何超出本身作品之外的微言大义，它的全部内容仅仅等于其作品自身。如金庸的《射雕英雄传》中的郭靖、黄蓉、东邪、西毒、南帝、北丐之类人物，其关系无论如何复杂，随着故事的发展，最终会水落石出的；其情节无论如何变幻莫测，离奇古怪，但无非是好人打败坏人，正义战胜邪恶——这与其说是显现一种真理，倒不如说在表达一种愿望。

②雅俗文学在思想深度上大相径庭

雅文学在努力寻求做出对社会生活的诗意表现时，总是以日常意识、现实意识或正统意识的挑战者自居。雅文学作家希望自己的作品能够成为“不假良史之辞，不托飞驰之势，而声名自传于后”的传世之作，因此，他们必须澄怀观道，将心灵沉潜到生活本体最深沉最内在的冲动之中，从而突破传统的束缚，颠覆世人的常识感，对主流话语持强烈的批判立场。雅文学永远肯定那些处于极端情境中人的经验，祝福着人们的激情、思念、爱欲、想象和追忆。雅文学总是以时代拓荒者的姿态傲然独立，庇护着一方圣洁的天空，从而使自身从属于历史。与此相反，俗文学基于本身固有的商业利益，则必然屈服于世俗意识，迎合大众的心理需求。在这种意义上，俗文学没有自己独立的思想性。

③雅俗文学对情感的处理大相径庭

如果说雅文学是在表现感情，那么，俗文学往往是招引感情，甚至可以说，是煽情。雅俗文学表现或招引感情，意味着两个方面的内容。深沉的感情是雅文学的内在组成部分，甚至可以说，是雅文学作家自身生命的形式。而感情之于俗文学，基本上是外在的，是作家在商业上征服读者大众的主要道具之一。雅文学表现感情，作为内在的情感的外化，是将一种非理性的冲动变成一种艺术的理解。这种转变就是将个人内心感受的情感转化成人人能理解的公共情感。因此，可以处于一定的审美距离，对这种情感进行反思或观照。一个雅文学作家在表现了自己个人情感的同时，也表现了一般人类感情。俗文学招引情感，则是外在情感的内化，其方式大致有两种：一是对不能见容于社会的低级欲望的招引。大量的地摊文学即属此类。此类书刊以毫不掩饰地方式来招徕顾客，它们挑逗人们，使其欲望可以得到当下的虽然是虚拟的满足。另一种是对正义感等人类崇高感情的招引。正义感可能产生之处并不是依据复杂的社会生活本身的逻辑而出现的，它是依据俗文学作家的主观逻辑而出现的。

④雅俗文学诉诸读者的目的效果迥然有异

雅文学的目的效果指向人生的严肃性。真正伟大的雅文学往往接近某些宗教精神，往往带有强烈的形而上学本体论色彩，往往偏激、极端，不近人情，荒谬绝伦，在实践领域是无效的，在日常生活范围里是完全行不通的。与雅文学的震惊效应相对应，俗文学制造娱乐的主要手段是刺激，刺激本来是出乎人们对刻板、单调、沉闷、无聊的现代生活的反叛。但这种反叛并不超出本能所控制的范围，只是虚拟情境下的反叛，虚拟情境何时结束，反叛也就何时结束。俗文学提供消遣的主要方式是安抚。如果说刺激使人紧张焦虑，安抚则是通过让人轻松舒缓的方式来取悦于人。刺激将对现实的反叛引向刺激者所预设的圈套中，悬念的吸引力改变了反叛的方向；安抚则连“伪反叛”都不是，它是对现实的美化和顺从。

⑤雅俗文学在形式技巧上存在明显的差异

a. 在语言表达上，雅文学追求突破日常语言的工具性，而凸现语言本身的内在魅力。文学作为语言艺术，要打破感知的麻木不仁状态，就必须采用陌生化手法，即有组织地违反日常语言的惯例，从而以增加感受的难度的方式唤醒读者，以回归到观察的原始印象亦即指以前的印象中去。俗文学采用的语言往往是口语化的或程式化的语言。一般说来，语言在俗文学中居于从属的地位，没有自身的价值。口语化的语言功用在于传递信息，因此必须通俗易懂。

b. 在文本的方式上，雅文学以文学典型、文学意境、文学意象的塑造为核心来组织文本，谋篇布局因此成为雅文学作家关心的焦点问题之一。在叙述角度上，雅文学简直可以说已经探索了所有可能的视点。而在俗文学中却没有什么特别的叙事技巧可言。如前所述，俗文学的目的是娱乐和消遣。因此，它不需要什么艺术技巧来使读者寻求智力上或审美上的愉悦。叙事性俗文学作品的中心任务是炮制情节。俗文学作家安排了一些戏剧冲突，在戏剧冲突中，俗文学作家通过一系列悬念和意外来控制读者的情绪。如果运用某些艺术技巧来使读者保持一定的审美距离，则会降低感官的快感程度。

⑥雅俗文学相互影响

高雅文学与通俗文学或大众文学之间的界限并不是牢不可破的，两者是相互影响，互相借鉴的关系。文学作品和文学观念是不断地向未来开放的，并且对文学的全面理解在极大程度上受到一个时代社会时尚和审美趣味的制约，俗文学可以成为雅文学。

第三编　文学创造

【名师点拨】

本编内容是各类考试中最常涉及的部分，其中尤以文学的创造过程为重，命题方式极为灵活。本部分内容的学习，既要熟记并理解东西方著名的文学创作理论，又要对文学创造的性质特征乃至文学创造的基本原理进行深入理解。思考以下问题会对学习本编内容有所帮助：

1. 如何理解作家的出身与其作品之间的差异？
2. 如何理解灵感与创作的关系？
3. 诗人与小说家的创作过程有何区别？
4. 如何认识作家创作意图与人物性格发展逻辑的冲突？
5. 东西方分别有哪几种主要的文学创作理论？
6. 文学真实可以从哪些角度进行理解？
7. 文学的审美价值到底体现在哪里？

第 6 章　文学创造作为特殊的精神生产

6.1　复习笔记

一、文学创造作为特殊的生产

(一)精神生产与物质生产

1. 精神生产和物质生产的内涵和关系

(1)物质生产的内涵

物质生产是社会存在的重要形式，是人类改造自然、创造物质财富的活动，是人类赖以生存和从事精神生产的基础，是人类最基本的实践活动。

(2)精神生产的内涵

精神生产是人们为满足精神文化生活的需要而进行的生产活动，范围涉及哲学、自然科学、社会科学、科学技术和文学艺术等领域，是人类区别于动物的一个根本性标志。

(3)物质生产和精神生产的关系

①精神生产的产生和发展始终以物质生产为前提和基础。

②精神生产具有相对独立性

a. 物质生产对精神生产的作用是间接的(必须以思想关系为中介)，而且影响精神生产发展的原因是多方面的。

b. 精神生产具有创新性，它总是密切关照当下社会现实，这种创新又是在继承基础之上的创新，任何一个新思想、新理论、新作品都是在前人的精神成果之上进行的。

c. 精神生产对物质生产具有反作用，精神生产通过对物质生产过程和要素的影响，提高了劳动生产率和社会生产力水平，促进了社会物质财富的增长，持续不断地推动着社会物质文明的发展。

③精神生产取得相对独立的地位后仍受到物质生产的普遍规律的支配。

2. 精神生产的特殊性

(1)精神生产和物质生产的共同性质和规律

①都是人类生活的产物，是自觉的有意识的活动。

②两种生产都是人的本质力量的对象化活动。

(2)精神生产不同于物质生产的特征

①精神生产观念地创造对象世界

精神生产根源于人的精神需要，人与对象世界的关系是一种精神关系，它只通过意识活动对外部世界进行观念性的体验或思索，在此基础上创造一个观念世界。

②精神生产以符号活动来创造观念世界

在精神生产中，人们凭借的工具是符号。符号是标示事物的代码。人类运用语言(包括口语与书面语)这种符号来传达出自己的内在生命活力与情感需求并凝聚成有生命的完整形式。正是借助这些凝固的符号形式，创作主体才能突破时空的局限与不同时代、不同地域的“他者”进行多层次的、有效的交流与对话。文学活动从本质上说就是人类生命力外化的语言符号活动。

③精神生产是富于个性的自由创造活动

在更广阔、更少现实局限的精神世界，往往能够超越知觉映像的具体性的束缚，并以情感为动力，借助想象的翅膀，进入表象的化合、分解、变异、凝练、概括的自由创造之中，最终完成个性化的艺术形象的塑造。

(二)文学创造与其他精神生产的区别

1. 文学创造与科学、宗教活动的区别

(1)文学创造和科学活动的区别

①科学活动的特点是揭示客体的真实本质，它通过理性思维力求如实把握世界的客观规律。把直观和表象加工成概念、范畴的活动，目的在于获取关于客观世界的真理，以满足人的理性需要。

②文学创造是人对世界的审美的精神掌握，因而是一种审美意识形态的生产，它对世界的精神活动主要是一种情感体验，具有直观性、想象性、幻想性、形象性等特点。

(2)文学创造与宗教活动

①相似性

宗教并非用抽象的概念范畴来反映客观世界，因而与文学在精神上、思维对象和思维方式上以及手法表现上都有相通之处。在整个人类历史文化发展过程中，文学与宗教有着广泛而密切的联系，宗教对文学的影响是相当深远的。

②区别

a. 文学创造是主客体双向的审美建构活动。在这一活动过程中，主客体间自始至终表现为复杂的审美关系，其中既表现为感觉、情感和想象的体验功能，又表现为认知、理性和沉思的范导功能。在这种具体的交互作用中，不同作家、不同类型的创作，却遵循着某种相通的、约定的原则和规范，形成特定时代关于文学的观念或惯例，以表现社会，揭示人性。

b. 马克思主义认为：“一切宗教都不过是支配着人们日常生活的外部力量在人们头脑中幻想的反映，在这种反映中，人间的力量采取了超人间力量的形式。”这就是说，宗教并非用抽象的概念范畴来反映客观世界，而是以幻想的方式，用一系列世界中根本不存在的神奇形象来反映世界。就其性质而言，它是人类社会发展到一定阶段的历史文化现象，是人类思想文化的组成部分，是社会意识形态的一种表现形式，是对现实世界的一种虚幻的反映。

2. 文学创造作为特殊的生产

(1)文学以语言为符号。正是在这一意义上，称文学是一种语言艺术。

(2)文学创造所凭借的符号是语言，但不是语法意义上的语言，而是一种特殊的交往语言，即“言语”。文学创造是旨在创造新的话语系统，并通过创造性话语系统塑造文学形象的一种特殊活动。

(3)文学话语与科学语言和日常言语的不同

①文学语言是感性的；科学语言是理性的；日常语言是人们实现日常交往的主要工具，是感性的、现实的、具体的、琐碎的。

②文学创造所凭借的言语或话语不同于科学言语和日常语言，它更富于艺术性、形象性、技巧性和个体风格，且含蓄、多义、模糊，千变万化，不断创新。

(4)文学语言的特殊性

文学语言是一种创造性语言，具体表现为：

①文学语言运用语言的创造技巧，充分调动语言形象化的一切手段，选择最好的、最具形象性的词语、句式和修辞方式。因此，在文学创作中，作家运用比喻、拟人、夸张等语言修辞手段，使文学形象被看到、被听到，甚至被触到，以触动情思，引人遐想。

②文学话语甚至使用“陌生化的语言”产生不同的艺术效果。

③文学是虚构的审美形态，文学的虚构性和审美性在很大程度上就来自语言。文学语言的虚构性主要是指文学语言的非确定性、非精确性和相对性。它一方面来自语言本身不确定的语义现象，另一方面也来自作者有意创造的模糊表述。

二、文学创造的客体与主体

(一)文学创造的客体

1. 文学创造的客体的两种解释

(1)客体即“自然”说

文学的客体是独立于人之外的自然。这里的“自然”最初指的是客观存在的自然界，后来泛指社会生活。

①西方的观点

在西方文论史上，从古希腊至17世纪，从《荷马史诗》中经达·芬奇的“镜子说”再至布瓦洛《诗的艺术》(1674)，因相关哲学理论，尤其是柏拉图和亚里士多德的影响，创作主体常常被称界定为“模仿者”。模仿论的基本观点在于：文艺起源于人对宇宙或世界的模仿。

②中国的观点

中国古代不但有艺术反映论思想，而且还自成传统、源远流长。

(2)客体即“情感”说

文学是人的内心世界的表现，文学客体即人的心灵，强调了文学创作的情感特征以及抒情的对象化机制。其中最有影响的是“文学客体即情感”说。如“感时花溅泪，恨别鸟惊心”(杜甫《春望》)、“蜡烛有心还惜别，替人垂泪到天明”(白居易《赠别》其二)等古诗句，充分显示了客体对象的情感化特征。

①西方的观点

在西方文艺理论史上，“文学客体即情感”的盛行是在19世纪浪漫主义思潮兴起之时。英国诗人华兹华斯说：“一切好诗都是强烈情感的自然流露。”可以说是西方“情感说”文学观的宣言。浪漫主义理论家认为诗是作家思想情感的流露和表现，这就超越了文学是生活的模仿的观念。

②中国的观点

在中国古代文论中，强调文学艺术是情感表现的观点贯穿始终。如我国古代《尚书·尧典》的“诗言志”说、陆机《文赋》的“诗缘情”说、清代刘熙载《游艺约言》的“文，心学也”。

2. 文学创造的客体是特殊的社会生活

(1)社会生活是文学创造的客体和唯一源泉

①社会生活是文学创造的客体

社会生活是文学创造的客体，离开了这个客体，就没有文学创造。社会生活是人的群体乃至全民的物质生活和经济生活的总和。

②社会生活是文学创造的唯一源泉

一切文学作品都有社会生活的根源，社会生活是文学创造的唯一源泉。

(2)作为文学创造客体的社会生活的特殊性

①文学创造的客体是整体性的社会生活

社会生活是各种要素或各个方面的总和构成的总体组织，是包括上层建筑、经济基础在内的整体性对象物。文学艺术反映的生活就具有这种整体性。

②文学创造的客体是具有审美价值的或审丑价值的社会生活

生活中有一类是具有审美价值的，另一类是不具有审美价值的。所谓具有审美价值的生活，既包括本身直接具有美的属性的生活，也包括那些本身不直接具有美的属性(甚至是丑的)，但经过审美提炼和转化之后，具有审美价值的生活。

③文学创造的客体是作家体验过的社会生活

作品所反映的是渗透着作家思想感情和审美评价的社会生活。只有经过作家体验过的生活，才是文学创造的实际客体。作家只有洞察外物的独特性和复杂性，把外界事物变成自己主观感受的对应物，才能使外物具有被表现的可能性，并具有了相应的审美价值。停留在生活表面，不深入生活内部，是难以说明问题的。

(二)文学创造的主体

1. 关于文学创造主体的解释

(1)主体即“模仿者”与“创造者”

①最早提出此说的是古希腊哲学家德谟克利特。德谟克利特认为，艺术是对自然的模仿：“从蜘蛛我们学会织布和缝补；从燕子学会了造房子；从天鹅和黄莺等歌唱的鸟学会了唱歌。”这是具有唯物主义倾向的模仿说。

②在柏拉图看来，艺术家作为模仿者是缺少“真知识”的无能的人。亚里士多德在批判柏拉图唯心主义模仿说的基础上，重新使模仿说获得了唯物主义的性质，他说：“一般说来，诗的起源仿佛有两个原因，都是出于人的天性。”

③18世纪启蒙运动尤其是19世纪初浪漫主义以降，因近代思想界对“主体性”的开掘和张扬，艺术创作主体的重要性得以彰显，艺术家无中生有的创造才能因之得以高扬，情感、想象和天才成为艺术家的身份标志，作家因此又被定位为“创造者”。

(2)主体即“旁观者”与“移情者”

①借康德审美非功利理论，瑞士心理学家布洛提出心理距离说，主张艺术家应该是“旁观者”。

②在类比和象征的基础上，德国心理学家里普斯提出“移情说”，认为艺术创作最重要的心理过程就是移情——“物本无情，我自移注”，艺术家因此被称为“移情者”。

2. 文学创造的主体是特殊的艺术生产者

(1)文学创造的主体是存在于艺术生产活动中的艺术生产者

文学创造的主体是指作家这种特殊的生产者即艺术创造者。必须指出的是，作家、诗人只有在艺术活动中处于对客体的主动、主导地位，进入自由自觉的创造状态时，才是真正的创造主体。

(2)文学创造的主体是美的体验者、评价者和创造者

文学创作主体往往同时参与了创作生产、审美体验、价值判断三个环节。文学作品之所以能在给人以美的享受的同时也给人以真的启示、善的教育，正是由于审美判断中内含着主体对生活的深刻认识。

(3)文学创造的主体是具体的社会人

文学创造的主体是具体的个体、是不可代替的“单个的人”，但又是“社会存在物”，不能从社会关系中孤立出来。

【知识点引申】

韦勒克认为作家在谈论创作过程时都会存在一定程度的遮掩，具体原因可能包括：①作家对于自身独特性的强调；②作家对作品艺术价值的强调；③作家对艺术作品某种缺陷的辩解(如受编辑和出版商的辖制)；④对自身名声的维护。

三、文学创造的主客体关系

(一)文学创造中主客体关系的特点

1. 主客体之间的三种基本关系

(1)物质实践关系体现为主客体之间人与物质能量的交换转化过程。

(2)认识关系体现为主体对客体的信息接收和在思维中加工处理信息并获取真理知识的过程。

(3)价值关系体现为主体对客体是否满足或在多大程度上满足自身需要做出体验性评价的过程。

2. 文学创造的主客体关系的特征

作为审美活动的文学创造，其主客体关系的特征主要表现为：

(1)创作主体对客体审美价值的评价以情感体验为心理特征。

(2)创作主体对客体审美价值的把握以感性直观为思维特征。

(二)文学创造中主客体的双向运动

1. 主体向客体的运动

(1)法国著名的艺术大师罗丹指出：“一幅美的风景，其动人处并不只在它呈现的舒适的感觉，而尤其在它隐含的思想上。线条与色彩，其本身并不足以感人，只是借以寄托深远的意义，方能震撼我们的心魂。”罗丹对艺术思想的强调向我们传达了一个明确的信号，即艺术创作绝不是对外在世界的机械模仿和反映，而是为了表现艺术家们自身的内在精神与人格，它是艺术家们的心灵之光向人类外部现实的穿透。罗丹所言当然不只是绘画所独有的现象，而是文艺创作的一个普遍规律。在文艺创作中，摄入作家、艺术家笔下的都不再是什么

纯粹的客观事物和现象，而是经过作家、艺术家心灵折射后的真实世界的幻象，它们融入了创作家们自身丰富复杂的人生感受和体验，如“以我观物，故物皆著我之色彩”（王国维《人间词话》）。“我见青山多妩媚，料青山见我应如是。情与貌，略相似。”（辛弃疾《贺新郎》）

（2）既然文学创作在本质上是一种审美活动，那么文学创作主体的性质在根本上就是审美活动的主体，具体来说，他是以审美掌握为其特征的特殊的艺术生产者。作家作为审美活动的主体，他所面对的是进入审美关系的创作客体——艺术材料，他要以审美的方式感知、打量、审视并把握客体对象，最终完成审美的艺术生产。创作主体对于世界的审美掌握就是要用形象、情感、想象的方式去认识和把握世界。

2. 客体向主体的运动

在文学创造的主客体关系中，客体处于非主导的、被动的地位。但是主体选择也受到客体的多方面影响与制约。首先，作家的思想情感和精神人格总是在特定的生活环境中形成，丰富的生活经验是作家创作的现实基础。其次，一定时代的政治经济环境、思想文化氛围以及社会心理往往影响着作家对具体的创作客体的选择和评价。再次，作家的想象和虚构也必须遵循社会生活的内在逻辑。

『名家名论』

诗人的职责不在于描述已发生的事，而在于描述可能发生的事，即按照可然律或必然律判断可能发生的事。历史家与诗人的差别……在于一叙述已发生的事，一描述可能发生的事。

——亚里士多德

艺术是对自然的征服，艺术作为一种想象是真正的创造。

——黑格尔

诗是强烈感情的自然流露。它起源于在平静中回忆起来的情感。

——华兹华斯

艺术就是一种有意识地把自己体验过的感情传达给别人，而别人为这些感情所感染，也体验到这些感情的人类活动。

——列夫·托尔斯泰

艺术是在想象中表现自己的感情，真正的艺术就是情感的表现。

——科林伍德

在自然中人以为丑的东西在艺术中可以变成极美。

——罗丹

6.2 课后习题详解

1. “艺术生产”的概念是怎样提出来的？文学创造作为一种精神生产与物质生产的关系如何？

答：（1）“艺术生产”概念的提出

马克思在1857年完成的《〈政治经济学批判〉导言》中提出“艺术生产”的概念，并论述了以文学为主要内容的艺术生产中的各种问题。

（2）文学创造与物质生产的关系

作为艺术生产之一的文学创造同物质生产有密切关系。这种关系体现在两个方面：

①文学创造以物质生产的发展为基础

a. 文学伴随劳动生产而产生，并随着物质生产而发展。劳动生产作为推动文学创造的第一动力，是文学发展的动力和基础。

b. 作为社会上层建筑现象的文学，它的内容是随着社会生活的发展而发展，它的形式同样是随着社会生活的进步而进步。

②文学创造与物质生产存在不平衡现象

作为艺术生产的文学创造同社会物质生产的发展常常出现不平衡的现象，这是文学与经济基础复杂性的突出表现。根据马克思的论述，这种不平衡现象大致有两种情况，并各有其复杂的成因。

a. 在艺术本身的领域里，某些有重大意义的艺术形式只有在艺术发展的不发达阶段上才可能存在。如神话和史诗在古希腊取得了划时代的成就。随着社会生产力的提高，许多自然力实际上被支配，神话也就消失了。

b. 在某些历史时期，某个经济发展落后的国家却出现文学的繁荣局面，而那些生产力发展水平较高的国家的文学则居于落后地位。如 18 世纪的德国，在经济上比之英国、法国落后得多，但在文学上却取得了以歌德、席勒为代表的辉煌成就。19 世纪的俄国，经济也落后于西欧资本主义各国，而且还残存着农奴制，但在文学上出现了从普希金、果戈理到托尔斯泰、契诃夫一大批世界著名的伟大作家，取得的创作成就没有哪个西欧国家能与之媲美。

c. 艺术生产与物质生产之间出现不平衡现象，其根本原因在于文学是一种特殊的社会意识形态，它与哲学、宗教等同属于“观念的上层建筑”，是“更高地悬浮于空中的思想领域”。它们与经济基础的联系，不像政治、法律那样直接。文学在同物质生产劳动分离后，它的发展便具有自己的相对独立性；而且经济基础并不是文学发展的唯一因素；另外，经济对文学发展的作用，往往不是直接的，其中要经过一些“中间环节”，即政治、法律制度及其他社会意识形态等，否则就不能解释复杂的文学现象。

但必须认识到，不平衡现象的存在并不能否定经济基础对文学的最终决定作用。因为，直接制约文学发展的诸种“中间因素”，自身的性质和发展状况是建立在一定的社会经济基础之上的，因此一个时代文学发展和繁荣程度，归根结底还是受到经济基础制约的。

2. 文学创造作为一种特殊的精神生产与科学、宗教的本质区别是什么？为什么说文学创造是一种更加自由、更富于个性的创造？

答：(1)文学创造与科学、宗教的本质区别

参见本章复习笔记。

(2)文学创造是一种更加自由、更富于个性的创造

文学创造属于精神生产，精神生产始终保持着“精神的自律”，表现为“精神个体性的形式”，有利于个体的自由创造，并且文学创造的主体是存在于艺术生产活动中的艺术生产者；是美的体验者、评价者和创造者；既是具体的个体，又是社会的个体，是具体的社会人，作品都表现出个人对生活独特感受和创作个性，具有自主性和创造性。所以文学创造是一种更加自由、更富于个性的创造。

3. 文学话语作为一种“言语”与日常言语、科学言语有什么区别？为什么说文学言语是一种创造性语言？

答：参见本章复习笔记。

4. 社会生活作为文学创造的客体，它具有什么特点？为什么说只有经过作家体验过的社会生活才是文学创造的现实客体？

答：参见本章复习笔记。

5. 能否说"凡是写作的作家就是文学创造的主体"？如何理解"作家是美的体验者、评论家和创造者"？

答：(1)不能说"凡是写作的作家就是文学创造的主体"

原因在于：作家、诗人只有在艺术活动中处于对客体的主动、主导地位，进入自由自觉的创造状态时，才是真正的创造主体。马克思指出，人类的活动都是人的本质力量的对象化，是对人的本质力量的确证。文学创作也不例外，从精神的层面看，文学是作家、艺术家在自己创造的艺术世界中通过审美的方式来解放自我，并实现自我的方式。当然，这必须以创作者的自由创作为基本前提，如果作家、艺术家为某种外在的力量(如金钱、权力等)所摆布，不再真实地表达自我和反映生活，或者说他们已经失去了"自由自觉"的生命特性而成为"异化"的人，那么他们便不再是文学创作的主体。

(2)"作家是美的体验者、评论家和创造者"

①文学创作贵在独创，它要求文学创作的主体首先必须是一个能动的审美体验者。作为文学创作主体的诗人、作家，他们可以自由地传达自我的思想和情感，也可以创造出丰富多彩的艺术手段来展现人的生活，从中表现出作家自我对于社会人生的真切感受。

②作家、艺术家既是一个个体性存在，同时也是一个社会性存在，他们也是社会关系网络中的一员，因此关注社会、关注人生始终是一切伟大的作家、艺术家的优秀品格。文学作为一种审美的意识形态，它的社会功能决定它必须对社会、对人生做出审美性的价值评判，以此达到其间接改造世界的目的。

③文学活动区别于物质实践活动和其他的人类活动，它首先是一种精神价值的创造活动，寻求精神价值始终是文学创作的起点和归宿。文学作品之所以能感染人、打动人、震撼人，一个重要的因素就在于它通过语言的升华和独特的想象建立起一个真、善、美的艺术世界，以此守望人类存在的家园。

6. 如何理解文学创造中主客体关系的特点？

答：参见本章复习笔记。

7. 如何理解文学创造中主客体的双向运动？

答：参见本章复习笔记。

8. 为什么说文学创造中作为主体的作家始终处于主导性地位？

答：之所以说文学创造中作为主体的作家始终处于主导性地位，原因在于：

(1)文学创作是创造主体的精神劳动，作家完全可以按照自己的不同情况，自由地选择和处理自己所喜爱、所擅长的题材。作品"写什么"取决于作家对生活的艺术发现，这首先要求作家具备一种独特的审美感受能力，审美感受能力是文学主体与生活世界借情感和想象而形成审美关系的中介，它非关功利因而是自由的，非关逻辑但又能从感性直观直接过渡到不确定的理解，虽起于感觉但实际上具有强烈的情感性和精神性。如果这一中介发挥积极作用，作家就能勘破外物的独特性和复杂性，把外界事物变成自己主观感受的对应物，从而使外物具有被表现的可能性，并具有了相应的审美价值。

(2)作家对生活和艺术的切身领悟、真情实感、真知灼见，有别于随意的日常经验，不是主体单纯的静态观照，而是以自己的全部身心去拥抱生活与艺术、体悟生活与艺术。它是创造主体对人生经验与艺术经验的凝聚、深化和动态发展，也是对富有人生昭示力量和审美意味的客体事物的深层把握，对艺术规律的深层把握。

(3)文学作品是精神创造品，精神活动的目的性决定了文学创作必然贯穿着作家的创造意识。所谓“创造意识”，是指贯穿创作过程始终的促使创作行为持续进行的主体意识，它包括创作动机、创作预期和创新诉求等。

6.3 考研真题详解

一、填空题

文学创造材料虽是精神现象，但其来源只能有一个：______。[首都师范大学2010年研]

【答案】社会生活

【解析】社会生活是人类改造自然、创造物质财富的活动。它是人类社会存在和发展的基础，是人类赖以生存和从事精神生产的基础，是人类最基本的实践活动。文学源于生活又反映社会生活。

二、名词解释

1. 亚里士多德《诗学》[北京大学2013年研]

答：亚里士多德的《诗学》是现存最早的系统的诗学文献，同时也是一部文学理论巨著，讨论的对象主要是悲剧和史诗。亚里士多德把所有的学科分类为理论科学、实践科学和创制性科学，诗学属于其中的第三类。因此亚里士多德《诗学》着重于诗的创制，是对怎样创作悲剧和史诗的一种技术性论述。

2. 文学创造的客体“主体化”[首都师范大学2011年研]

答：文学创造的客体“主体化”，是指主体能动地、审美地反映客体的整个过程。主体发现了客体，并将之纳入自己的认识活动、实践活动或审美活动之中，赋予客体以内涵、意义和价值，客体也在这个过程中被“照亮”，因而得以从原生的世界中脱颖而出，在世界中有了自己的位置和归属。主客体之间的双向交流、建构，才最终生成既具有可感的形体又能超越事物且富于意蕴的审美表象。

三、简答题

如何看待创作主体？[中国传媒大学2013年研]

答：文学创作的主体主要是作家和诗人。正确理解文学创作的主体，是理解文学创作的一个重要方面。

(1)文学创造的主体是存在于艺术生产活动中的艺术生产者

就文学而言，人并非任何时候都可以称为创造主体。作家、诗人只有在艺术活动中处于对客体的主动、主导地位，进入自由自觉的创造状态时，才是真正的文学创作主体。

(2)文学创造的主体是美的体验者、评价者和创造者

人的各种活动并非孤立，而是存在着一定的内在联系的。文学创作主体往往同时参与了创作生产、审美体验、价值判断三个环节。

①文学创作在本质上是一种审美活动，那么文学创作主体的性质在根本上就是审美活动的主体，具体来说，他们是以审美掌握为其特征的特殊的艺术生产者。

②作家作为审美活动的主体，他们所面对的是进入审美关系的创作客体——艺术材料，他们要以审美的方式感知、打量、审视并把握客体对象，最终完成审美的艺术生产。

③文学作品之所以能在给人以美的享受的同时也给人以真的启示、善的教育，正是由于审美判断中内含着主体对生活的深刻认识。

(3)文学创造的主体是具体的社会人

文学创造的主体是具体的个体、是不可代替的“单个的人”，但又是“社会存在物”，不能从社会关系中孤立出来，是在社会关系和社会结构中的有生命、有情欲、有目的的存在物。不同的文学创造主体就有不同的艺术格调的作品，如鲁迅和周作人兄弟，早期经常生活在一起，但写起文章来，一个沉郁、辛辣，一个平和、冲淡；一个关心民间疾苦，一个崇尚亲适趣味。

四、论述题

如何理解艺术生产与物质生产的不平衡现象？［华中师范大学2010年研］

答：文学伴随生产劳动而产生，并伴随生产劳动的发展而发展，但文学发展的进程也有特殊的情况，即文学的发展与经济的发展并不总是同步的。对此，马克思指出这是物质生产与艺术生产发展的“不平衡关系”。

(1)艺术生产与物质生产不平衡现象的表现

艺术生产与物质生产的不平衡现象主要表现在：

①某种艺术生产类型只能兴盛在生产发展相对低级的阶段，随着生产力的发展，它的繁荣阶段也就过去了，如古希腊神话和史诗，成为后世不可企及的范本。

②艺术生产与物质生产的发展水平并不是成正比例的，经济落后的国家在文学上取得的成就可能超过经济发达的国家，如18世纪的德国和19世纪的俄国。

(2)不平衡现象反映了物质是决定艺术生产的要素

①艺术生产与物质生产不平衡的状况只是说明了文学发展与经济发展关系的一个方面，而这一关系的另一方面则是两者发展上的平衡关系。经济的、物质生产活动的发展水平会最终制约文学的发展水平，不平衡和平衡两者共存于文学和经济的发展关系之中。

②文学艺术的繁盛时期不会同社会的一般发展程度完全一一对应，但文学发展与社会发展之间在总体上具有平衡性。一定社会的文学是以这个社会的物质生产为基础的，文学的发生、发展离不开一定的经济社会条件，并与经济基础相适应。因此，物质生产是文学发展中“最终的支配作用”的东西。

(3)不平衡现象说明了其他各种社会意识形态对艺术生产也具有深刻影响

艺术的发展不仅受经济基础的制约，还受政治、法律、哲学、道德、社会思潮等中介因素的影响。恩格斯指出：“政治、法律、哲学、宗教、文学、艺术等的发展是以经济发展为基础的。但是，它们又都互相作用并对经济基础发生作用。并非只有经济状况才是原因，才是积极的，而其余一切都不过是消极的结果。这是在归根到底总是得到实现的经济必然性的基础上的互相作用。”

总之，艺术的发展虽然在一定程度上依赖于物质生产的发展，但是其也有自身的独立性，正如马克思所说“艺术的繁荣时期绝不是同社会的物质生产发展成比例的，它有其自身的独立性”。

第7章　文学创造过程

7.1　复习笔记

一、文学创造的发生阶段

（一）材料（信息）储备

1. 文学材料的含义

（1）文学材料，是指作家在生活实践中逐步积累起来的同创作相关的原始材料，即留存在作家的记忆里和笔记中的分散、零星的生活材料。

（2）文学材料是文学创造的第一要素，也是研究文学创造过程的第一起点。因为，与其他任何创造一样，作家从事文学创造也得有材料。

（3）文学材料不是对认识性的知觉痕迹的单纯记录，它是作家以整个心灵拥抱生活时所流露的精神分泌物，它是一种集作家的知、情、意于一身，即多元心理融合的视觉经验或印象。因此可以说，文学材料是尚未写进作品的文学原料，是一种准题材。

2. 文学材料的来源

文学材料虽以精神现象的形式储存在作家内心，但它们的来源只有一个，即客观的社会生活。

3. 文学材料的获取流程

从心理学角度看，文学材料的个体获取流程可描述为：

（1）外来刺激被眼、耳、鼻、舌、身等感官所接收，并转化为各种神经兴奋模式。

（2）这些模式几乎同时传给感觉缓冲器，即大脑的某个部位。

（3）体验建立起了人与其所经历的事物之间的情感联系和意义纽带，实现了人的本质力量的对象化，使对象本身打上人的本质力量的烙印。

4. 文学材料的获取途径

（1）无意获取和有意获取

无意获取和有意获取是按照作家精神专注的趋向和程度而划分的：

①无意获取，是指作家从小在社会生活和实践中所接收到的大量刺激。

②有意获取，是指作家围绕一个主题，通过记忆、笔录、摄影等的方式，有目的地接受刺激或积累信息，从而为写作积累素材。

（2）实践获取和书本获取

实践获取和书本获取是从作家获取材料的渠道来划分的：

①实践获取，是指作家通过亲历的人物和事件而得到材料的方式。例如，我国清代作家曹雪芹的《红楼梦》就是根据自己幼年的经历而创作的。

②书本获取，是指作家通过阅读书籍报刊而得到材料的方式。例如，阿根廷作家博尔赫斯一生平淡无奇，他大半时间以书为伴，但凭着丰富的阅读经验创作出了大量优秀的小说和诗歌。

（二）艺术发现

1. 艺术发现的含义

艺术发现是作家对客观地存在于社会生活和自然界中的美的发现，是对生活中的感情形态所含包的某种本质含义的把握能力。

2. 艺术发现的心理特征

(1)艺术发现是作家心灵的蓦然领悟。

(2)艺术发现是作家在接触外物时，在感性观照中艺术地发现事物深层意蕴的能力。

(3)作家往往在此前就已经对某一问题有了长久的观察、体验，只是一时没有找到合适的对应物，心里无法形成完整的表象。一旦外在事物与内在的情绪相契合就构成了艺术发现。

(4)艺术发现并不源于特殊的、变形的事物，而是作家依据个人的创作个性、审美理想，从观察到的事物中无意间突然获取的一种独特的领悟，创造出的知觉事物。

3. 艺术发现和文学的关系

(1)艺术发现是文学创造活动发生的最早契机。文学材料的提炼首先就在于这个艺术发现的过程中，就在这个将生活转化为艺术的过程中。

(2)艺术发现也对整个文学创造过程具有重要作用。没有艺术发现，作家创造不出独创性的文学作品。

(三)创作动机

1. 创作动机的含义

创作动机就是驱使作家投入文学创造活动的一股内在动力。

2. 创作动机的重要性

一个作家尽管在自己的人生经历中可能积累了丰富的生活素材，对之也有深厚的情感体验，但如果没有强烈的创作欲求和内在驱力，文学创作也无法发生。

3. 创作动机的产生

在文学创作时，作家写什么以及怎么写，并不是随意而为之；相反，常常是有意识的、自觉的精神活动。这种自觉的活动，意味着人在与客体的特定关系中，不是完全被动地接受，而是积极主动地参与，它不仅体现于创作活动的全过程，而且在创作之先就已暗藏其中。

4. 创作动机与外在机缘的关系

创作动机的出现，首先来自外部世界的有效刺激，而这种外部刺激一旦与作家特定的心理需要相遭遇且相适应，那么就会自然而然产生一种强烈的支配性的力量，促使作家将自己的情绪、意念表达出来，以使动荡的心态处于相对平衡。

5. 文学创作动机的类型

作家的创作动机是多种多样的，有远景、近景的，有集中、零碎的，有高尚、卑下的，有有意、无意的，有纯粹、混杂的。与道德行为不同，在这里，动机与结果并没有直接的因果关系。

二、文学创造的构思阶段

(一)艺术构思及其心理机制

1. 艺术构思的含义

艺术构思是作家在素材积累和情感体验的基础上，根据具体的创作理念或意图来创造作品的意象、规划作品的整体结构的思维过程。艺术构思是作家精神能量最为集中的时刻。

2. 艺术构思的心理机制

(1)回忆与沉思

①回忆

回忆就是积极地和有意识地从记忆中提取信息。回忆都是经过再体验的记忆，即根据记忆进行了重新创造，其感受的侧重点或有变化，这正是文学作品或文学创作过程的记忆的独特形态，是作家发挥主动性的结果。作家在艺术构思中常用的回忆方式有：

a．直接回收法，即把那些对自己刺激最强(或最熟)的信息直接与中心意念挂钩。

b．扫描提取法，即从记忆中去扫描提取有用信息，是一种目的性活动。

总之，只有通过有目的有逻辑的推理回忆，形象地再现当时获得精神刺激的活动情景，通过创作主体的意识作用和创造能力的加工，才能实现文学艺术的最终形式。

②沉思

a．沉思是在寂静和孤独中对内心某个形象或某种意念的深沉思索。

b．沉思是一个情感的酝酿、发酵、升华的过程，正如席勒在《论朴素的诗与感伤的诗》中所说的那样，“他沉思事物在他身上所产生的印象；他的心灵中所引起的和他在我们心灵中所引起的感情，都是以他的这种沉思为基础”。这是因为，在相对平静的沉思、回忆中再度生长出来的审美情感，已按照作家的审美理想进行了精心梳理和重新熔铸，与现实拉开了适当距离，超脱了世俗、功利的影响，并经过深度体验，对人的生命存在及其意义、价值形成了更深刻的感悟。这种审美情感正是文学所需要的，也正是作家的艺术想象所依托的。

(2)想象与联想

①想象

想象是贯穿整个创作过程的一种心理机制，是在既有的记忆表象的基础上进行组合变形、提炼取舍以创造出新的表象的心理过程。想象的种类有：

a．所想的这个“象”可能是主体对外部事物或现象的复现，这称作再现想象。

b．它也可能是对某种抽象的东西进行形象化，这称作比拟想象。

c．它还可能是凭空地将此物想成彼物，将无物想为有物，将常物想成异物，这就是虚构想象。

②联想

联想是从一个表象想到另外一个表象，由此物联系到彼物的心理过程。与想象相比，联想更强调两个以上事物之间在习惯上和功能上的联系，强调“由此及彼”的过程。亚里士多德将联想归纳为接近联想、类似联想和对比联想三种：

a．接近联想，因表象之间在时间序列与空间位置上的相近而引起，比如，王建的“洞房昨夜停红烛，待晓窗前拜舅姑”(《新嫁娘》)就是时间上的接近联想；王维的“渡头余落日，墟里上青烟”(《辋川闲居赠裴秀才迪》)则是空间上的接近联想。

b．类似联想，因表象之间具有相似特征而引起的，比如，李白的“抽刀断水水更流，举杯消愁愁更愁”(《宣州谢朓楼饯别校书叔云》)，司空曙的“雨中黄叶树，灯下白头人”(《喜外弟卢伦见宿》)等。

c．对比联想，因表象之间相互对立或形成对照关系而引起的，比如，李清照的“生当作人杰，死亦为鬼雄”(《乌江》)，王维的“大漠孤烟直，长河落日圆”(《塞上》)。

d．关系联想，因表象之间存在因果或条件关系而引起，比如，辛弃疾的“稻花香里说丰年，听取蛙声一片。”(《西江月》)柳永的“今宵酒醒何处？杨柳岸晓风残月。”(《雨霖铃》)

(3)灵感与直觉

①灵感

灵感是创造性思维过程中认识发生飞跃的心理现象。它是一种超语言的思维方式，它由于偶然机遇的刺激而引起心理高度紧张、思维异常活跃，常常可以跨越一般的推理过程而直接领悟和把握事物的本质与规律创造性。

②直觉

直觉是一种不经分析和推论而直接获得整体印象的心理能力。直觉在艺术思维中有以下作用：

a. 它以感觉为基础，以人类已经获得的知识和累积的经验为依据；因此，直觉能力具有一种在直接把握中直达对象本质的功能。

b. 人们在欣赏艺术作品时，无须借助抽象思考和逻辑判断，仅依靠直觉便能直接把握欣赏对象的美的特点，从而造成欣赏主体的审美愉悦，并可能领略作品的意蕴。

③直觉与灵感的区别

a. 灵感需要经过长久的艺术积累才会光顾；直觉是对于事物本身即时性的判断。

b. 灵感获取的是积极、肯定的创造性状态；直觉获取的是推测性洞察，可能是正确的，也可能是错误的。

c. 与直觉相比较，灵感的发生更具爆发性和偶然性等特征；与灵感相比较，直觉的发生更具整体性、直接性等特征。

(4)理智与感情

①理智是指作家心理中有意识的、理性的认知(思维)。

②感情分为情绪和情感。情绪是指伴随着认知和意识过程产生的对外界事物态度的体验，是人脑对客观外界事物与主体需求之间关系的反应，是以个体需要为中介的一种心理活动；情感是人对客观事物是否满足自己的需要而产生的态度体验。

(5)意识与无意识

①意识，是指人脑对大脑内外表象的觉察。在文学创作中，意识一般以编码形式存在，比如语言文字、声音、图像、软件或其他静态物质载体，意识能动态可以继承静态形式而提升意识范围和水平。

②无意识，是指那些在正常情况下根本不能变为意识的存在，比如，内心深处被压抑而无从意识到的欲望。“冰山理论”认为，人的意识组成就像一座冰山，露出水面的只是一小部分(意识)，但隐藏在水下的绝大部分(无意识)却对其余部分产生影响。

③两者有主次之分又相互补充着实现文学创作

a. 意识能被主体所知觉，并能够用语言思维加以表述；而无意识却不能被人们所知觉，通常无法用言语来描述它的状况。

b. 意识是明显的、较为清晰的、自觉的；而无意识是潜在的、模糊的、不自觉的。

④意识对无意识的制约作用

a. 无意识在组合材料时所遵循的主导线索可能是意识提供的。

b. 无意识活动的方向要靠意识指引：

首先，无意识的活动程序来源于意识。

其次，无意识中材料的安排和组合方向也靠意识指引。

【知识点引申】

神奇的艺术构思在早期常被认为是作家的文学天赋，这一时期持续较长的一种观点是“天赋补偿说”，缺陷(生理或心理的疾病和残废)与天赋是存在一定联系的，但并不总是直接联结在一起的。东西方对此均有所认识：缪斯使德姆道克斯失明，但“赐给他甜美的歌吟天赋”；瞎子蒂里西亚斯则被赐予预言家的灵视(vision)。《报任安书》中也有传世名句：文王拘而演周易，仲尼厄而作春秋。屈原放逐，乃赋离骚。左丘失明，厥有国语。孙子膑脚，兵法修列。不韦迁蜀，世传吕览……任何成功的例子都可以归因于补偿性的动力，因为每人都有不利条件，可能因此激励自己。

(二)构思方式

1. 构思方式的含义

构思方式是指在艺术构思的各个环节中，如意象的营构、结构的筹划以及主题的提炼等得以完美实现的可操作性的具体方法。

2. 常见的构思方式

(1)综合

综合是在作家创作主旨的统领下，有选择性地对记忆表象进行整理和加工的过程，由于它集中了众多事象的一些共同特征，因此通过整合的方法塑造出来的人物或环境往往具有广泛的普遍性和代表性，过去文艺理论中经常谈论的典型人物或典型环境大多是这种构思方法的产物。综合有定向性、选择性和刷新性。

(2)突出和简化

①突出

突出是运用各种手段强化某一对象或其中的某一特征，从而使之成为独特的“这一个”的过程，它可以产生巨大的认识作用和审美作用。突出的两种实现途径是浓涂重抹和淡化背景。

②简化

简化是为了突出表现对象的主要特征、有效传达作家的表现意图而对外在事物或现象，略去不必要的细节和枝叶，只抓住对象的主要特征来描写和刻画的过程。简化的目的仍是突出。

③简化与突出的异同

a. 同：都体现了艺术概括的深度和广度，起到增强形象或观念的作用。

b. 异：突出注重人物刻画的完整性，简化往往只选取生活中的某一侧面或片段，或人物性格中最突出的一面。突出注重场景渲染及环境烘托，简化注重对非重要细节的裁剪。

(3)变形与陌生化

①变形的含义

变形是通过改变表现对象原有的性质和状貌以求得惊异的艺术效果，如卡夫卡笔下的甲壳虫。变形的方法主要有：

a. 扩大和缩小

放大、缩小是对人物形象或人物形象的局部特征做艺术的变大或变小处理，以达到某种艺术与主题表现效果的构思方法。如《木偶奇遇记》中的匹诺曹，安徒生笔下的拇指姑娘。

b. 黏合

黏合是把人的生理特征与动物的肢体拼接在一起组成新的形象的构思方法。如美人鱼、狮身人面像、狼人、吸血鬼等。

c. 漫画

漫画是指通过夸张、戏拟等漫画创作中常用的手段，对客观事物和表象进行主观改造，以显现其本来面貌的构思方法。漫画法往往会因为揭示了社会生活中现象与本质的差异而造成某种讽刺与喜剧效果，如契诃夫笔下的“套中人”。

d. 夸张

夸张是在构思中充分发挥想象力和创造力，以改变常态、违反常规的方式去突出特征塑造形象的构思方法。如《巴黎圣母院》中丑到极点的卡西莫多。

e. 幻事

幻事是运用想象设置超越常理的社会自然环境，以更新感受、吸引读者、揭示主题、引人深思的构思方法。如《格列夫游记》《爱丽丝梦游仙境》等。

②陌生化

陌生化是要把平淡无奇的事物变得不寻常，从而造成语言理解与感受上的新奇性的过程。如郭沫若的《凤凰涅槃》：“……一切的一，芬芳。/一的一切，芬芳。/芬芳便是你，芬芳便是我芬芳便是他，芬芳便是火。/火便是你，火便是我，火便是他……”

③陌生化与变形的关系

a. 两者的联系

都是将司空见惯的事物或习以为常的语言经过艺术化的转换后以取得最佳的表达效果。

b. 两者的区别

第一，变形从外形着手；陌生化则落实为文本字词的经营。

第二，变形赋予事物以性格和行为的独特性；陌生化突破日常语言的工具性，有组织地违反语言惯例，从而打破感知的麻木，形成感知难度，延长感知时间。

第三，变形更多地运用于构思中；陌生化更多地运用于表达中。

④艺术陌生化的目的

a. 抵制审美疲劳并消解日常生活的“机械性”。

b. 增加艺术感受的难度进而延长这种感受。

三、文学创造的物化阶段

(一)“形之于心”到“形之于手”

1. 含义

是指作为创造主体的作家如何将基本酝酿成熟的心象、意念转换为文字符号、形成作品(即由心到物)的过程。

2. 重点

“形之于心”到“形之于手”这一过程的重点是“转化”和“操作”。

(1)转化

通过构思活动将生活素材转化为文字符号，最终形成完整的形象体系。

(2)操作

运用各种表现方式修饰文字词句使语言或准确、鲜明、生动，或声韵和谐、旋律优美、节奏鲜明。

3. 常见问题

(1)创作意图有时不适应人物性格的发展逻辑。

(2)作家创作动机的中途转换。

(二)语词提炼与技巧运用

1. 语词提炼

(1)概述

文学首先是一种语言的艺术，语言表达技巧构成了文学的基础，离开语言，文学便无以附着，也难以捉摸。因此，对语言进行加工、锤炼，对艺术技巧的选择和运用就成为作家创作、传达活动中的重要内容。

(2)语词提炼的任务

充分调动语言的声音和画面效果，尽量缩小言、意之间的距离。

(3)语词提炼的作用

能找寻到最准确的文字符号，以赋予语言充分的表现力，把心象世界生动、鲜明、流畅、井然地表现出来。

2. 技巧运用

(1)技巧运用的含义

技巧运用主要指巧妙采用各种写作手法。

(2)技巧运用应注意的问题

①技巧运用要为物化主要形象(或意念)的内在物理服务

内在物理，即某种事物的内在规定性(或本质、规律)。作家往往通过人物的外部特征、行为方式、心理活动及其命运经历等的描写，来揭示人物鲜明独特的性格特征。性格形成于特定的社会环境中又影响人物的独特命运或独特的心态，这就是内在之“理”(物理)。

②技巧要为作家通过形象所要表达的中心意念服务

作家创作一部作品，总是要把自己在生活中感受最深的问题告诉读者，表明自己对这个问题的看法，或赞美歌颂它，或批判贬斥它。蕴含在艺术形象中的这种思想就是中心意念。

(三)即兴与推敲

1. 即兴

(1)定义

即兴是指创作过程中因偶然因素的触发，导致灵感而突如其来，文思泉涌的一种心理现象，它是创作思维的一种特殊形式。

(2)特点

趁热打铁。

(3)条件

①即兴不是没有酝酿而凭空出现的。即兴的出现，一般需要多种无法事先预料的条件，如足够的材料积累和情感聚结、娴熟高超的艺术技巧、适当的创作气氛和契机、艺术的天分和灵感。

②即兴爆发时的那种非理性的迷狂状态，实际是作家、艺术家平时经验积累的结果。作家首先对生活有了深入的体验和思考，后来由于某种机缘，触动平时的积累，于是思路豁然贯通，这就产生了即兴。

2. 推敲

(1)定义

推敲是指艺术家为了让文本中的词语组合能够获得独特的艺术效果而对文本中的词语组合反复进行选择与艺术加工，使之准确、生动、隽永、传神的过程。

(2)表现

孕育形象、经营字词、结构文章、把握意蕴、钻研主题。

(3)效果

充分发挥驾驭语言的特殊能力，认真选择、反复斟酌、仔细推敲、精心锤炼，以求构想出与心中的形象最为契合的语言形式，达到对语言自身局限的突破，从而实现形式对内容的征服，完成令人叹为观止的语言创造。

『名家名论』

假如一个人能看出当前即显而易见的差别，譬如，能区别一枝笔与一头骆驼，我们不会说这人有了不起的聪明；同样，另一方面，一个人能比较两个近似的东西，如橡树与槐树，或寺院与教堂，而知其相似，我们也不能说他有很高的比较能力；我们所要求的，是要能看出异中之同和同中之异。

——黑格尔：《小逻辑》

我拿过达尼雅来，把她同苏妮亚一同捣碎，于是就出现了娜塔莎。

——托尔斯泰

作为观念形态的文艺作品，都是一定的社会生活在人类头脑中的反映的产物。……人民生活中本来存在着文学艺术原料的矿藏，这是自然形态的东西，是粗糙的东西，但也是最生动、最丰富、最基本的东西；……它们是一切文学艺术的取之不尽、用之不竭的唯一的源泉。

——毛泽东：《在延安文艺座谈会上的讲话》

人物站起来跟作者发生争执，提醒作者该怎样描写他的那种时刻，正是作者创作中最欢乐、最有灵感的时刻。

——王汶石

7.2 课后习题详解

1. 为什么说文学材料具有主体性特征？

答：文学材料是指作家在生活实践中逐步积累起来的同创作相关的原始材料，是作家以整个心灵拥抱生活时所流露的精神分泌物，它是一种集作家的知、情、意于一身即多元心理融合的视觉经验或印象，是留存在作家的记忆里和笔记中的分散、零星的生活材料。因此可以说，文学材料是尚未写进作品的文学原料，是一种准题材。

(1)从本质上说，文学创造的材料是以精神现象的方式通过记忆机制而储存在作家大脑中的有生以来的刺激或信息。

(2)从来源看，文学材料的来源虽然只有一个，那就是客观的社会生活，但它们只有转化为精神现象，即记忆中的表象，才可能对作家的文学创造发挥作用。

(3)从呈现看，文学作品虽以文字符号加纸张的物质形式流通于世，但其所负载的，乃是作家个体内在的某些精神现象及其活动。

(4)从文学材料的获取渠道和流程看，不管经由哪一种渠道，其流程都一样，即刺激或信息转化为文学材料，必须通过记忆机制进行，必须被储存在记忆中才能奏效。有时，作家也使用笔记、卡片、摄像等方式来搜集材料，但目的也是为了抗拒遗忘，使之更深刻地进入记忆，以便参与构思，激活思维。

(5)文学创造的主观性很强，所以文学创造的主体特征很明确，对于文学创造来说，真正的材料是那些进入了作家大脑并在记忆中留下深刻烙印的刺激和信息。这些外来刺激建立起了人与其所经历的事物之间的情感联系和意义纽带，实现了人的本质力量的对象化，储存在作家内心，在写作时流露出来参与写作。

2. 艺术发现的心理特征是什么?

答: 参见本章复习笔记。

3. 自己是否从事过文学创作?是否发生过灵感?若有，试述灵感特点与个人体会，并尝试与直觉比较。

答: 参见本章复习笔记。

4. 意识和无意识在文学创造中的意义何在?

答: 意识和无意识在文学创造中的意义:

(1)从总体上讲，文学创作应该是一种有意识的活动。作家对题材意义的认识，对创作主旨的确定，以及形象的酝酿，结构的安排等都有着一定的意图和目的，即有某种自觉的认识。

(2)但文学创作并非就只有作家的意识参与，无意识也是重要的推进因素，像直觉和灵感等实际上都与无意识的心理活动密切相关。在文学创作过程中，常常发生这样的情况，似乎不是作家在那里虚构和创造人物，而是人物自己站出来，向作家倾诉甚至自己行动。这也就是人们常说的作家跟着人物走。这种心理过程的发生，常常是无意识的，作家很难预想和不期而至的。

(3)文学创作过程中的无意识与婴儿、梦这样的无意识心理活动有着本质的区别，它是建立在高度发达的意识的基础上的。作家创作作品，其总体设想和基本构思，都应该是有意识的、自觉的，而创作过程中某些具体的环节和细节则可以是无意识的。文学创作中的意识与无意识在总体上说来也不是对抗而是相互协调的。无意识作为实践经验的沉积物，曲折地反映意识发展所达到的水平。在文学创作过程中，意识无疑是起着主导作用的。作家之所以愿意跟着人物走，愿意被无意识所引导，归根结底，也是由他的意识所支配的。

5. 为什么说即兴不是凭空出现的?

答: 即兴是作家因眼前事物或心中念想而突然兴致大发，并迅速地在无事先构思的情况下创造出优秀作品(或片段)的情形。

(1)即兴的特点是趁热打铁。

(2)但即兴不是没有酝酿而凭空出现的。即兴的出现，一般需要多种无法事先预料的条件，如足够的材料积累和情感聚结、娴熟高超的艺术技巧、适当的创作气氛和契机、艺术的天分和灵感。即兴需要足够的材料储备和情感积累。

(3)即兴是艺术创造或艺术表演常遇的情形，特点是兴致突来，一气呵成，此时，作家才思泉涌，诗意盎然，势不可遏。李白“斗酒诗百篇”，司汤达五十三天写出《巴马修道院》，歌德用四周时间写成了《少年维特之烦恼》，皆属此例。

7.3 考研真题详解

一、名词解释

1. 素材[厦门大学 2019 年研]

答: 素材是指作家在长期的生活实践中积累起来的、未经加工的原始生活材料。素材是文学创作的基础。文学创作所面临的第一个问题，就是如何获得创作原料的问题。作家创作的材料是从社会生活中获得的，社会生活中蕴含着丰富的文学矿藏。从素材获得的渠道来看，素材直接素材和间接素材之分。直接素材指作家在生活中的直接感知与所得，间接素材指作家听到的或借助一定的文字资料获得的材料。作家在生活中积累的往往是零碎的、片段的生活现象，它有待于作家进一步的提炼和概括以及更深入的理解与思考，从而发掘其中所蕴含的艺术价值。

2. 创作动机[华中师范大学2013年研]

答：创作动机是指驱使作家投入文学创造活动的一股内在动力。一个作家尽管在自己的人生经历中可能积累了丰富的生活素材，对之也有深厚的情感体验，但如果没有强烈的创作欲求和内在驱力，文学创作也无法发生。作家的创作动机是多种多样的，有远景、近景的，有集中、零碎的，有高尚、卑下的，有有意、无意的，有纯粹、混杂的。与道德行为不同，在这里，动机与结果并没有直接的因果关系。

3. 即兴[首都师范大学2011年研]

答：即兴是作家因受某一外在刺激或内在冲动的作用，兴会来临，在文字操作的过程中迅速地创造出某一作品（或片段）的情况，即一种灵感来临时若有所思、若有所悟的状态。即兴的形成，离不开两个条件：一是必须有诱发的媒介，外物或者书本或者别人的言语等。如我国古代即兴而成的望月思乡诗很多，月亮就是即兴的媒介。二是即兴看似很偶然，其中又有必然性，看似天赐，更多的是人为。因为灵感的来临看似一刹那之间的事情，但是之前必须有大量的积累与沉淀才有可能出现，等到时机来临，受外在媒介的刺激，才会有所感想，有所领悟，此时才有灵感出现，才有即兴的佳作。

4. 陌生化[四川大学2024年研；中国海洋大学2024年研；西安外国语大学2024年研；中国人民大学2016年研；北京师范大学2017年研；东北师范大学2018年研；南京大学2021年研；哈尔滨师范大学2022年研；南开大学2023年研]

答：陌生化是由俄国形式主义评论家什克洛夫斯基提出的一个著名的文学理论，是西方"陌生化"诗学发展史上的重要里程碑，也是西方"陌生化"诗学的成熟标志。陌生化理论强调的是在内容与形式上违反人们习见的常情、常理、常事，同时在艺术上超越常境。陌生化的基本构成原则是表面互不相关而内里存在联系的诸种因素的对立和冲突，正是这种对立和冲突造成了陌生化的表象，给人以感官的刺激或情感的震动。

5. 艺术构思[中国传媒大学2016年研；浙江大学2019年研]

答：艺术构思是指作家在素材积累和情感体验的基础上，根据具体的创作意念或意图来创构作品的意象、规划作品的整体结构的思维过程。艺术构思建立在作家素材积累和情感体验的基础上，是在一定的创作理念或意图指导下进行的。艺术构思虽然在本质上仍是一种思维，却是一种交织着各种复杂心理活动的思维，其内容十分广泛，是文学创造过程中作家精神能量最为集中的时刻。

6. 艺术灵感[浙江大学2019年研]

答：艺术灵感是创造性思维过程中认识发生飞跃的心理现象。它是一种超语言的思维方式，它由于偶然机遇的刺激而引起心理高度紧张、思维异常活跃，常常可以跨越一般的推理过程而直接领悟和把握事物的本质与规律创造性。

二、简答题

1. 什么是布莱希特所说的陌生化效果？陌生化效果与什克洛夫斯基的"奇特化手法"有无内在关联？[北京师范大学2012年研]

答：（1）陌生化效果的含义

布莱希特在分析中国戏剧的表演艺术时，使用了"陌生化"效果这一说法。史诗体戏剧中的"陌生化"技巧，是一个与"戏剧体戏剧"中的"共鸣"技巧相对应的概念。布莱希特认为，对一个事件或人物进行陌生化的方法很简单，就是“把事件和人物那些不言自明的，为人熟知的和一目了然的东西剥去，使人对之产生惊讶和好奇。”

布莱希特以李尔王由于他的女儿们对其忘恩负义而产生愤怒为例做了说明。采用共鸣技巧表演的演员，能够表演出这种愤怒，并能使观众把愤怒看作人世间自然的事情，观众与李尔王完全融合在一起，观众自己掉到愤怒的情绪里去了。而采用陌生化技巧的演员则刚好相反，演员表演的李尔王的愤怒可能使观众感到惊讶，演员可以不表现李尔王的愤怒而去表现其他反应。这样，李尔王的立场将被陌生化。

在《中国戏剧表演艺术中的陌生化效果》一文中，布莱希特将中国戏剧作为运用陌生化效果的典范加以阐述。“史诗戏剧”陌生化效果的内涵，就是强调戏剧表演中演员和观众的理性因素，主张破除舞台造成的“生活幻觉”，使观众时刻意识到自己是在看戏，从而与舞台演出保持情感和理智上的距离，并对戏剧所反映出的现实进行思考和判断。

（2）陌生化效果与什克洛夫斯基的“奇特化手法”有内在关联

①什克洛夫斯基的“奇特化手法”的含义

什克洛夫斯基认为，多次重复的动作在变为习惯的同时，也就成为自动的，而自动的感知正是旧形式导致的结果。为了打破感知的自动性、机械性，就需要采用“奇特化手法”，创造新形式，使人们的感知从自动性中解脱出来，重新回到原初体验的准确观察与感知状态。

在俄国形式主义看来，艺术的过程，就是事物的“陌生化”，就是使事物复杂化的手法，就是设法增加感受的难度，从而延长感受的时间，同时，艺术的创作过程和鉴赏过程也就成了“加密”和“解密”的过程。这就导致了诗歌也即文学并不是对现实的严格模仿、正确反映或再现，相反，它是一种有意识的偏离、背反甚至变形、异化。

②陌生化效果与什克洛夫斯基的“奇特化手法”的关系

布莱希特所说的陌生化效果与什克洛夫斯基的“奇特化手法”都是要求艺术创作中要有独特性和反常规性，前者是就戏剧这种文学形式而言，后者以论诗歌为主从而引申到所有的文学创作。前者针对戏剧表演而言，后者更注重文学语言的革新。

2．什么是灵感？它需要哪些条件及触发它的原因。［华中师范大学2015年研］

相关试题：灵感［名词解释，复旦大学2023年研；四川大学2023年研］

答：（1）灵感的含义

灵感是一种超语言的思维方式，它由于偶然机遇的刺激而引起心理高度紧张、思维异常活跃，常常可以跨越一般的推理过程而直接领悟和把握事物的本质与规律创造性。“灵感”这个词最早出现于古希腊时期。第一次在美学中提出灵感这一命题的是古希腊的德谟克利特。灵感的原意是指神的灵气，也指灵气的吸入。当时用在文学艺术创作上，是指作家艺术家的创作受到神的感应，代神立言。灵感既存在于科学发明创造之中，更经常地出现在文学艺术的创作构思过程之中。

（2）灵感产生的条件与触发原因

①灵感的产生具有偶然性、迷狂性、易逝性，看起来好像不是人的理性思维所能控制和把握的，其实它产生的内在机制还是有迹可循的。现在普遍认为，灵感的产生实际上是作家、艺术家平时经验积累的结果。灵感不是创作的起点，而是作家创作思维活动中质的飞跃。作家先对生活有了深入的体验和思考，后来由于某种机缘，触动平日的积累，于是思路豁然贯通，这就产生了灵感。很多作家的创作实践都表明，灵感的产生与平时长期的积累和偶然受到触动有很大的关系。

②在创作中，作家有时冥思苦想依然打不开思路，于是暂时丢到一边而去做别的事，但实际上在无意识领域仍然在进行积极地思索，并最终完成，而此时作家可能还浑然不觉，直到由于某个偶然机缘的触发，无意识构思的成果才奔涌而出，使人在意识里好像有神灵附体一样，陷入某种非理性的迷狂状态，这就是灵感的爆发。

3．如何理解传统诗论中的“点铁成金”？［中国传媒大学2011年研］

答：(1)“点铁成金”的出处

“点铁成金”出自宋代黄庭坚的《答洪驹父书》：“古之能为文章者，真能陶冶万物，虽取古人之陈言入于翰墨，如灵丹一粒，点铁成金也。”原指用手指一点使铁变成金的法术。比喻修改文章时稍稍改动原来的文字，就使它变得很出色。“点铁成金”说，实质上是黄庭坚诗文理论的方法论，是解决诗歌创新问题的途径和手段，并不是诗歌的本质论和风格论，也不是强调形式重于内容的武器。如何做到平淡之语出奇境，言有尽而意无穷，他指出一条具有操作性的方法，避免流于不切实际，即“点铁成金”。

(2)“点铁成金”的基本含义

①肯定了文化的自然传承以及向古人学习对于诗文创作的重要意义，如杜甫集众家之长，学习古人，精于炼字又浑融流转、出神入化。

②化用前人诗句不是一味地模仿，而是在前人的基础上创新，使自己的诗句了无古人的痕迹，和自己所要表达的思想情感浑然一体、自然天成，化腐朽为神奇。

(3)“点铁成金”说的局限性

①取古人陈言进行点化而使之翻新，本身失去了文学的原创性，只落第二义。

②能否做到以故为新、化腐朽为神奇，一旦失败反会将诗歌创作引入狭窄的歧途。

4．简述《文心雕龙》中“神思论”的主要内容。［北京师范大学2013年研］

答：“神思”为《文心雕龙》创作论的首篇，是对于艺术构思活动的论述。刘勰在这一章主要从神思的特征、神思的形成方式、神思与外物的关系以及神思与语言的关系几个方面进行探讨。

(1)从本质特征来看，神思突破了艺术表象的局限性，具有超越时空的特点

①神思具有形象性和情感性相统一的特点

“在神与物游”的神思过程中，审美情思具有主导和动力作用，它往往制约着神思的进程，规定着神思的方向，推动着神思的发展。即神思是“情变所孕”。

②神思具有虚拟性

神思过程是艺术表象向审美意象过渡的过程，由艺术表象转化为审美意象。虚构是文学的根本属性之一，想象是文学创作不可缺少的要素。

③神思具有超越时空、自由驰骋的特征

艺术家思维不受周围事物和时空范围的制约，思维任意腾跃，心灵自由驰骛。《神思》云：“寂然凝虑，思接千载，悄焉动容，视通万里。”

(2)从神思的形成方式上来看，贵在虚静

就构思方式而言，刘勰提出了“寂然凝虑，思接千载；悄焉动容，视通万里”的动静说。这一观点是对陆机《文赋》中“观古今于须臾，抚四海于一瞬”“恢万里而无阂，通亿载而为津”的继承与发展。他认为酝酿文思，贵在虚静，排除杂念，净化心神。就动静的关系而言，静是动的前提，动是静的深入，静是手段，动是目的。在这里首先强调了静在构思中的作用，只有“寂然凝虑”，才能“思接千载，视通万里”，即只有心静，构思时才能聚精会神

才能突破时空的限制，驰骋丰富的想象力，使思路开阔。其次谈到由静而动的转换，其中“悄焉动容”就是由静而动的开始。由静而动最明显的表现是“吟咏之间，吐纳珠玉之声”，即构思满足了人味觉、听觉的艺术享受；“眉睫之前，卷舒风云之色”，即构思满足了人视觉的艺术享受。

(3)从神思和外物的关系看，神思是物我交融，互相渗透

在谈到神思与外物的关系时，刘勰认为艺术构思的突出特点，在于作家之精神与客观之物象一起活动。实际上，之所以能够“神与物游”，乃是作家之“神”与自然之“物”产生了共鸣，也就是外界景物引发了作者的思想感情，没有作者思想情感的波动，是不可能“神与物游”的。

(4)从神思和语言的关系看，神思受到语言的制约

言象意三者，刘勰在这里偏于“辞不达意”的观点，如何处理“意翻空而易奇，言征实而难巧”的矛盾，他除了指出多加积累学识和多加练习而熟练创作外，并没有提供具体的方法。“至精而后阐其妙，至变而后通其数，伊挚不能言鼎，轮扁不能语斤，其微矣乎!”他一方面指出只有大理论家大作家才能阐述创作妙理和写作规律，另一方面又指出这是微妙的，即使是大理论家、大作家也“有口难言”。这里体现了刘勰受佛家思想的影响，但他并没有采取消极的态度，提出了关键在于“博而能一”。“博”指丰富的素材或丰富的诗意，“一”指丰富的情意中能够贯一的部分，这部分构成文思。

刘勰在《神思》篇中首先指出了神思作为艺术思维活动过程中生动丰富的艺术想象活动的具体情形：“文之思也，其神远矣……故思理为妙，神与物游。”神思的活动无所不至，可以不受具体环境的限制，超越时间和空间，具有无比广阔的活动范围，而且在整个神思活动过程中，文学家的思维活动始终都是和客观物象紧密地结合在一起。同时，这种活动又是和作家感情的波澜起伏联系在一起，即“神与物游”，作为创作主体的心灵与作为创作客体的物的融合统一。

5. 直觉在艺术创作思维中的作用。[中央财经大学2017年研]

相关试题：艺术直觉[名词解释，华南师范大学2022年研]

答：直觉是一种不经分析和推论而直接获得整体印象的心理能力。直觉在艺术思维中有两大作用：

(1)直觉以感觉为基础，以人类已经获得的知识和累积的经验为依据；因此，直觉能力具有一种在直接把握中直达对象本质的功能。克罗齐提出“直觉即艺术”的观点，在他看来，一旦心灵对个别事物起了直觉，这直觉就初次显出心灵的主动，这主动就施展在赋予形式于本无形式的情感上。在获得形式的同时，情感也转化为意象，而人在以直觉的方式对事物有了一个意象时，就已经完成了一件艺术作品，一切基层感性认识活动都是一种艺术创造。显然，克罗齐是把直觉当作一种最基本的创作思维来看待的。

(2)由于直觉无须逻辑推理和理性分析，往往在非理性的状态和大跨度的思维跳跃中，超越了具体的物象，所以作家运用直觉常常能从一些不起眼的事物中领悟到平时难以领悟到的人生至理或事物本质，能够使作家跳出日常生活的思维定势，从新的角度创作出新奇独特的艺术形象。

(3)人们在欣赏艺术作品时，无须借助抽象思考和逻辑判断，仅依靠直觉便能直接把握欣赏对象的美的特点，从而造成欣赏主体的审美愉悦，并可能领略作品的意蕴。

直觉对文学创作和欣赏都有巨大的作用，但我们也应该认识到，直觉的形成有天才的成分，更有平时的长期训练与培养的因素；此外，创作思维需要直觉，但不能仅仅依靠直觉。

第 8 章　文学创造的价值追求

8.1　复习笔记

一、求真的文学

(一)文学中的求真

1. “真”的含义

(1)文学创造首先是理解、反映和阐释对象世界的认识活动。

(2)认识活动的价值取向是以“理性”求“真知”。

(3)“真”乃是文学的审美价值追求的基础。

2. 文学求真的特点

(1)文学对“真”的探求不同于自然科学，后者更注重对客观物质世界的认识，而文学则是通过语言来表现处于历史进程之中的人的世界。

(2)文学创造要求的“真实”是艺术真实。艺术真实区别于生活真实与科学真实，通常是指作家在客观生活的基础上通过艺术加工、审美概括而创造出来的艺术形象高度契合人类生活的某些本质和规律的特质。它在现象和本质相统一中反映出客观生活的真实面貌，表现出人的真挚的情感和对生活的正确评价。

(二)艺术真实的主要特征

1. 与生活真实相比

艺术真实与生活真实的区别在于：艺术真实来源于生活真实又高于生活真实，文学创作必须通过作家主体，因而必然带有主观性；与此同时，无论怎样标榜“纯粹自我”“超现实”等，也必然离不开现实。

(1)内蕴的真实

内蕴的真实是指在保持现象真实的同时，准确把握现象背后的本质和规律，揭示出社会生活的深层内蕴的情形。

(2)假定的真实

假定的真实是指不照搬或抄袭生活事实，而是经过作家的艺术创造精神重新塑造、打磨后的情形。

2. 与科学真实相比

艺术真实与科学真实的不同之处在于：艺术真实对客体世界的反映与表现具有主观性和诗艺性，是主观的真实而非客观的真实，因而遵循情感的逻辑；是诗艺的真实而非事理的真实，因而遵循审美的规律。

(1)主观的真实

主观的真实是指文学不像科学那样致力于认识的客观性，而是从人的生命体验及关注社会人生的立场出发，把客体世界作为主体认知与感悟、情感与意志的对象物，以主观性的把握方式建构起从属于人的目的与意义的世界。

(2)诗艺的真实

诗艺的真实是指作家采用各种艺术手法，如拟人、变形、反讽、暗示、象征等，创造假定性情景而创造的真实。

(三)真实的发掘与表现

通过个别来表现普遍和一般的手段是艺术概括，其所发掘和表现的普遍性能创造巨大的艺术效应。

1. 艺术概括的含义

艺术概括是使文学作品中虚构的艺术形象与社会生活的普遍性和必然性规律达到高度统一的一种创作方法。它的核心问题是解决“个别”与“一般”的统一。

2. 艺术概括的具体规定

(1)从个别到一般

艺术概括是以对特殊的即富有特征的事物的观照和描述为途径的。

(2)个别与一般的统一

要让“特殊”在“个别”与“一般”的统一中真正地成为真实而完整的“小世界”，则有赖于作家充分调动自己的生活经验与情感经验，对其所观照和描述的“特殊”进行开掘、提炼、补充和改造。

二、善的判断与人的情感

(一)对善的追求

1. 文学与伦理

文学是对特定历史阶段伦理、道德观念的独特表达形式，因此可以视为一种伦理的艺术，教化是文学的一种基本功能，不过，理论家一般比较反对那种直接的说教，而主张通过审美的形式“润物细无声”地发挥作用。

2. 文学与情感

文学必然带有作家情感的倾向性，即文学作品往往会表现出作家的爱憎情感和是非观念等，这是由作家的生活实践、政治立场、道德观念和审美观念等所决定的。作家对所描写的生活如何认识和评价，既表现为思想倾向，又体现于感情态度。优秀作家往往把正确而深刻的情感倾向性看作是作品的灵魂。

(二)善与“诗意的裁判”

“诗意的裁判”与“情感评价”含义相通，蕴含在人生体验中，也融入艺术创造中，涵盖对真、善、美的肯定，对假、丑、恶的否定。“诗意的裁判”是作家对社会生活的一种审美的尺度。

1. 情感与善的价值追求

情感的价值取向，体现为真、善、美。

(1)高尚的品格

①含义

高尚是指脱离了低级趣味的品质，或脱离了人性中的劣根性，具备真诚、仁爱、坚贞等人类普遍推崇的优秀品德和美好情操。

②文学与高尚品格的关系

a. 创作主体的人格决定了文学创造是否能以高尚的情感态度去裁判社会生活，也就是说，要想表达人世间真善美的情感，作家本人首先应具有一种真善美相统一的人格情怀。这种人格的建立使作家能够在更高层次上更自由地抒发性灵，此时的自我抒发带有一种普遍的社会内涵。

b. 作家的人格可以从文学作品所传达的对社会生活的伦理判断和感情表现中得到体现。作家在描写生活、塑造人物形象时，融进了自己的审美理想，倾注了是非爱憎的强烈感情，因而优秀的作品能告诉人们什么是真善美，什么是假丑恶。

(2) 利他的取向

①概述

文学艺术是一种审美意识形态，是人类艺术地把握世界、展示自我、塑造心灵的一种精神形式，这并不意味着文艺没有任何的功利目的，文学的功用主要是通过艺术形象来影响人们的思想、情感、灵魂，以唤醒他们的"善"，净化他们的"恶"，间接地达到改造社会的目的。这种对人和社会的正向影响就体现出了一种利他性。

②文学与利他性

文学的审美价值中隐含着功利性质，其中就包括劝善的目的。善首先体现在人的言行符合他人的利益和社会发展的需要，即利他性。文学作品通过播撒利他性的价值观，能影响和提高读者的思想境界、道德情操、精神品格，使人认识到自己的社会责任和社会使命，自觉地为人类和社会的进步而贡献自己的力量。

2. 善与情感表现方式

(1) 诚挚的情态

①情感诚挚的意义

决定作品艺术感染力深浅的其中一个因素是作家的真挚程度，换言之，作家自己体验他所传达的那种感情的力量如何。情感表现的虚伪，是文学创作的致命伤。

②文学与情感的诚挚性

情感的诚挚性与反映生活的真实性是联系在一起的。真实与真诚融为一体，文学创造才能实现其审美价值追求。

③诚挚情感的产生

作品流露出的诚挚情感，不是由艺术技巧造就的，而是来自作家对生活的深刻体验和正确的评价。唯有如此，作品才能引起读者的共鸣，从而发挥出它的价值目标。

(2) 艺术的呈现

善的价值在文学作品中的呈现采取的是一种艺术化的方式，而不是说教的、理论的方式。通过情节发展、矛盾冲突等赋予文学形象某些品格，以此凸显他对善这一价值的追求。因此，读者阅读文学作品可以从中获得道德上和审美上的双重享受。

(三) 人文关怀与历史理性

1. 人文关怀："善"的终极价值体现

(1) 文学中的人文关怀表现为文学始终保持着对人性的终极关注，追求着一种超越了经验论的理想人格。可以说人文关怀指向的是一个人心向善的乌托邦世界。

(2) 人的精神创造以人的需求为出发点和落脚点，"以人为本"是人类的共同价值追求。个人和社会都具有向善的需求及可能性，人文关怀因此也称为文学创作的主题。

2. 人文与历史：文学价值取向的交合

(1) 历史理性是指人类在历史进程中所固有的、可以为人们在一定程度上所领会和揭示的规律、目标、动力机制等。作家的创作离不开对社会生活的反映，他们在对社会本质和历史规律的把握中寄托对人的生存、价值、命运等的美好期望。这种美好期望与历史理性联系在一起，体现出"真"与"善"两个价值取向的交汇。

（2）文学属于人文领域，而不属于科学领域。发现“物的价值”是科学理性的优长，却不是文学追求的重心，文学的精神在于对人的关注和尊重，更重视弘扬“人的价值”。离开了“人”这个万物的尺度，文学的精神就会受到严重的损害。

（3）历史理性是一个多层面的巨大意蕴空间，作家有权依据自己的艺术个性从不同的历史理性角度去彰显人文精神。

三、美的创造

（一）审美理想的烛照

1. 审美理想的含义

（1）审美理想是指人们对于美的最高要求和愿望。它是人类审美意识高度发展的产物，是在审美感受基础上形成的人们对美的完善形态的理解与憧憬。因为美需要去发现，去塑造，去提升，所以文学往往表现为一种指向未来、指向人的生活远景的创造性想象。

（2）审美理想是个体性与群体性的统一。一方面体现着作家个人的审美观念与审美理想，另一方面体现着某一民族、某一阶级、某一时代的具有共性的审美趣味。

2. 审美理想的特征

（1）审美理想是以理念形式存在的鉴赏的原型和最高典范。

（2）审美理想是直观形象与理性观念的结合。

（3）审美理想是个体性与群体性的统一。

3. 审美理想的功能

（1）审美理想是作家进行审美评价的最高标准

作家创作的文学形象、体裁、情节等，都离不开他的审美理想的引导、调节和赋形。在审美理想的关照下，美与丑的形态与实质变得分明开来，与整个社会和时代的价值观相融合。

（2）审美理想是作家对生活的观照和评价

文学创作的客体不是纯粹客观的自然风景和社会生活，而是经过创作主体的审美感知、审美观念和审美理想体验、熔铸、提炼后具有审美价值的自然事物与社会生活。没有经过作家审美理想观照与评价的对象，很难构成文学世界中的有机成分。

（二）文学形式的升华

1. 内容形式化与形式内容化

（1）文学内容与文学形式是辩证统一，相互依存的关系。文学内容决定文学形式，文学的形式又反过来影响内容的表达。

（2）形式创造在作家的审美价值追求中，不仅具有表现内容的功能，还有塑造内容的作用。在文学创造的实践中，由于形式的生成作用，内容的确能得到深化或升华乃至于产生审美新质。

2. 化丑为美

化丑为美，化腐朽为神奇，使现实对象具有美学意义，这是作家审美理想得以外化的重要手段；就文学形式而言，奇崛的形式与文学内容有效地结合也可能达到“化丑为美”的效果。

（三）文学形式之美

1. 文学形式之美的发现

形式美是美学的一个重要范畴，一直为艺术家所重视。就文学而言，到了 19 世纪末西方现代主义出现后，很多流派甚至认为艺术形式比艺术内容更为重要，更具价值，因此，一段时期里，作家对艺术形式的追求和创新达到痴迷的程度。

2. “有意味的形式”

“有意味的形式”由英国批评家克莱夫·贝尔提出。

(1) 主张

他认为艺术作品的基本性质就在于它是“有意味的形式”。所谓“形式”，是指材料以某种特定方式排列而组合起来的纯粹的关系；所谓“意味”，是这种纯形式背后表现或隐藏着的艺术家的独特审美情感。

(2) 意义

这一理论对艺术形式的审美特征的揭示，对于人们认识形式美的问题还是有借鉴意义的。

【知识点引申】

俄国形式主义者制定出了纯粹的形式主义审美评价标准——新奇和惊异。人们对平常所熟悉的语言组合或陈词滥调往往不能做出立即的反应，他们不再把文字看作文字，也不去确切地理解文字联合所指的意义。这种反应可以说是一种“常规的反应”，它要求的是遵循熟悉的渠道，或视而不见，或表示腻烦。只有当文字以新鲜的方式令人吃惊地组织在一起时，人们才能够“认清”它们，并了解它们所象征的意义。

『名家名论』

内容和完全适合内容的形式达到独立完整的统一，因而形成一种自由的整体，这就是艺术的中心。

——黑格尔：《美学》

“获得全世界闻名的不朽的成功的秘密在于真实”，不真实的作品“现在与将来都不会有任何价值”。

——巴尔扎克

“真正的艺术作品永远以真实、自然、正确和切实去感染读者”，这样的作品越是多读，“你和它之间的内在情意和联系也就越深入、实切而不可分割。”

——别林斯基

对文学作品而言，它的形式对它并不是外在的，而是它自己所特有的那种内容的发展。

——别林斯基

在我的小说里，没有任何一行字不是建立在现实的基础上的。

——马尔克斯

(作家)观察整个生活现实，不过只是从他们的那种艺术形式的观点来观察，这种艺术形式已成为他们表现生活的一个有机组成部分。

——巴拉兹：《电影美学》

我们接触到一篇作品的形式，自然也就接触到了它的内容，而我们要知道一篇作品的全盘内容，也非接受它的整个形式不可。

——钱谷融：《形式与内容》

……当我们一旦明白了它(指素材)的内在意义，获得一个深刻而新颖的思想，找到了主题，情况立刻就不同了。思想的火光一旦燃起，所有的生活事实、细节，都被通统照亮，活动了起来，向主题思想的光点聚集，各找各的位置，各显各的面目；一个作品的轮廓就明显起来，形成起来。

——王汶石：《漫谈艺术构思》

8.2 课后习题详解

1. 怎样理解“真、善、美”及其统一是文学创造的审美价值追求?

答:（1）文学作为认识活动，以内在尺度创造艺术真实，要义是求“真”，体现为“历史理性”。作为实践活动，文学创作探索伦理问题，其核心是尚“善”，体现为“人文关怀”，并激发美即文学创造的价值原则。

（2）真善美是文学创造活动中“三位一体”的价值结构，它们相互融通，属于人类三个根本的精神世界：认识、伦理和美学。

（3）“真”是文学的审美价值追求的基础，是与“善”“美”共生共存的审美化的真实；“善”是高尚的品格和利他的取向，求真是尚善的基础，没有真，善就流于无历史内容的虚伪的“爱的呓语”；真和善的表现要按照美的规律进行，在追求真和善的同时，还要完成美的创造；作为文学创造的审美追求，“善”是其价值结构的核心，不是善的就不可能是“美”的，并且“善”与“美”的存在和呈现都要以“真”为根据和基础。

因此，真善美及其统一便构成了文学创造审美追求的价值追求。

2. 艺术真实有哪些主要特征？说明艺术真实区别于生活真实及科学真实的原理。

答:（1）艺术真实的主要特征

①与生活真实不同，艺术真实以假定性情境表现对社会生活内蕴的认识和感悟，艺术真实是内蕴的真实、假定的真实。

②与科学真实不同，艺术真实对客体世界的反映具有主观性和诗艺性，艺术真实是主观的真实、诗意的真实。

（2）艺术真实区别于生活真实及科学真实

①在文学作品中，就其创造的艺术形象来说，既有真的因素，也有虚构成分。文学源于客观生活，是在生活真实的基础上，按照生活逻辑和情理来创造艺术形象的，所以它是真的，而艺术形象又是作家心灵的创造物，具有虚构性，但它符合客观生活的本质和规律，从艺术创造来说它又是真实的，而不是虚假的。因此，艺术真实首先是指文学作品所描绘的生活正确地揭示了现实的本质和规律；其次，文学作品对现实生活客观面貌的描写，特别是细节描写也必须真实。《牡丹亭》中的杜丽娘，为爱情死而复生，本是不符合生活真实的，但它又确实表现了典型形象内在的那种死而复生以报冤仇的情感的，所以它也是真实的，是艺术真实与生活真实的统一。

②就揭示和表现客体世界内蕴的价值追求而言，文学创造与科学活动是相通的；但是科学活动讲求客观性。文学创造的认知则具有浓厚的主观性，即追求建立在人的生命体验与审美感受以及对社会生活给予人文关怀的立场上的真实。与讲求实证性、精确性的科学真实不同，艺术真实是作家“诗艺”性创造的产物，因而极富情感的感染力和心灵的震撼力。

3. 诠释艺术概括的价值意义并对下面一段话做出评述：

所写的事迹，大抵有一点见过或听到过的缘由，但决不全用这事实，只是采取一端，加以改造，或生发开去，到足以几乎完全发表我的意思为止。（鲁迅语）

答:（1）艺术概括的价值意义

①艺术概括所发掘和表现的普遍性能创造巨大的艺术效应。

②艺术概括是以对特殊的即富有特征的事物的观照和描述为途径的，即从个别到一般；同时作家还要对这些事物加以提炼、加工和改造，即个别与一般的统一。

③艺术概括是创造艺术真实的基本途径。

(2)评述

鲁迅的这段话表现出艺术概括的一些特点。文学创作作为一种精神活动，是作家从审美的角度对社会生活所做的能动反映。社会生活包罗万象，纷繁芜杂，变化无穷。作家面对社会生活，没有必要也不可能将全部生活现象事无巨细地统统纳入自己的作品，因此艺术概括是必不可少的。艺术概括可以带来环境及人物的典型性，达到个性与共性的统一。

4. 怎样理解文学中情感的价值和意义？

答：对于文学中情感的价值和意义，我认为有以下方面：

(1)情感体验促成了文学艺术的产生

文学艺术的本质就是唤起作者和读者的情感体验。作家艺术家为什么会产生创作冲动？就是因为现实生活中某种有价值的人物、事件、情景触发了他在胸中蓄积已久的感情，产生联想和想象，使之沉浸到曾激起他强烈情感活动的生活情感中去，于是产生描写这种感情、倾泻这种感情的强烈愿望，这样，艺术创作就发生了。

(2)灌注作家情感的人与物构成文学作品的重要内容

作者往往根据情感表达的需要，抓住那些最能负载浓烈情感的人事、景物，构筑出片段(具象)，都是缘情而生的，在片段性的具象中寄寓深广的意义：或呈现出与生活非常接近的写实形态，如杜甫的“感时花溅泪，恨别鸟惊心”；或以极度夸张的手法，变形而达意，如李白的“白发三千丈，缘愁似个长”；或使情成体，营构超现实的幻化之象，如郭沫若笔下集香木自焚，于烈火中再生的凤凰。

(3)情感评价包含着作者对人类社会的人文关怀和美好愿景

文学是审美的，情感性评价是文学的应有之义。所谓情感性评价，也就是一种审美评价。审美评价不同于真理评价，也不同于道德评价：真理评价是判断对象是真与假，道德评价是判断对象是善与恶，而审美评价是判断对象是美与丑，在艺术活动中，它主要表现为创作者的主观情感倾向，且总是以艺术形象为载体的。创作者往往以自己的审美价值取向，对其所描写和表现的人物与事件做出情感性“裁判”。文学作品正是通过情感评价呈示意义，从而建立起自己的审美价值体系。情感评价存在着积极与消极、高尚与低俗、美好与丑恶之分，但无论中外古今，优秀的文学创作都无不体现着尚“善”及其终极价值——人文关怀的审美追求，以助益社会进步与人生幸福的情感高尚性，给人们以积极的精神影响和审美享受。

(4)文学艺术通过激起读者的情感体验而实现其审美价值

文学艺术之所以能够给人以精神愉悦，其心理原因就在于能激起读者的情感体验。作家艺术家为什么进行创作？是因为某种刺激激起了他曾经经历过的情感体验。所谓情感体验，实质上就是主体通过想象、回味等心理活动，使主体沉浸到曾激起他强烈情感活动的生活情景中去。作家艺术家创作的实质就是通过他所熟悉的媒体——语言、线条、色彩等，形象地将其体验过的生活情景再现出来，使读者也能得到类似的情感体验。所以，审美的目的就是寻求精神愉悦。

5. 为什么说人文关怀是“善”的终极价值体现？谈谈你对文学作品中的人文关怀与历史理性之间关系的理解。

答：参见本章复习笔记。

6. 谈谈你对“有意味的形式”这一概念的见解。

答：(1)概念的提出

英国文艺批评家克莱夫·贝尔于19世纪末提出“有意味的形式”理论。他认为：“在各个不同的作品中，线条、色彩以及某种特殊方式组成某种形式或形式间的关系，激起我们审美感情。这种线、色的关系和组合，这些审美的感人形式，我称之为有意味的形式。‘有意味的形式’就是一切视觉艺术的共同性质。”

(2)意义

审美的情感不同于生活中的情感，只是一种纯形式的情感，人们在审美时，不需要生活的观念和激情，只需要对形式、色彩感和三度空间的知识，审美是超然于生活之上的。基于这种认识，贝尔否定叙述性的艺术品，认为这类作品只具有心理、历史方面的价值，不能从审美上感动人。他尤其称赞原始艺术，认为原始艺术通常不带有叙述性质，看不到精确的再现，只能看到有意味的形式。形式之有意味，是因为形式后面隐藏着物自体和终极实在本身。艺术家的创作目的，就是把握这个“终极实在”，人们不能靠理智和情感来把握这个“实在”，只能在纯形式的直觉中，才能把握它。

贝尔的假说在逻辑上有循环论证的弊病，并把审美感情同社会生活完全割裂开来，但它对破除传统美学内容形式两分法的简单化倾向、揭示艺术作品的独立自主性有重要启发，在西方产生了广泛影响。

8.3 考研真题详解

一、名词解释

1. 诗意的裁判[中国传媒大学2012年研]

答：诗意的裁判是马克思主义文艺批评的基本范畴之一，是恩格斯在1883年致劳·拉法格的信中首次提出。在信中，他对巴尔扎克给予了高度评价：“我从这个卓越的老头子那里得到了极大的满足。这里有1815年到1848年的法国历史……在他的富有诗意的裁判中有多么了不起的革命辩证法！”巴尔扎克对当时的资本主义现实关系具有深刻、透彻的认识和理解，所以他的作品不仅描绘出了人物众多、性格鲜明、场景宏伟的历史画卷，而且深刻地反映出了社会生活的某些本质特征。巴尔扎克的伟大之处便在于在充满诗情画意的描绘中呈现出了活生生的历史辩证法，这个历史辩证法就是“在对现存事物的肯定的理解中同时包含对现存事物的否定的理解，即对现存事物的必然灭亡的理解……”由于渗透了这种否定性与批判性的辩证法精髓，才使他的作品充满了“诗意的裁判”的魅力。

2. 情感把握[首都师范大学2010年研]

答：情感把握是文学创造的基本原则之一。它要求作家对自己的创作对象作情感性体验和评价。情感把握作为一种主体心理过程，内隐着人的政治、经济、文化、伦理、宗教、审美等社会性需要，以及由此而形成的对社会生活的情感性评价。

3. 艺术形式[中央财经大学2017年研]

答：艺术形式是语言材料及各种艺术手段的有机组合，是艺术内容的组织、生成与呈现，是艺术文本的存在形态，是文学审美价值的实现方式。按照文学创造的规律，艺术形式的创造应遵循以下三个基本原则：①从内容出发选择与创造形式；②发挥形式对艺术表现的能动作用；③重视形式自身独立的审美价值。文学的形式创造即是内容形式化与形式内容化相反相成的互动过程：①内容形式化就是在文学创造过程中，当孕育的内容逐渐显化成形并为作家所结构起来的时候，它的内容就消融在它的形式之中，或者说转化成了形式。②形式内容化就是形式生成之后，内容在得以体现的同时，也得到深化或升华乃至于产生审美新质，于是形式转化为内容。

二、简答题

1. 如何看待艺术创作中情感与理智之间的关系？［中国传媒大学2011年研］

答：艺术创作中情感与理智之间的关系：

（1）艺术创作中情感与理智是相互影响的关系

理智是指艺术创作中有意识的理性认识和思维；情感分为情绪和感情。前者是有机体生物的需要是否得到满足而产生的生理和心理的反应，后者是主体对外在事物或现象的态度评价及体验。

理智与情感在文学创作中缺一不可，它们相互促进，共同活跃在艺术创作活动中，对同一创作过程起作用。

（2）艺术创作中情感与理智是相互制约的关系

过度理智遏制了情感的表达；过多的情感抒发又显得不够理智。情感可以用语言直接表达，而理智隐含在通篇的措辞中。理智让艺术作品有内涵，也使文章无新意；情感使文章有生命，也使文章落入俗套。偏向情感则像发牢骚，偏向理智则不切实际无个性。既是创作就不必反复强调前人总结过的，既是艺术作品就不可如写评论。将强烈的情感用委婉的表达，是考验对艺术手法的融会贯通，如适当的讽刺既不失情感，也不失理智。理智是条件，情感是血肉，虽遏制却要做到相辅相成。

因此，艺术创作中要做到合情合理，才会情理交融，从而创作出最完美的艺术境界。

（3）情感与理智关系在艺术创作中的实际应用

以中国传统绘画与西方传统绘画的异同为例，其艺术创作中的情感与理智也表现出相互影响与制约的关系，这主要表现在：

①中西绘画的审美特征区别是十分明显的，中国传统绘画重言志抒情，西方传统绘画则重模仿自然；中国绘画讲究意境美，西方传统绘画则重视人体美；中国传统绘画呈现出哲学化的审美倾向，西方传统绘画呈现出科学化的审美倾向。

②中国绘画的审美基点在于"意味"，西方绘画的基点从属于"再现"，中国绘画追求形象之外的意，线条与超然的色彩更能充分表达主观情感，成为东方美术造型的主要手法。

③中国绘画的审美本质在于尚意、领悟，对真实的理解是物体对应人情思后"升华了的真实"；西方的审美本质是尚实的，他们认为造型艺术的认识必须是由感性到理性的认识，而理性认识必须有明确的定义，审美必须有客观依据，有准确的概念，推斥了东方的"领悟性"，重视自然的人的美感及生活体验的功用。

总之，艺术创作需要一定的情感投射，但是过分地注重情感投射而孤立理智的参与，艺术创作都是残缺的、不完满的。

2. 如何理解情感评价的文学意义？［中国传媒大学2014年研］

相关试题：情感评价［名词解释，中央财经大学2017年研］

答：（1）情感评价的概念与特征

情感评价是指文学创作主体以自己的审美价值取向，对其所描写和表现的人物与事件所作的情感性"裁判"。把"裁判"与情感联系在一起是情感活动的本质所决定的。人是在社会关系和社会结构中的有生命、有情欲、有目的的存在物，他的业已形成了的思想意识，包括需要、态度、观念、信念、习惯等，与当下面临的事物之间发生的不只考认识一反映关系，还有价值－评价关系。所谓价值－评价关系，就是意义关系。例如，当人们说水是氢和氧的化合物时，这无疑是对它的认识或反映，而指出水为人的生存所必需时则属于评价，属于价值意义的裁判。对价值意义的切身体验而形成的心理反应谓之情感。一个人对某种事物因其具有正价值意义而持趋向或欢迎态度，他在接触这种事物的过程中就会体验到喜爱、愉快等肯定性情感；反之，一个人对某种事物因其具有负价值意义而持反对或拒斥态度，他在接触这种事物的过程中就会体验到憎恶、悲哀等否定性情感。可见，情感是评价性的，蕴涵着对事物肯定或否定的“裁判”。

(2)情感评价的文学意义

文学创作正是通过情感评价，在展现真理的同时呈示着意义，从而建立起自己的审美价值体系。情感评价存在着积极与消极、高尚与低俗、美好与丑恶之分，但无论中外古今，优秀的文学创作都无不体现着尚“善”及其终极价值——人文关怀的审美追求，以助益社会进步与人生幸福的情感高尚性，给人们以积极的精神影响和审美享受。对情感评价在文学创作中的地位及性质，艺术家和美学家们的讨论存在着不同的声音。

①列夫·托尔斯泰说：“在自己心里唤起曾经体验过的感情，并且在唤起这种感情之后，用动作、线条、色彩以及言词所表达的形象来传达出这种感情，使他人也能体验到这同样的感情，——这就是艺术活动。”显然，列夫·托尔斯泰把蕴涵着价值评价的情感提到了文学和艺术本体论的地位。

②美国符号学美学家苏珊·朗格也把情感评价提到艺术和文学本体论地位。她认为，艺术即人类情感符号的创造。不过她所说的“情感”是人类的普遍情感(又称客观情感)，而非个人情感。这是对艺术自我表现论的反拨和挑战。针对自我表现论的理念，苏珊·朗格说：“发泄情感的规律是自身的规律而不是艺术的规律。”应该说，她对艺术表现的是人类普遍情感的定性，完全符合以传达和唤起同样情感为特征的审美创造本质的要求。她还说明，个人情感往往是把握普遍情感的媒介，艺术家可以从中进行情感概念的抽象而使之成为情感形式或符号——这有点类似创造艺术真实的艺术概括途径。

3. 审美理想的基本特征是什么？[中国传媒大学2015年研]

答：审美理想作为审美意识中居于最高层次的核心的审美范畴，是审美主体在审美体验基础上形成的一种以具象性形式存在的，体现着抽象概括性的理想的特殊形态。其基本特征有：

(1)抽象性与具象性的统一

审美理想是人追求和向往的美的最好最高的境界。审美理想是在审美经验的基础上产生的，并且是这种经验的高度概括。人的全部社会活动，从一定意义上说，就是不断地认识现实，实现理想的过程。作为审美经验的结晶与升华，审美理想与一般的社会理想，观念有所不同，是非逻辑概念所能涵盖或替代的，要充分，集中地表现审美理想，使审美理想变成任何人都可以接受的东西，那就只有使审美理想“物态化”，即借助于透视审美理想的棱镜来反映现实的艺术才能做到。因此，审美理想在本质特征上就表现为具象性与抽象性的统一。

(2)现实性与超越性的统一

审美理想是在人与现实的审美关系中产生的。就客观方面来说，现实还是不完美的，许多自然领域对人来讲还是一种异己的、外在的、敌对的力量；就主观方面来说，由于认识能力等种种限制，人的本质力量还不能得到充分实现。这样，主体在人类社会实践中必然要与周围现实环境不相协调，发生抵触；在冲突比较尖锐，激化的情况下，就可能要承受一定的痛苦和磨难，从而萌发出变革现实，摆脱束缚和羁绊，追求理想社会环境的强烈愿望。这正是理想（包括审美理想）得以产生的社会现实基础和主观动力的来源。

（3）主体性与客体性的统一

人类在社会实践中产生的社会理想，它是一种关于完善和合理的理解，一种人们所憧憬、所信仰、所追求的观念性的奋斗目标。这种观念性的目标，是人的主观能动性的表现形式之一，是构成人的本质力量的极为重要的内容，决定着人们前进的方向，给予人们前进的动力。因而，它充分体现和张扬着的是人的主体性，并且以此为重要特征和标志，使人和一切动物区分开来。理想与现实的对立历史地展示着主体与客体的矛盾冲突。如果主体将对自己的现实性和世界的非现实性的确信诉诸感性形式，即为审美理想的本质要求。

审美理想对于整个人类活动，特别是文化、艺术活动具有极为重要的价值和意义，它导引着人们的审美实践活动；张扬、倡导、重振审美理想将会使人类个体更能充分发挥自身潜能，从而造就自由全面和谐发展的人。

4. “有意味的形式”理论。［中央财经大学 2017 年研］

相关试题：有意味的形式［名词解释，南昌大学 2020 年研］

答：参见本章课后习题详解 6。

三、论述题

1. 怎样从美学角度理解艺术真实？现在的文学还有必要追求艺术真实吗？［中山大学 2012 年研］

相关试题：

（1）艺术真实是不同于生活真实与科学真实的一种真实，结合具体作品论述文学创作的真实性原则。［中国传媒大学 2010 年研］

（2）艺术真实的主要特征是什么？［中国传媒大学 2016 年研］

（3）请围绕一部具体的文学作品，谈谈你对“艺术真实”的理解。［中山大学 2017 年研］

（4）什么是文学的真实性？结合作品分析。［同济大学 2021 年研］

答：（1）从美学角度理解艺术真实

①艺术真实来源于生活真实但又高于生活真实。

②生活真实是指客观存在的一切具体的生活现象，凡历史上出现过或现实中存在的自然与社会、物质与精神等原生态的事物和现象，都可归结为生活真实。生活真实的特点是一次性、独特性、原生性，常常不够典型、不具普遍性，还只是个别事实的真实，而且这些事实真实的背后，真与假、善与恶、美与丑相混合，现象与本质、偶然与必然、个别与一般相杂陈。

③艺术真实，是指作者根据客观生活通过艺术加工、概括创造出来的艺术形象，揭示出客观生活的某些本质的方面。它在现象和本质相统一中反映出客观生活的真实面貌，表现出人的真挚的情感和对生活的正确评价。

④文学创作用不加改造的生活真实，或者纯粹客观的科学真实来衡量文学的真实性都是不合理的。与生活之真和科学之真相比，艺术真实具有如下特点：它是假定的真实而非事实的真实，因而追求虚拟的逼真性，是内在的真实而非现象的真实，因而追求深刻的普遍性；它是主观的真实而非客观的真实，因而遵循情感的逻辑，是诗艺的真实而非事理的真实，因

而遵循审美的规律。

⑤在文学作品中，就其创造的艺术形象来说，既有真的因素，也有虚构成分。文学源于客观生活，是在生活真实的基础上，按照生活逻辑和情理来创造艺术形象的，所以它是真的，而艺术形象又是作家心灵的创造物，具有虚构性，但它符合客观生活的本质和规律，从艺术创造来说它又是真实的，而不是虚假的。因此，文学的真实性，首先是指文学作品所描绘的生活正确地揭示了现实的本质和规律。其次，文学对现实生活客观面貌的描写，特别是细节描写也必须真实。《牡丹亭》中的杜丽娘，为爱情死而复生，本是不符合生活真实的，但它又确实表现了典型形象内在的那种死而复生以报冤仇的情感的，所以它也是真实的，是艺术真实与生活真实的统一。

(2)现在的文学还是需要追求艺术真实

①在再现性的文学创作活动中，艺术真实是其追求的基本价值之一，作家在文学作品中创构的艺术形象必须契合人类生活的某些本质和规律才具有典型性和高度的审美价值。不过，这里的艺术真实不是一个绝对价值标准，因为“尽管都是真实的，仍然有开阔与狭小、恢宏与偏激、深邃与肤浅、健康与病态、崇高与卑下、细密与粗疏等等之别”。

②在表现型的文学创作活动中，客观生活面貌的真实将不再成为衡量艺术真实的重要标尺，人生体验和情感的真实才是其追求的高度。创作主体不必拘泥于生活的常态，应该尽情展开自己想象的翅膀，调动各种艺术手段，虚构、变形、夸张、通感，将发自肺腑的主体情感和深层的内心体验充分地表现出来。庸常的生活眼光、精确的科学计算和冷静的哲学分析，都会有碍于对表现型艺术诗性的感悟，唯独能够以诗性心灵去体会，才能在与生活表象相差甚远的艺术世界里感受到真挚深邃的撼人心魄的审美情感。

③相对于传统的现实型和表现型艺术而言，现代象征型艺术的艺术世界构造与生活的真实具有更大的差距。意象选择、情节提炼、人物塑造、情感表达都与生活真实不符，混乱、拆解、随意拼凑和强烈的荒诞感充斥在各种艺术类型中。艺术可以像梦境一样流动，似幻似真，虚幻的是场景的非生活化，真实的是深入骨髓，深入无意识领域的生命感悟和欲求；艺术也可以把生活的具体性放在一边，在抽象的生活循环中展示无意义的生存。意识流、荒诞派戏剧、表现主义等现代艺术形式用虚幻的艺术画面，暗示了生存的内在本质。在这里，艺术真实既超越了生活细节的真实，也超越了主体情感的真实，只把主体对生命本真的参透和领悟呈现在读者的面前，让读者穿透生活本身的表象性和虚构性，穿透历史和文化对人的“异化”，抵达对本真的认识、内在的人的认识。

综上所述，在不同的艺术类型中，艺术真实会以不同的具体形态呈现出来。当然，在不同的文学体裁中，真实性的表现也有很大的差别。但无论是哪一种艺术真实，都是主体精神观照下的，经过主体能动创造的真实，它不停留在生活真实的表面，而抵达生活内在的不同层面和不同维度。从这个角度上来看，文学源于生活又高于生活的命题具有了更有力的支撑，同时也表明，文学作为社会意识，与其他意识形态具有一定的差别。

2．请结合具体事例谈谈历史理性(真)与人文关怀(善)在文学作品中的关系。[中山大学2010年研]

相关试题：

(1)谈谈你对文学批评中人文关怀与历史理性问题的理解。[中央财经大学2017年研]

(2)结合具体作品，谈谈文学作品中的人文关怀。[中国传媒大学2011年研]

答：参见本章复习笔记。

3. 文学是虚构的，但人们又强调文学的真实性，请通过具体作品论述两者是否矛盾。［华中师范大学 2013 年研］

答：文学的虚构性与真实性并不矛盾，并且只有两者相结合才能创作出符合艺术标准的文学作品。

(1)虚构对文学创作意义重大，整个文学都是虚构出来的

虚构是一种艺术创造，但并不是凭空捏造，虚构故事一定要符合生活的逻辑，写人物要符合人物行动和人物性格的逻辑，要有情理的根据。更为重要的是，故事的情节和人物可以虚构，但作品所表现和包容的情感是不能虚构的。虚构中必须凝结作家的真实情感，凝结作家真实的情感体验，作家在创作中必须将自己最宝贵的最真挚的情感和心灵寄予作品和人物。

例如，席勒的《强盗》，别林斯基评论这部作品时认为：“在这里说话的，不是人物，而是作者；在这整部作品中，没有生活的真实，但却有感情的真实；没有现实，没有戏剧，但却有无穷的诗；情势是虚伪的，情节是不自然的，但感情是真实的，思想是深刻的。”因此，感情的真实是文学艺术虚构的生命，任何半点虚情假意都将损害文学艺术作品的虚构的艺术感染力。

(2)文学的真实性不是生活的真实，而是要求艺术的真实

艺术真实与生活真实不同，艺术真实来源于生活真实又高于生活真实。生活真实为文学创造提供了原型启示，是取之不尽用之不竭的源泉，然而艺术真实是对生活真实的超越，它在虚构性情景之中，揭示社会生活的本质及其必然性，以此作为自己的目标。艺术真实需要作家充分发挥想象力，积极运用形象思维，也就是虚构的手法。

例如，著名的历史演义小说《三国演义》，它虽然取材于历史事实，但它对三国时代的政治、军事叙述并非完全忠实于历史，而是经过了主体化的艺术创造。在对人物的处理上，对刘备及其阵营中的人物有着褒扬、美化的倾向，对曹操及其阵营中的人物有着贬低、丑化的倾向，反映出长久以来在民间形成的“拥刘反曹”的正统观念，这些人物作为小说中的艺术形象，与实际的历史人物之间有不小的差距。这正体现了艺术的真实与生活的真实(或历史的真实)的差异性。

4. 文学与道德的关系。［南京大学 2013 年研］

答：文学来自生活却又高于生活，作为意识形态之一的文学与道德有着千丝万缕的关系，这主要体现在：

(1)文学创作是一种道德审美的精神现象

①20 世纪 80 年代至今，要使文学艺术成为一种纯而又纯的审美的精神现象极为流行。其实，100 多年前，这种论说就已出现，而且很有权威性。如英国的唯美主义者王尔德，就反对文学艺术与道德伦理有关。他说：“书无所谓道德的或不道德的。书有写得好的或写得糟的，仅此而已。”“一切艺术都是毫无用处的”，如果批评涉及伦理道德，那就是“伪道德批评”。

②王尔德在 19 世纪末的英国文坛标举唯美主义、“艺术至上”的旗号，反对当时文学艺术中的自然主义与过分的功利主义，宣扬艺术家在伦理上是不分好恶的，否则就是矫揉造作，就是伪道德批评，这时他对唯美主义理论是很有自信的。但是当他身陷铁窗，经历了身心的苦役之后，他才意识到人是需要同情与怜悯的。他自己心胸此时就充满了同情，而且竟认为同情是世界上最伟大、最美丽的东西。

（2）文学创作是一种通过语言结构进行审美或是审丑的创造活动

①我国20世纪80年代文艺中出现的唯美倾向，可以说是对过去极端的功利主义文艺观的有力反驳，同时也是文艺自身多样化的一种表现，自有它的合理之处。但是为此也付出了代价，即没有树立起作家人格上的那种凛然正气与道德的思想力量，却是销蚀了创作中的那种道德伦理的强大批判力。

②文学创作是一种通过语言结构进行审美或审丑的创造活动。它固然可以避开伦理道德的负载，以至可以说它无关伦理，这类作品自然是存在的，也有不少好作品。然而，有一些作品进行文字游戏，它们消解了话语表述的含义，虽也可算作叙事形式的一种探索，但是它们内涵单薄。

（3）文学创作是整个社会文化的组成部分

①人们常说，文学创作是描写人的，人性的方方面面都是可以进入文学描写的视野。文学是整个社会文化的组成部分，人性的方方面面，实际上就是人栖居于其中的社会文化的方方面面，就是人与人的多种相互的文化关系。

②写作者实际上总是面临着审美的或是审丑的多种文化选择。社会文化的多方面的内涵，如政治、伦理、道德、哲理、日常生活方方面面，乃至两性生活，都是文学创作进行审美或是审丑的文化选择的应有之义。因此作家无法把这些文化因素排除在创作实践或是文学理论研究之外，满足于说说文学艺术或是无关道德，或是无关政治等。

（4）文学创作折射出作者人性中的基本品格

①创作中的审美或是审丑的多种文化选择，必然折射出作者人性中最最基本的品格，即那些使人所以为人的基本因素，血性与良心，怜悯与同情，也即人文精神的基本方面。这些人性的体认，都显现在作者以及人物对社会、政治、战争、历史、伦理、道德、哲理、人的相互关系自然也包括两性关系的审美或是审丑的把握之中。

②读者感受与体味那些画面描绘、感情抒写所渗透出来的人性的动向：庄严与鄙俗，高尚与卑微，凶残与善良，或是兼而有之的极端复杂的人性品格。对于人性的品格如人的血性与良心、怜悯与同情的蔑视，必然会使文学艺术失去自身的灵性与灵魂，而变得平庸与恶俗。当前的一些优秀作品，或是描写旧时的没落贵族，家族的兴衰历史；或是表现边陲的民族风情，经历几个时代的女人的幽怨命运；甚至读者关注的现实的故事，历史地、现实地显示出对于人生的感叹、人的命运的同情、道德伦理的批判力，从而提升了人的情感和境界。

总之，文学艺术创造是需要人性的同情，是需要强大的伦理道德的批判力的。在艺术家身上，正是这种人文精神造就了伟大的艺术胸怀。人性同情的沉沦与伦理道德批判力的消解，将会使文学艺术黯然失色而致枯萎，使人的精神家园破残荒芜。虽然文学艺术并不是人的精神家园的全部，但占据着主要地位。

第四编　文学作品

【名师点拨】

本编内容同样是文学理论考试中的常考点，也是学习文学理论的实际切入点。正如童先生在本编序言中所述：文学作品可以说是整个文学活动的焦点所在。对于熟悉的文学作品，很容易理解其具体的外在形态、内在形态与话语特色，但对于抽象的内在规律却难以入手。思考以下问题或许可以帮助学生加深理解：

1. 传统的文学类型划分是从哪些角度进行的？
2. 如何理解小说“虽然没有真实那样奇异，但却比真实更具有代表性”？
3. 如何理解文学典型？
4. 怎样区分和联系意象、象征与隐喻？
5. 结合具体的作品，思考文学中的时空人物与现实有何区别？
6. 成功的小说在人物塑造上需要有哪些特征？
7. 如何认识文学风格与同时期艺术风格的关系？

第9章　文学作品的类型和体裁

9.1　复习笔记

一、文学作品的类型

1. 含义

文学作品的类型是指文学作品作为意识形态反映现实、依据文学创作主客体关系呈现审美情感的方式。

2. 分类

文学作品类型的划分适用于不同历史时期的文学形态，具有普遍性的意义，总体划分为现实型文学、理想型文学、象征型文学三大类。

3. 辨析

文学作品的类型区别于文学作品的体裁。文学作品的体裁是作品在文学话语系统的结构形态，表现为文学作品的具体形式，分为诗歌、散文、小说、剧本和报告文学等。

(一)现实型文学

1. 含义

现实型文学是一种侧重以写实的方式再现客观现实的文学形态。其基本特征是再现性和逼真性。

2. 再现性

(1)含义

再现是指对外在客观现实状况做如实地刻画或模拟。再现客观世界的外在真实是现实型文学的主旨，这里涉及如何处理文学与现实关系的问题。现实型文学要求文学从现实生活中取材，客观冷静地再现社会、历史、人生，并直接揭示其中的矛盾、规律、本质。

(2)再现与表现

文学作为反映，是再现与表现的统一。

①文学应在其话语系统中，真实地再现现实矛盾与规律。

②文学应在认识基础上，显示出对现实矛盾和规律的情感评价。

(3)现实型文学再现性的表现

①通过对真实生活现象的直接描绘反映客观现实。

②严格遵循客观规律，反对主观随意性。

③在人物塑造方面，力求揭示人物性格形成的客观原因。

④现实型文学创作的重要原则是将作者的主观情感隐藏在对客观事物的描绘中。

3. 逼真性

(1)含义

逼真性是指依据客观事物的原本面貌，对其状貌、特征、细节等进行直观细致的摹写。

(2)现实型文学逼真性的表现

①现实型文学要求对现实生活的素材进行提炼，经过个性化和概括化的艺术加工再现客观存在，并借此抒发作者的真情实感。

②现实型文学要求细节真实，用历史的、具体的人生图画来反映社会生活，以真实可感的意境或形象来感染读者，达到如入其境、如见其人的效果。

(二)理想型文学

1. 含义

理想型文学是一种以直抒胸臆的方式表现主观理想的文学类型。其基本特征是表现性和虚幻性。

2. 表现性

表现就是以直抒胸臆的方式形象地呈现作者的主观情感态度。

(1)理想型文学侧重表现主观情感，具有强烈的理想色彩。

(2)理想型文学艺术地创造出一个理想的世界，表达作家超越现实的主观愿望。

(3)理想型文学的突出特点是其抒情性，它遵循情感的逻辑。

3. 虚幻性

(1)理想型文学多从神话、传说、历史、民间故事中取材，赋予这些素材浓郁的浪漫色彩。

(2)理想型文学多运用夸张、虚构、变形等艺术手法。

(3)理想型文学塑造的多是超越现实的英雄人物形象。

(三)象征型文学

1. 含义

象征型文学是一种侧重以暗示的方式寄寓审美意蕴的文学形态。其基本特征是暗示性和朦胧性。

2. 暗示性

暗示是指通过语言的表达寄寓某种超出本义的内涵。

(1)象征型文学重在寄寓某种意念、意蕴，多采用暗示、幻想等手法。

(2)象征型文学多以间接的暗示触发读者的联想，反对直接再现和主观表现。

(3)象征型文学要传达的观点往往蕴藏在各种象征意象中，需要读者调动自己的想象力去体会其中的意蕴。

3. 朦胧性

朦胧是指词语具有多种解读的可能性。

(1)象征型文学的中心意象具有丰富而朦胧的寓意，需要深切体会才能得出其中的深意，且很可能是因人而异。

(2)象征型文学多把作者的情感和观念隐藏在朦胧的语言表述中。

(3)象征型文学对客体形象进行变形化、拟人化的加工处理，使文学意象超越了其自身的具体、个别的现实属性，成为概括性、虚拟性很强的假定事物。

(四)文学类型的发展演变

1. 古代：文学类型的初步形成

在古代文学活动中，现实型、理想型和象征型文学初步形成。

(1)古代文学的特点

①不同类型的文学之间界限不分明，尚未形成彻底独立的文学类型。

②就一部作品而言，往往同时兼具几种类型特征。

③没有形成占据主流的文学类型，各文学类型均衡发展、艺术地位大致相当。

(2)中国古代文学中三种文学类型的形成与发展

①在现实型文学方面，《诗经》可以说是其源头。

②从理想型文学来看，《楚辞》最早体现了其基本倾向。

③从象征型文学来看，《庄子》采用"藉外论之"的"寓言"形式，以幻想的形象来暗示人生的哲理，把人们的认识指向一个超现实的世界，其创作方法带有象征主义色彩。

(3)西方古代文学史中几种文学类型的情况

①古希腊时期西方文学已具有三种文学类型的初步特征：a. 神话反映当时人们认识客观世界的思维方式，具有现实型文学的色彩；b. 史诗寄托着对崇高的英雄的想象，体现了理想型文学的精神；c. 戏剧特别是悲剧对酒神精神的颂扬，是象征型文学的反映。

②西方中世纪文学继续发展三种文学类型：宗教文学、英雄史诗、骑士传奇具有鲜明的象征寓意和理想色彩；但丁《神曲》则兼具三种文学类型的特质。

③文艺复兴文学其基本倾向是再现、模仿现实，同时兼具理想的、象征的成分。

④古典主义文学的创作原则是模仿自然，但是把自然、社会生活绝对理性化了，使人物被抽象为某种观念的体现，三种类型也不同程度地交织于一体。

2. 近代：文学类型的充分发展

(1)浪漫主义文学

①产生

浪漫主义文学产生于18世纪末，它的产生与英国工业化造成小农经济的瓦解等社会问题有密切的关系。

②特点

a. 浪漫主义文学强调创作的绝对自由，以"回归自然""个性解放"等为口号。浪漫主义文学具有强烈的主观性色彩，开创了以"自我表现"为核心的创作方式。

b. 浪漫主义文学反对以"三一律"为代表的古典主义的清规戒律，要求拓展文学反映现实的范围，打破僵硬的模式化创作。

c. 浪漫主义文学的主观创造，主要表现为对想象与幻想的推崇。

d. 浪漫主义文学喜欢运用对比、夸张、比拟等艺术手法，描写超凡、孤独、怪异的形象，重视丑的美学价值，大力提倡想象的作用，并追求强烈的艺术效果。

③影响

浪漫主义文学是理想型文学的发展，以浓厚的主观抒情色彩、奔放热情的情感抒发、奇幻曼妙的想象力营造出独特的艺术效果。

(2)现实主义文学

①产生

现实主义文学是西欧资本主义政治制度确立之后的产物。启蒙时期宣扬的社会理想落空，资本主义压榨人性的丑恶逐渐暴露，时代情绪从高昂转向冷静。到了19世纪30、40年代，批判、暴露社会的弊病成为文学界的时尚，进而形成了现实主义文学思潮。

②特点

a. 现实主义作家倡导面对现实、反映现实、再现生活的真实。现实主义文学普遍关心社会文明发展进程中的生存处境问题，把文学作为分析与研究社会现实的手段，提供了特定时代丰富多彩的社会历史画面。

b. 现实主义文学既有进行精细入微的刻画，又有进行历史长卷式的宏观展示。

c. 现实主义文学以人道主义为思想武器，深刻地揭露与批判社会的黑暗，重视描写人与社会环境的关系，塑造典型环境中的典型性格。

③影响

19世纪现实主义作家几乎都是人类病症的解剖者、批判者，他们对现实社会中丑恶现象进行了犀利的分析、深刻的批判，因此19世纪的现实主义也被称作“批判现实主义”。

(3)象征主义文学

①产生

象征主义文学的兴起，是反对浪漫主义直抒胸臆和自然主义客观摹写的结果，在19世纪70年代最终形成。

②特点

象征主义文学坚持以象征、暗示、隐喻的方法表现内心“最高的真实”，象征主义作家致力于寻找、塑造主观精神的对应物，以此暗示主观精神，还挖掘语言的潜能，避免意义的确定性，用想象力赋予词语隐喻化的象征特质，最终在朦胧的暗示中寄托情感。

③影响

在世界文学史上，最早具有自觉的先锋意识，从事创作手法革新的是象征主义。象征主义从内容到形式都打破了过去的传统，既超越了唯美主义对造型美的关注，重在抒写个人感情；又超越了浪漫主义对喜怒哀乐的夸张描写，把笔触深入内心不可捉摸的隐秘。而且，浪漫主义强调美丑对照，并在丑中见美，象征主义则集中写丑，以真实的丑入诗，使之成为艺术形象后产生美感。

3. 现代：文学类型的多向演变

(1)现代文学的演变趋势

进入20世纪，文学作品的类型开始向多维度发展并产生了新的结构形态。

①批判现实主义文学继续发展，使现实型文学得以深化。

②“社会主义现实主义”标志着两结合型文学的出现：“革命的现实主义”与“革命的浪漫

主义”相结合，实现了现实型文学与理想型文学的综合性发展。

③现代主义文学思潮的兴起是理想型与象征型文学的衍化，是以浪漫主义文学和象征主义文学为基础发展起来的一股强劲的文学思潮。

(2)20世纪批判现实主义文学

①批判现实主义文学的丰富

继承以往文学中现实主义传统的核心原则，同时吸取自然科学成果，挖掘对“人”的进一步认识，创作中融入现代主义流派的艺术手法。

②批判现实主义文学的特征

具有资产阶级人道主义思想，关注底层社会及“小人物”的悲剧命运，着力揭露资本主义社会的罪恶，在反映社会生活的宽广度上达到前所未有的高度，如《约翰·克利斯朵夫》式的“长河小说”的出现。

(3)社会主义现实主义文学

社会主义现实主义文学具有鲜明的政治倾向性和革命浪漫主义色彩，在作品中展示了社会革命的波澜壮阔，描绘出了革命胜利后的美好蓝图，也塑造了一批具有理想色彩的英雄人物，具有激励斗志、鼓舞人心的社会功能。社会主义现实主义文学的奠基之作是高尔基的《母亲》。

(4)革命现实主义文学与革命浪漫主义的结合

这种“两结合型”的文学一方面立足于革命现实主义，具有双重的真实性，既有反映历史本质的真实，又有具体形象的真实；另一方面，它历史唯物主义的方法论把握住历史发展的趋势，把理想主义建立在现实主义的基石之上。

(5)现代主义文学思潮

①产生

20世纪上半期，西方文学相继出现了诸多具有反传统特征的文学流派，如后期象征主义、表现主义、超现实主义、存在主义、荒诞派、新小说派等，形成了现代主义文学思潮。

②特点

a. 现代主义追求主观真实，具有内倾性，它着重表现现代化的欧美社会中人与社会、人与自然、人与人、人与自我这四种关系的全面颠倒、扭曲与异化，以及由此产生的现代人的精神危机。

b. 现代主义文学在形式上则往往诉之于种种极端的实验，表现出高度创新的意识。在作品中大量运用变形、荒诞、象征等表现手段，突出虚幻性和假定性，将现实变为一种主观意识改造过的变形形象。

③影响

a. 19世纪末20世纪初，西方社会处在急剧的文化转型时期。世界的混乱、战争的恐怖、社会道德的衰败，使人们深感失望与不安，作为西方精神支柱的传统文化观念开始崩溃。尼采提出的“上帝死了”“打倒偶像”“一切价值重估”等口号，深深地影响了20世纪现代主义作家。他们不再坚守传统的理性原则，不相信人道主义的理想，也不寄希望于“理性王国”的实现，而是站在生命本体论的立场，思考世界与人类的前途，对人类文明的发展进行深刻的反思，认为既有的文化传统乃至整个人类文明，都有悖于人的生命欲求、有悖于人的价值的实现，应予摈弃。

b. 现代主义文学热衷于艺术技巧的革新与实验，某些作家的创作具有形式主义倾向，他们大量采用自由联想、时空倒错、内心独白、自动写作、偶然结合、意识流以及顿悟、象征、隐喻、暗示等表现手法，对语言、符号、图画、结构、风格技巧等形式因素格外重视，追求“有意味的形式”。现代主义对形式技巧的探索与追求，使文学的表现方法得到了丰富与拓展。

c. 现代主义文学对死亡、黑夜、堕落、犯罪、畸形、变态、疯狂、瘟疫、尸体……的描绘，大大超过传统文学，表现出“以丑为美”“反向诗学”这一新的美学倾向。有一些现代主义作家对人性和人类前途的认识是悲观主义的，他们热衷于表现丑，而看不到人性的美与崇高，这样的“以丑为美”是不无消极成分的。

二、文学作品的基本体裁

(一)诗

诗是一种具有丰富的情感和想象，语言凝练，结构跳跃，富于音乐性的语言艺术样式，可以分成抒情诗与叙事诗、格律诗与自由诗等。诗的基本特征是凝练性、跳跃性，音乐性。

1. 凝练性

诗歌语言特别凝练，它以尽可能简洁的字句表达尽可能丰富的内容；诗歌语言讲究对日常语言的偏离，使诗歌意义具有不确定性。

2. 跳跃性

(1)诗歌的跳跃性结构是指诗歌的结构并不遵循自然时空顺序，而是突破了时空的樊篱，在时空上任意伸张，其间只是由情感和想象的逻辑所维系。

(2)诗歌在外形上是分行、分节排列的，这是诗歌区别于其他文学体裁的表层结构形态。

(3)诗歌能够摆脱外在感性材料的束缚，在内在的时间和空间中获得无限的自由和扩展。即使是短短的一首诗，也可以凭着诗人情感和想象的驱使，把时间与空间、现实与幻想的界限全都荡涤殆尽。

3. 音乐性

(1)诗歌的音乐美是由与“诗乐舞”同源的历史渊源造成的。最早的诗，如《诗经》、楚辞、乐府民歌以及古希腊的《伊利亚特》《奥德赛》等史诗都是能唱的。古今中外许多诗人和美学家都十分重视诗的音乐性。

(2)任何民族的语言都是有声的，都具有一定的音乐性。诗歌语言作为文学中最精练的抒情语言，它着意强化了音乐性，最充分地发挥了语言音响的特殊功能。

(3)诗歌语言的音乐美，主要表现为节奏和押韵。所谓节奏，是指诗歌语言轻重、缓急、强弱、高低、长短所带给人的一种张弛交错的特殊美感。它实质上是宇宙节奏、生活节奏、情感节奏的诗化。所谓押韵，就是指同韵母的字在诗行中有规律地重复出现。押韵可以给读者提供一种听觉上的美感，有利于感情的强调和意义的集中，可以使全篇具有整体感。

(二)小说

1. 小说的含义和分类

(1)含义

小说是通过人物、情节和环境的具体描绘来反映社会生活的叙事性的文学体裁。

(2)分类

在创作实践中，小说形成了纷繁复杂的品类，通常根据其篇幅和容量将它划分为长篇小说、中篇小说、短篇小说、微型小说。

2. 小说的基本特征

从小说的构成看，人物、情节、环境是它必不可少的三个因素。

(1)能生动细致地刻画人物

人物是小说的基本要素，也是它的灵魂。鲜明独特的人物性格，曲折动人的人物命运，特定状态下的人物心理，错综复杂的人物关系，始终是小说创作注意的中心。人物形象的塑造，往往从多方面决定了小说的思想深度、美学价值、艺术灵魂乃至语言结构。

(2)能自由灵活地展开情节

情节在小说中成为一个不可缺少的要素，这是因为，小说的各种材料，往往要通过情节发展的线索来组织；小说人物的性格要通过生动、具体的情节来体现；小说所反映的一定的社会历史内容，往往要通过故事情节来负载；同时，小说的情节能引起读者的共鸣性情感和评价性情感，能增强小说的可读性和艺术魅力。

(3)能具体真切地描写环境

小说不仅要有鲜明的人物形象、生动的故事情节，而且要揭示人物性格和情节发展的具体环境。小说中的环境，一方面指人物活动的特定场所，即具体的生活环境，另一方面又包括用具体生活环境所体现出来的时代背景和社会发展趋势。环境描写在小说体裁中至关重要，没有真切具体的描写，人物的真实性、典型性，情节的可能性、合理性就难以确定。

(三)剧本

1. 剧本的含义和分类

(1)含义

剧本是让人物自己的语言和行动来塑造形象的一种艺术样式。

(2)分类

①按戏剧冲突的性质及效果可分为悲剧、喜剧、正剧。

②按容量大小和结构形式可分为独幕剧、多幕剧。

2. 剧本的基本特征

(1)强化矛盾冲突

没有矛盾冲突就没有戏剧，这是戏剧艺术的一条基本规律。社会生活本身就充满着矛盾斗争，戏剧和其他作品一样，是社会生活矛盾斗争的反映。但戏剧由于受时空限制，所以比其他文学样式要有更强烈的矛盾冲突。戏剧是与矛盾冲突紧密联系在一起的。因此，编织矛盾冲突，让人物在矛盾冲突中迸发性格的火花，通过矛盾冲突增添戏剧魅力，这是戏剧文学创作的中心课题。

(2)时空高度集中

由于受时空的限制，戏剧不能松散、臃肿、拖沓，而要求时、地、人、事、物的高度紧凑、集中。中国与西方戏剧虽然有不同的结构形式，但都要求时空高度集中。中国传统戏曲以“纵剖型”结构为主，主张“一人一事”，“一线到底”。西方戏剧以“横剖型”结构为主，在17世纪提出“三一律”，即一个地点，一昼夜，一个故事情节。虽然后来对这主张有所突破，但每个剧目都没有背离戏剧结构要求时空高度集中的原则。

(3)语言动作化

戏剧的进展，除了事件矛盾斗争的演变，动作、行为的激化以外，还需要人物语言的动作化。动作化的戏剧语言，是指人物语言既是人物动作的延续和产生新动作的先导，又是能挑起并引发对方发出相应言行的台词。考虑对话的动作性，首先需要语言性格化。人物语言的性格化，是指语言切合人物的身份、经历、性格、思想文化素质和民族个性。倘若人物语言没有个性化，那么就失去应有的生命力。所以创作具有动作化、个性化的人物语言，是剧作家的重要课题。

（四）散文与报告文学

1. 散文

（1）含义

①广义的散文既包括诗歌以外的一切文学作品，也包括一般科学著作、论文、应用文章。

②狭义的散文即文学意义上的散文，是指与诗歌、小说、剧本等并列的一种文学样式，包括抒情散文、叙事散文、杂文、游记等。

（2）基本特征

①题材广泛，不拘一格

散文的"散"首先表现在题材上。散文的选材有一种"海阔天空"的特性。它不受时空限制，取材特别广泛，可以写生活中的凡人小事，可以歌颂英雄伟业，可以纵观历史的沧桑巨变，也可以横察世界的风土人情，信手拈来，涉笔成趣。

②形散神聚，结构灵活

散文的"散"还表现在结构上。散文的结构形式是灵活多样的，它不像小说那样注重情节的连贯性和完整性，也不像戏剧那样按矛盾冲突的规律来布局。它的笔法是自由疏散的，可以时古时今，忽人忽景，谈天说地，纵横开阖。但"散"并非如脱缰野马那样任意驰骋，还应做到"形散而神不散"，即以鲜明的主题思想贯穿零散的材料。

③手法多样，随意赋形

散文的"散"还表现在手法上。它兼有叙事作品、抒情作品以及议论文的某些基本手法。在一篇散文中，作者可以时或状物写景，时或抒情咏叹，时或记人叙事，时或说理论证。这些手法除了交替使用外，还可把它们熔为一炉，化为一体，或夹叙夹议，或抒情论理，或寓意于物，或景中含情，以充分表达作者的思想感情。

2. 报告文学

（1）含义

报告文学是一种以真人真事为素材，用艺术手法塑造人物，对世界进行及时反映的文学体裁。

（2）基本特征

①及时性

及时性是指时间近、内容新，这就要求报告文学抓住有新闻价值的最新事件，及时地将它传达给读者。

②纪实性

写真纪实是报告文学的重要特征，这要求作品记录现实生活中的真人真事，以真实的生活现象为表现内容，而不是用想象去虚构。

③文学性

报告文学不是新闻报道式的事件描述，而是要塑造丰满的人物形象，描写生动的、形象化的细节，以增强作品感染力的文学体裁。人物的刻画，环境的描写，气氛的渲染是报告文学所必备的艺术条件。

【知识点引申】

传统的体裁划分方法有：

①依据模仿方式划分，如柏拉图、亚里士多德和贺拉斯的古典的类型理论。

②基于语言形态划分，如霍布斯的诗类划分：英雄诗(史诗和悲剧)、谐谑诗(讽刺诗和喜剧)和田园诗。

③基于人称与时态划分，如施莱格尔兄弟、柯勒律治和达拉斯的文学批评思想。

『名家名论』

现实性的诗歌的显著特点，在于对现实的忠实，它不再造生活，而是把生活复制、再现，像凸面玻璃一样，在一种观点之下把生活的复杂多彩的现象反映出来，从这些现象里面汲取那构成丰满的、生气勃勃的、统一图画时所必需的种种东西。

——别林斯基

艺术家不应在他的作品里露面，就像上帝不该在生活里露面一样。

——福楼拜

把本人对自己创造的人物的意见隐藏起来，因而让读者对人物应有的意见陷入迷离恍惚，等于甘愿不要人了解。

——乔治·桑指责福楼拜

象征的定义可以粗略地说成是某种东西的含义大于其自身。

象征意味着既是它所说的，同时也是超过它所说的。

——劳·坡林

作为象征的形象而表现出来的都是一种由艺术创造出来的作品，一方面见出它自己的特性，另一方面显出个别事物的更深广的普遍意义而不只是展示这些个别事物本身。因此，……象征形象仿佛是一种课题，要求我们去探索它背后的内在意义。

——黑格尔

9.2 课后习题详解

1．谈谈象征型文学与现实型、理想型文学的区别。

答：根据文学创造的主客体关系和文学作为意识形态对现实的不同反映方式，可以把文学作品分为现实型、理想型和象征型三种类型。

(1)象征型文学与现实型、理想型文学的含义

①现实型文学是一种侧重以写实的方式再现客观现实的文学形态。

②理想型文学是一种侧重以直接抒情的方式表现主观理想的文学形态。

③象征型文学是一种侧重以暗示的方式寄寓审美意蕴的文学形态。

三种文学类型的形成，是人类文学创作活动的历史产物。在不同的历史发展阶段，它们呈现不同的结构形态。

(2)象征型文学与现实型、理想型文学的区别

①定义及特征不同

a．现实型文学是一种侧重以写实的方式再现客观现实的文学形态。它的基本特征是：再现性和逼真性。

b．理想型文学是一种侧重以直接抒情的方式表现主观理想的文学形态。它的基本特征是：表现性和虚幻性。

c. 象征型文学是一种侧重以暗示的方式寄寓审美意蕴的文学形态。它的基本特征是：暗示性和朦胧性。

②创作过程不同

a. 现实型文学着重描写生活中的事物，并以写实的方式达到细节的真实，力求如实地再现现实。

b. 理想型文学偏于塑造生活中不存在的虚幻的形象，以夸张、虚构为其主要的表现手段，力求表现超越现实的主观理想。

c. 象征型文学或直接取材于现实事物，对它们进行变形化、拟人化的处理，或凭借想象虚构出非现实性的事物，从而塑造出具象与抽象、个别与一般、现实与超现实统一的寓意性形象。象征型文学描写客观物象的目的是暗示某种深广的意义，所以它不求物象细节的真实，而以主观变形的方法使其具有超越自身的内涵。

2. 运用文学类型理论分析当代文学作品。

答：(1)文学类型概述

在文学理论中，文学类型是指文学的种类，也即“对文学作品的分类编组”。作为一种分类，它不是一种题材的区别：如政治小说、历史小说、爱情小说，也不是一种单纯的欣赏层次上的区分，如先锋文学、严肃文学、通俗文学。它的区分应“以特殊的文学上的组织或结构类型为标准”。从根本意义上讲，文学是对客观世界的审美把握。根据审美把握的方式，可将文学分为写实型、抒情型、象征型三类。

(2)文学类型理论分析当代文学作品

写实型文学是一种侧重以写实的方式再现客观现实的文学形态。从历史上看，尽管写实型文学作家所处国别、时代以及各自的世界观不同，但他们在创作上都追求客观如实地反映现实世界，也就是按“世界的本来面目”去反映现实世界，是其共同的艺术追求与审美旨趣，成为写实型文学的一个突出特征。

举例，20 世纪 80 年代末兴起的“新写实主义”的代表作家池莉如是说：“《烦恼人生》中的细节是非常真实的，时间、地点都是真实的，我不篡改客观现实。”作品中主人公印家厚的一天，早晨是从半夜开始的，因为儿子从床上滚下，时间是“凌晨四点缺十分”。八点上班之前，得送孩子去幼儿园，为保证上班不迟到，得赶上六点五十分的那班轮渡。赶到工厂时，迟到一分半钟。然后是上午、中午、下午，扯皮、发牢骚，晚上下班回家，忙家务、争吵、烦恼，然后“上床时，时针指向十一点三十六分”。

3. 现代主义文学的类型特征是什么？

答：在 20 世纪西方文学中，沿着 19 世纪象征主义文学这条线索，相继出现了后期象征主义、表现主义、超现实主义、存在主义、荒诞派、新小说派等文学流派，汇成一股现代主义文学思潮。现代主义文学不同程度地继承和发展了浪漫主义和象征主义文学的表现性、虚幻性和假定性特征，使理想型和象征型文学发生了多向的流变。其主要特征是：

(1)主观性。现代主义文学反对模仿、再现客观现实，追求个人主观情感不受任何限制的充分表现，强调非理性的、心理化的、梦幻的现实。

(2)假定性。现代主义文学大量运用变形、荒诞、象征等表现手段，突出了虚幻性和假定性。作品中充满非常态的、极度夸张的变形形象和荒诞的情节、朦胧的象征意蕴。

(3)现代主义文学各流派往往有极端的个人主义、无政府主义、唯美主义和形式主义等倾向，同时又过分强调非理性、自我表现，散布着悲观、绝望、颓废的情绪和危机感。

4. 从诗歌基本特征看其抒情表现的艺术特长。

答：从诗歌的基本特征来看其抒情表现的艺术特长，具体表现为：

(1)凝练性

诗的凝练性体现在高度概括的艺术形象，激起精炼的文学语词，最集中地反映社会生活和表达思想感情。它反映生活以集中性和深刻性见长。它吟咏的是使人最激动的生活事件。它要求精选生活材料，抓住感受最深、表现力最强的自然景物和生活现象，用极概括的艺术形象达到对现实的审美反映。

(2)跳跃性

诗在结构上具有突出的跳跃性特征。它遵循想象、情感的逻辑，常常由这一端一跃而到另一端，或由过去一跃而到未来，超越了时间的樊篱、空间的鸿沟。诗的跳跃多由两个或两个以上的动作构成，动作之间没有持续性，只被同一个情感线索维系着。在动作、形象、图景之间的跳跃性结构方式，以断续表现连贯，以局部概括整体，给读者驰骋想象留下了开阔的领域。

(3)节奏韵律性

在各种文学样式中，诗是最强调韵律性的。诗的节奏主要指诗句中长短、强弱不同的音有规律地变化。诗的韵律，也称押韵，是指同韵母的字在相同位置上有秩序地重复出现。诗的押韵，一方面可以加强诗的节奏感，达到和谐整齐的感官审美效果；另一方面则主要是为了促进情感的抒发和意境的创造。

5. 比较散文与报告文学的真实性。

答：散文与报告文学都要求以真实的生活现象为表现内容，但两者的真实性有不同的特点。

(1)报告文学的真实性侧重真实的事件

报告文学的叙事成分、记人成分大大多于抒情与议论。对真实事件发生过程的形象描述是其突出特征。

(2)散文的真实性侧重于真实的感受

散文无论叙事、写景、记人，都是为了抒发作者对这些事、景、人的真切情感。作品重在创造一种抒情气氛。直接的抒情和议论占有极大比重。

6. 比较小说与剧本在反映生活方面的异同。

答：(1)相同点

小说与剧本都倾向于对现实生活的再现和人物形象的塑造。

(2)不同点

小说在反映五光十色、丰富多样的社会生活方面具有较大的自由度和优势。它那深入细致的人物刻画、完整复杂的情节叙述、具体充分的环境描写等特征，使其可以更广泛全面地描绘社会生活。

剧本在反映现实生活方面具有集中性和浓缩性。特定的舞台时空限制，要求剧本用较短的篇幅、较少的人物、较单纯的情节将生活内容概括浓缩地进行反映，并通过集中表现矛盾冲突来增强反映生活、表现情感的效果。

9.3 考研真题详解

一、填空题

文学作品通常被划分为______、______和______三种基本形态或类型。[南开大学2011年研]

【答案】现实型；理想型；象征型

【解析】文学作品通常可以分为现实型、理想型和象征型三种类型。现实型文学是一种侧重以写实的方式再现客观现实的文学形态。理想型文学是一种侧重以直接抒情的方式表现主观理想的文学形态。象征型文学是一种侧重以暗示的方式寄寓审美意蕴的文学形态。在不同的历史发展阶段，它们呈现不同的结构形态。

二、名词解释

1. 浪漫主义[北京大学2024年研；华东师范大学2021年研；中山大学2023年研]

答：浪漫主义是文艺的基本创作方法之一，与现实主义同为文学艺术上的两大主要思潮。作为创作方法，浪漫主义在反映客观现实上侧重从主观内心世界出发，抒发对理想世界的热烈追求，常用热情奔放的语言、瑰丽的想象和夸张的手法来塑造形象。浪漫主义的创作倾向由来已久，早在人类的文学艺术处于口头创作时期，一些作品就不同程度地带有浪漫主义的因素和特色。但这时的浪漫主义既未形成思潮，又不是自觉为人们掌握的创作方法。到了18世纪末浪漫主义文学思潮开始兴起。浪漫主义文学的特征是具有强烈的主观态度、热烈奔放的情感力量、无拘无束的唤醒精神和奇特神秘的艺术色彩。

2. 象征主义[北京大学2018年研]

答：象征主义是于19世纪兴起于欧洲的重要文学思潮之一，其兴起是直接反对自然主义的结果。象征主义者认为，艺术不应只是描写客观世界，我们看到的客观世界只是表面的真实，在其之后还隐藏着一种最高真实。客观事物本来已经存在，故对它的描写不是创造。艺术的价值在于创造一种心灵状态的显示。此外，象征主义接受了浪漫主义的主观性、神秘性，但反对浪漫主义夸饰的、显露的情感表现方式。象征主义在表达方式上注重暗示，认为暗示使文学具有神秘性。

3. 体裁[四川大学2010年研；华中师范大学2014年研]

答：体裁是指文学作品的样式或种类。文学作品在反映社会生活和表达感情时，由于运用语言、安排结构、塑造形象等方面表现出不同的特点和效能而形成不同的体裁。每一文学体裁亦可按内容或形式再加以区分，如诗歌体裁还可分为叙事诗、戏剧诗和抒情诗(包括挽歌、颂歌、商籁体等)。在西方，体裁的区分起于古希腊哲学家柏拉图，他把诗(即文学艺术)的表现分为两种：描述与模仿。运用语句、意象等手段描述人物行为或事件称作叙事诗，如史诗；通过塑造角色模仿人物、重演事件的为戏剧诗。

第10章　文学作品的文本层次和文学形象的理想形态

10.1　复习笔记

一、文学作品的文本层次

(一)文学作品的文本层次问题

1. 文本的含义

“文本”，指由作者写成而有待于阅读的单个文学作品本身。

2. 关于文本层次问题的研究

(1)“言、意、象”

中国古代的《周易·系辞》记载：“子曰：书不尽言，言不尽意，然则圣人之意，其不可见乎？子曰：圣人立象以尽意。”三国时期的经学家王弼在《周易略例》中，更透彻地阐明了“言、象、意”之间的关系。他说：“夫象者，出意者也。言者，明象者也。尽意莫若象，尽象莫若言。言生于象，故可寻言以观象；象生于意，故可寻象以观意。意以象尽，象以言著。”可见，中国古人早就明了以“言”达“意”的局限性，他们在二者之间架起一座“象”的桥梁，通过“象”这一中介，话语才能传递出玄妙、深邃、复杂的情思。

(2)黑格尔的划分

对于文本层次，黑格尔提出“内外”两分法。他将艺术作品区分为属于“外在形状”的“直接呈现给我们的东西”，与属于“内在的生气、情感、灵魂和精神的”“灌注神气于外在形状的意蕴”。这两个层面与其“美是理念的感性显现”宗旨相吻合，正好对应着美的外在和内在两种因素，而且这两者的关系是：“内在的显现于外在的；就借这外在的，人才可以认识到内在的，因为外在的从它本身指引到内在的。”也就是说：“外在形状”指引着“内在意蕴”，“内在意蕴”需要“外在形状”来呈现。黑格尔这种分类方法，虽然没有采用内容与形式这样的概念，但实质上还是基本延续了内容、形式的区分路径，只是更进一步让人们看到了两者之间的密切联系。

(3)英伽登的划分

20世纪以后，英伽登在其《文学的艺术作品》(1973)一文中，主张把文学作品的结构辟为四个层次：

①字音和建立在字音基础上的高一级的语音构造。

②不同等级的意义单元。

③由多种图示化观相、观相连续体和观相系列构成的层次。

④由再现的客体及其各种变化构成的层次。

他认为，在具有文学价值的作品中，这四个层次每一层都有它特殊的审美价值，都值得欣赏分析，而且，它们在本质上又具有内在联系，构成作品中的复调性的和声，形成作品形式上的统一性。此外，部分作品中再现的客体层还呈现出一种“形而上性质”的层面。

（二）文学作品的文本层次

1. 文学言语层

语言在文学作品中，既是反映作品意义的媒介，又不是简单的工具，它本身也具有一定的意义，没有意义的语言是不存在的。

(1)说语言是媒介，是因为作品的意义无法离开语言，离开了语言，作品的意义就无从表现。

(2)说语言不是简单的工具，是因为语言在表达意义的同时也再现自身，显示出自身的意义，使自身成为作品意义的一个组成部分。

(3)文学言语具有内指性、心理蕴涵性和阻拒性。

2. 文学形象层

文学形象是以虚幻而又逼真的人生画面和意象世界高度概括地表现深邃的人性心理，具有生动的艺术感染力的审美形式，它是假定性和逼真性的统一，具体性和概括性的统一，表现性与感染性的统一。

(1)假定性和逼真性的统一

一方面，假定性和逼真性都必须借助语言才能得以表现；另一方面，形象只有有了逼真性，才能使人相信作品的内容是真实的，从而认同作品所表达的文学意蕴。

(2)具体性和概括性的统一

形象的具体性和概括性也要通过语言才能得以表现，没有语言，就没有文学作品，文学形象也就不存在；同时，形象的具体性是形象鲜明生动的前提和保证，而概括性则可以更好地传达作者的某种意图和评价，反映深层的文学意蕴。

(3)表现性和感染性的统一

形象的表现性和感染性同样离不开语言，没有语言就无从表现，更谈不上感染；而且，说到感染，更直接关系到形象背后的东西，隐藏在形象背后的，便是文学意蕴。换言之，文学意蕴的表达总是依赖文学形象这一“中介”性的层面，依赖形象层的概括能力、情感渲染、思想深度和美的熏陶。

3. 文学意蕴层

文学意蕴是文学作品的形象体系所积聚、蕴蓄的情理交融、朦胧多义的情韵和意味。文学意蕴层包含着历史内容层、哲学意味层、审美意蕴层。文学意蕴具有以下特点：

(1)情理性

文学是依靠情感的力量来打动人的，文学意蕴如果不能从感情方面得到说明，文学则失去了它的一个基本品格；同时，文学意蕴不能是一味地宣泄情感，作为文学作品的最高层面，文学意蕴还应该让人得到某种知识或教育，从而感悟某种道理，获得人生启迪。当然，文学的启迪作用，也是通过文学形象来完成的。读者正是从文学形象的情感陶冶中，才获得某种感悟。就是说，文学意蕴的情感作用和启迪作用是紧紧包裹在一起的，二者无法分开，这可称之为文学意蕴的情理性。

(2)含蓄性

由于文学意蕴是建立在文学形象的基础上，文学意蕴究竟是什么就有赖于文学到底塑造了什么形象，文学意蕴的把握也有赖于文学形象是如何塑造的，有赖于文学形象的解读。诚然，文学意蕴一般隐含在文学形象之中，但正因为文学意蕴是“隐含”在文学形象之中，从文学形象中很难直接看出文学意蕴到底是什么，这就使得文学意蕴具有一定程度的含蓄性。

有时候，文学意蕴甚至在文学形象之外，文学形象只是通往文学意蕴的一个中介，文学意蕴的含蓄性就更为明显。

(3)多义性

由于文学形象和文学意蕴之间存在着一定的距离，而文学形象又是具体多面的，从形象的不同方面出发，就可能会得到不同的文学意蕴，从而显示出文学意蕴的多义性。有时候，作品中还存在着众多不同的甚至是相互对立的形象，而这些形象就他们各自存在的条件看，又都是合乎情理的，这就使得作品中有可能并存两种相互对立的文学意蕴，显然这也导致了文学意蕴的多义性。

4. 三个文本层次的关系

文学作品的语言主要是作家表达思想意念的工具，是文学形象的载体，因此，文学语言在相当大的程度上要服从形象塑造的需要。形象制约着语言的运用。这样，就文学语言、文学形象、文学意蕴这三个层次而言，文学形象无疑处于“中间地带”，它一方面依赖表层的文学语言得到表现，并通过自身传达深层的文学意蕴；另一方面，它又制约着语言层的处理，为传达文学意蕴服务。从这个角度看，文学形象可以说是文学艺术表现的中心，是文学的“核心层面”。这就是文学形象的艺术地位。

二、文学典型

(一)文学典型的定义

文学典型是叙事文学中创造的，通过个性表现显示了某种特定历史人生蕴含的，具有高度审美价值的文学形象。

(二)典型论的发展历史

典型论的发展经过了三个阶段：

1. 17世纪以前，西方的典型观基本上是类型说，强调典型的普遍性和类型性。

2. 18世纪以后，开始由重视共性到重视个性的转变，形成了个性典型观占主导的时期。

3. 19世纪80年代末，马克思主义典型观趋于成熟，把人类的典型理论发展到了一个崭新的阶段。

(三)文学典型的美学特征

1. 文学典型具有鲜明而独特的个性特征

典型人物独特的个性是这个人物区别其他人物的基本特征，是其在特定的社会环境下所表现出来的独特的理想愿望、人生态度、思维方式、情感倾向、心理特点等多种因素的综合体。典型人物的个性是生动丰富的，可以指人物的独特性格，也可以指人物的独特命运或独特的心态。在以人物性格为中心的作品中，作家往往通过人物的外部特征、行为方式、心理活动及其命运经历等的描写，来揭示人物鲜明独特的性格特征。正是在这种意义上，有人称典型人物为典型性格。

2. 文学典型具有深广的社会历史内容和人生蕴涵，即具有普遍性

典型的普遍性就是符合事物本质的规律性，是指典型人物给予读者的生活本质内容，包括典型人物鲜明独特的个性所体现的具有审美价值的、丰富多样而又必然的社会关系和历史关系，以及读者可以意会而难以言传的人生态度、思想情感和心理状态。典型人物的个别性与普遍性是互为表里，融为一体的。这种个别性是体现了丰富的社会历史人生内容的独特性；这种普遍性是溶解在独具个性的人物流程中的必然性。

3. 文学典型具有独特的审美价值

文学典型是一个有血有肉的生命整体，它是作家的艺术独创。这种创造是从社会关系中来把握社会历史内容和人生内容的。马克思说“人是一切社会关系的总和”。一个人进入特定的社会，卷入形形色色的社会关系，他的已有的性格将与这些社会关系相互作用。一方面，他必将在各种社会关系中顽强地表现自己的性格，另一方面，他的已有性格将接受社会关系的熏陶和重塑。这样，典型人物将成为社会关系的凝聚点，历史与人生在这里相连，一般与个别在这里会合。典型人物的性格和命运将烙下一定社会各种关系的印痕，达到意识到的历史内容与较大思想深度的完美统一。典型人物就这样以审美的形态显示了巨大的社会价值和人性审美价值，从而具有了永久的艺术魅力。

(四)典型环境中的典型人物

典型环境中的典型人物的命题，是恩格斯于1888年在《致玛·哈克奈斯》的信中提出来的：“据我看来，现实主义的意思是，除细节的真实外，还要真实地再现典型环境中的典型人物。”

1. 典型环境

(1)含义

典型环境是人物的生存空间，是环绕人物形成其性格、促使其行动的一切外部条件的总和。它包括人物活动和生存的具体环境，也包括人物所处的一定时代社会文化背景。

(2)说明

①典型环境要充分体现现实关系，但这并不是说典型环境只能有一种模式、一种风貌，作家完全可以选择富有特征性的细节和场景来加工成独特的典型环境。

②每个时代的现实关系，都是通过个别的、具体的社会环境来体现，因此，典型环境便是特定的“这个”，是富有特征的个别性和概括性的有机统一，任何公式化或概念化的描写，都不算是典型环境。

2. 典型环境和典型人物的关系

(1)典型环境和典型人物相互依存

两者的有机结合共同构成了一个完整的艺术整体。没有典型人物，典型环境就失去了存在的价值；没有典型环境，典型人物就失去了生存活动的条件。

(2)典型环境和典型人物相互作用

既要看到一定时代的社会环境对人物性格和命运的影响和制约，同时也要看到，人物总是不断地用自己的行动去影响和改造环境，推动环境变化发展。

三、意境

(一)意境的定义

意境即意中之境。所谓“意”，是指作家艺术家由客观景物生发的主观情思。所谓“境”，是指作家艺术家的主观情思对客观景物情境进行改造，而创造出来的不同于原有景物、情境的艺术境界。所以，意境也称“境界”，是情与景的感应与交融，要以有限的形象引发欣赏者无限的想象和回味。

(二)文学意境的特征

1. 意境的哲学特征——人生意识、历史意识和宇宙意识

意境就是要超越具体的、有限的物象，进入无限的时间与空间，从而获得对整个人生、历史、宇宙一种哲理性的感受和领悟。这种带有哲理性的人生意识、历史意识和宇宙意识，

就是意境区别于其他审美范畴的特殊规定性。

2．意境的表现特征——抟虚为实，象外生象，创造最大的艺术空间

意境均由实境和虚境两部分构成；实境是虚境的基础，虚境是在实境的基础上产生出来的。总之，虚实结合，实中有虚、虚中有实，是意境的一个重要特征。

3．意境的感受特征——韵味无穷

韵味是指意境中所蕴含的那种咀嚼不尽的美的因素和效果，包括情、理、意、韵、味等多种因素。韵味的确是构成诗美不可缺少的因素，是意境的一个突出特征。韵味就是要有情味，有意趣，有言外之意，韵外之致、味外之旨。艺术实践表明，凡是意境深邃的作品，无不给人韵味无穷的美感享受。

综上所述，意境就是艺术家用心灵构筑的灵性空间，它具有深广的人生历史内涵和宇宙生命意识，又有抟虚为实，象外生象，能给人广泛联想的艺术空间，是艺术作品中超越现实时空，含悠远无穷之韵味的艺术境界。

（三）意境的分类

1．刘熙载的分类

清朝刘熙载在《艺概》中从意境的审美风格上提出的分类方法：花鸟缠绵，云雷奋发，弦泉幽咽，雪月空明，诗不出此四境。

（1）“花鸟缠绵”是指一种明丽鲜艳的美。

（2）“云雷奋发”是指一种热烈崇高的美。

（3）“弦泉幽咽”是一种悲凉凄清的美。

（4）“雪月空明”是一种和平静穆的美。

2．王国维的分类

王国维从意境的主体与客体、心与物关系的角度对意境所做的分类，即把意境分为有我之境和无我之境。

（1）无我之境

王国维说：“无我之境，以物观物，故不知何者为我，何者为物。”无我之境，是说诗人的情感在诗中不直接显出，诗人所融注的主体情感色彩较蕴藉淡泊，造成一种仿佛无我的印象，但并非真的无我。

（2）有我之境

王国维说：“有我之境，以我观物，故物皆著我之色彩。”有我之境，是说诗人的主体意志较为显豁，融注的主体情感色彩较为强烈的境界。

从意境的生成过程来看，无论是有我之境还是无我之境，其主体与客体、心与物、情与景、意与境的因素都是不可分割的。所谓有我之境和无我之境的区分，实际上反映了两种不同的美学追求，在实际作品中，纯粹的重主观的“有我之境”和纯粹的重客观的“无我之境”都是十分少见的，故不能夸大两者的差异。

3．其他分类

在署名为樊志厚的《人间词乙稿序》中，提出一种三分法：即“以境胜”者，“以意胜”者和“意与境浑”者。这实际上是“情景交融”的三种方式。

【知识点引申】

我国文学意境的问题是唐朝才正式提出来的，从殷瑶、王昌龄、皎然、刘禹锡到司空图，对意境的美学特征已经做了相当充分的论述。殷瑶总结盛唐诗歌艺术成就，提出了“兴

象”论，他认为“兴象”的超妙是构成诗歌意境的基础。王昌龄则结合自身的创作实践，强调了文学创作，尤其是诗歌创作必须在意与境密切结合的情况下进行构思，提出意与境的融合也就是心与物的结合。皎然把禅境和诗境结合，提出“境生于象外”，把对诗歌意境美学特征的研究推进到了一个新阶段。司空图则做出了非常有名的理论概括，即“象外之象，景外之景”，这对整个诗歌创作和诗歌理论批评的发展，都具有深远的意义。

四、文学意象

（一）意象的定义

意象是指一种表现思想情感的审美形象。包括心理意象、内心意象、泛化意象、观念意象等。其中观念意象就是文学意象。

在意象的创造上，中国古代文论强调情景结合，即主观之意与客观之象的融合，用实在的景物去表现内在的心理感受。而西方文论则倾向于把意象理解为一种主观经验的直接显现，相对重视意象所具有的主观表现功能。思想感情和内在精神是意象所要表现的主要对象。所以，作为抒情写意的文学形象，意象的特点在于化虚为实，以实显虚。

（二）观念意象及其高级形态审美意象

在美学史上较早论述审美意象的是康德。他认为，“审美的意象是指想象力所形成的一种形象显现”。所谓“形象显现”，“是力求接近理性概念（即理智性的观念）的形象显现，使这些理性概念获得客观现实的外貌”。意思是说，审美意象是想象力创造出来的东西，是一种含有理性观念的感性形象。

（三）审美意象的基本特征

1．文学意象的状态

文学意象实际上都是观念意象，也可以说是“象征意象”。它在文学作品中实际上也可分两种存在状态：

（1）表现审美理想不够充分的意象。

（2）表现审美理想充分的意象，即审美意象。

2．审美意象的特征

（1）具象性与心象性的统一

意象是融入了主观情意的客观物象，或者是借客观物象表现出来的主观情意。意象源于物象又以客观物象为存在形态，那么意象的外在形态就有了具体性；同时，文学意象又是作家的心灵创造，承载着作家的主观情意，因而又具有创作主体的心象性特征。

（2）象征性与哲理性的统一

象征是意象艺术最基本的表现手段。在黑格尔看来，象征由“意义”和“意义的表现”两个因素构成。一方面，象征必然要呈现于感性观照的外在事物，这个“外在事物”通常称为“象征物”；另一方面，这个“象征物”必须能暗示“一种较广泛、较普遍的意义”。象征所显示出来的美学效果正是意象的基本特征。

3．荒诞性与真实性的统一

由于意象的主要目标是“尽意”，当创作主体不愿甚至不能在现实生活中找到相称的对应物，于是便将某些客观物象糅合在一起，创造出一些独立于客观物象之外的独特意象，借以表达对人生和社会的看法。这样，意象的表现形态就具有了超越现实、违背常理的荒诞性。然而，意象的荒诞中却包含着真实，荒诞与真实是紧密地统一在一起的。

综上所述，意象是以表达某种哲理观念为目标，具有心象性、象征性或荒诞性审美特征的表意之象，是与意境、典型一样的文学形象的高级形态之一。

（四）审美意象的分类

审美意象的类型是个复杂的问题，按照不同标准可以分出不同的类型。有人从表意的方式方面将之分为寓言式意象和符号式意象两类；有人从表现功能方面将之分为比喻型、象征型、描述型三种；有人从形式特征方面将之分为写实意象、浪漫意象和象征意象三类。如着眼于主体与对象世界的关系来加以区分，可将之分为兴象、喻象、抽象三类。

1. 兴象

兴象是富于感性的虚拟物象，这种物象不是现实已有的实在之物，而是由文学语言创造出来的虚拟之物；这种物象是在读者的审美感兴得以发生、联想得以展开的基础上产生出来的，存在于读者对文学文本的阅读与想象过程中，是一种心理形象。

2. 喻象

如果说兴象是把主体熔铸于世界中，保持世界的天然本相，那么喻象便纯粹是心灵的产物，它要求以作家的"自我"为主体，把世界看作心灵的延伸，并根据心灵来创造新的世界。主体在客观世界中摄取象征物，赋予其一定的象征意义，以此种方式形成的意象便是喻象。喻象较常见的有比喻型喻象和象征型喻象两种类型。

3. 抽象

抽象作为意象的一种类型是指作家艺术家经过自己的头脑加工，将客体提炼、升华，舍去具象而代用一些纯粹的形式符号来表达某种意义以唤起读者审美情感的一种意象。实际上，它是一种符号式意象。它的特点是非再现性、非概念性和非喻体性，与自然对象之间没有明显的直接的关系，也没有暗喻的作用，它纯粹是一种符号表现。

『名家名论』

书不尽言，言不尽意，圣人立象以尽意。

——《周易·系辞》

夫象者，出意者也。言者，明象者也。尽意莫若象，尽象莫若言。言生于象，故可寻言以观象；象生于意，故可寻象以观意。意以象尽，象以言著。

——王弼：《周易略例》

诗有三境。一曰物境：欲为山水诗，则张泉石云峰之境，极丽绝秀者，神之于心，处身于境，视境于心，莹然掌中，然后用思，了然境象，故得形似。二曰情境：娱乐愁怨，皆张于意而处于身，然后驰思，深得其情。三曰意境：亦张之于意而思之于心，则得其真矣。

——王昌龄：《诗格》

情景虽有在心在物之分，而景生情，情生景，哀乐之触，荣悴之迎，互藏其宅"，"情、景名为二，而实不可离。神于诗者，妙合无垠。巧者则有情中景，景中情。

——王夫之

人心营构之象，亦出于天地自然之象也。

——章学诚：《文史通义·易教下》

有有我之境，有无我之境。……有我之境，以我观物，故物皆著我之色彩。无我之境，以物观物，故不知何者为我，何者为物。

——王国维：《人间词话》

据我看来，现实主义的意思是，除细节的真实外，还要真实地再现典型环境中的典型人物。您的人物，就他们本身而言，是够典型的；但是环绕着这些人物并促使他们行动的环境，也许就不是那样典型了。

——恩格斯：《致玛·哈克奈斯》

10.2 课后习题详解

1. 举例说明文学言语与普通言语的不同。

答：文学言语是对普通言语的提炼与加工。普通言语是指日常生活中使用的未经加工的语言，是人类语言的朴素形态；文学言语则是经过作家精心选择和加工、用来创造艺术世界、具有艺术魅力的语言。

(1)文学言语与普通言语的区别主要表现为：

①表达目的不同

普通言语主要用于个体与外在世界的交往，其语言行为如议论、陈述、抒情等一般指向现实世界。文学言语的直接目的是构筑虚拟的艺术世界。

②服从的真实标准不同

普通言语一般要服从于现实世界和日常生活的真实性，有真假正误之分；文学言语则服务于艺术世界的虚拟性，因而作家在创作过程中可以根据内心真实感受和体验进行虚构。

③语言意义生成的方式不同

普通言语的意义一般是遵循语义逻辑生成的，意义比较单一、直接。文学言语意义的生成方式多是间接的，文学语义往往并不直接产生于语言的词典意义和语法规则，而是生成于文学言语所构造的艺术形象世界，读者需要从文学作品的艺术形象中，逐渐领悟其全部意义。

(2)从众多的优秀作品中，我们可以概括出文学言语的如下特征：

①文学言语的形象性

文学言语的形象性是指文学言语所指称的对象具有形象逼真性和具体可感性等特点，它诉诸接受主体的各种感官，能引起接受主体丰富的形象联想。文学言语不但要求做到一般意义上的准确，诸如用词贴切、语法正确、意思明晰、条理清楚等，而且还进一步要求形象化，力求鲜明、生动。形象性，是文学言语最基本、最重要的特征，也是文学创作必须遵循的一个基本规律。

例如，果戈理在《死魂灵》中对农奴主泼留希金的描述："……袖子和领头都非常龌龊，发着光，好像做长靴的郁赫皮；背后并非拖着两片衣裾，倒是有四片，上面还露着一些棉花团。颈子上也围着一种莫名其妙的东西，是旧袜子，是腰带，还是绷带呢，不能断定。但绝不是围巾。"作者通过形象性的文学言语生动地刻画出了一个家财万贯，但却极度贪婪和吝啬的农奴主泼留希金的形象。通过对泼留希金的外貌和衣着夸张的描绘，作者突出了他的贪婪的守财奴的性格特点。

②文学言语的审美性

文学言语的审美性是指文学作品通过文学言语塑造出鲜明生动，而又极具感染力的艺术形象，给读者以强烈的审美感受。文学言语的审美性突出表现在声音、绘画和建筑三个方面：文学言语的声音美主要来自声音的锤炼，如音节匀称、合仄押韵、双声叠韵之美，等等；文学言语的绘画美主要靠选择各种色彩词和形象化的词语来塑造形象，描绘各种生活画面；文学言语的建筑美主要靠篇章结构的安排，句式和句群的整齐和谐等。

例如，杜甫的《绝句》："两个黄鹂鸣翠柳，一行白鹭上青天。窗含西岭千秋雪，门泊东吴万里船。”这首诗，从音节和谐、音韵响亮、节奏鲜明来说，具有音乐美；从形容描绘、色彩鲜明、诗情画意来说，具有绘画美；从对仗工整、句式整齐、结构谨严来说，具有建筑美；从统一表现的语言风格来说，具有绚烂美、谨严美等。

③文学言语的模糊性

文学言语的模糊性主要是指文学言语的非确定性、非精确性和相对性。文学言语的模糊性一方面来自语言本身的不确定的语义模糊现象，另一方面也来自作者有意创造的模糊表述。文学言语在描述对象时具有不确定性，而不确定的客体能给感知带来认识上的多样性、动态性、灵活性，能扩大人们思维活动的空间，增强人们的想象力和思考力。文学创作的价值实现，是要靠读者去想象完成的。作为中介性质的文学言语，要把文字符号转化为读者的视觉形象和心理形象，就不能不用形象的语言诉诸读者的心灵。这样，文学言语就必须给读者以想象的空间，使读者能够从各种不同的角度和侧面去加以体会、补充、创造。

例如，卞之琳的《断章》：“你站在桥上看风景，看风景的人在楼上看你。明月装饰了你的窗子，你装饰了别人的梦。”在这首诗中，作者有意混淆人称代词“你”的不同所指：前面的两个“你”是“他”，后面的两个“你”是“她”。“你”的多重所指因而造成了作品意义的模糊，产生了作品的多义解读，使作品充满更深的内涵，也更具审美意蕴。

④文学言语的暗示性

文学言语的暗示性是指作者通过“不言”或“少言”的方式在作品中创造出一种语言上的空白，给读者留下想象与回味的多重阐释空间。文学言语带有作家个人的主观感情和主观色彩，这种个性化的语言自然会使读者在理解文学作品时产生一定的障碍。虽然如此，但作者在创作中也会留下足够的暗示，引导读者向作者所期望的方向去理解。文学言语是一种“内指性”的“伪陈述”，它指向作品本身的世界，根本谈不上是真还是假，是对还是错。它只需符合作品艺术世界的诗意逻辑，并且诉诸读者的直觉，引发读者的想象，给读者以品味、思索、再创造的空间。文学言语表现的是一个渗透作者审美情感，经过作者艺术虚构所创造出来的“可能世界”。这决定了文学言语追求的是语言的美学功能和表情功能，它注重含蓄，反对直露，讲究言有尽而意无穷，呈现出暗示性特征。

例如，陶渊明诗《饮酒》(其五)在用淡墨描绘了“采菊东篱下，悠然见南山”这幅宁静闲适的田园归隐图以后，即以“此中有真意，欲辩已忘言”来抒发自己的感受。何谓“真意”？诗人仅仅点到为止，自己也说不出来。然而，从艺术表现看，其却因“含不尽之意于言外”而恰到好处。因此，根据全诗显示的意境，我们不难体会到：这里的“真意”乃是诗人对生活、自然纯真的赞美，是对时空、永恒哲理的领悟，它是在污浊与高洁的对比下，在烦恼与平静的冲突中发现的。

⑤文学言语的陌生化

文学言语的陌生化是指打破语言规范，并对日常语言进行扭曲、变形，以更好地表现作家创作过程中的非理性成分的情感活动，从而增强文学作品的审美价值。“陌生化”由俄国形式主义文论家什克洛夫斯基所提出。在《作为手法的艺术》一文中，什克洛夫斯基认为，对于熟悉的事物，我们的感觉往往趋于麻木，仅仅是机械地应付它们，只是凭习惯了解它们，却看不到它们，体验不到它们。对于文学来说，重要的不是目的而是感受的过程，只有在过程中，主体才能感受和体验。这样，就需要延长感受的过程，要延长感受过程，就必须增大感受的难度，而增大感受难度的最好办法就是“使事物变得陌生”。语言陌生化是陌生化艺术手法在文学言语上的具体运用，它从语言学角度强调文学的独特性在于语言的奇异化，强调语言陌生化对文学言语的审美价值有着极其重要的作用。正因为如此，不少学者认为，陌生化的语言才是真正的文学言语，而语言只有经过陌生化才具有文学性。

例如，肖洛霍夫的《静静的顿河》在写到主人公葛利高里埋葬他的情人阿克西妮娅之后，抬头看刚刚生起的太阳时，太阳和天空竟然都变成黑色的了。这不符合生活常识，但这种“陌生化”处理，正好与主人公的情感和心理相吻合。当葛利高里刚刚埋葬自己心爱的人后，他的心情十分痛苦，好像“刚从一个苦闷的梦中醒来”，所以在他的眼中，明朗的天空和红色的太阳都改变了颜色。

2．文学形象有哪些特征？举例说明。

答：文学形象具有具体生动性、艺术概括性、朦胧多义性等特征。

（1）具体生动性

①文学形象的具体性是指文学形象与现实生活中的人、事、物一样有形有貌、有声有色，作家无法写普遍的人、事、物，他只能写具体的人、具体的物与具体的事件，所以文学形象能够使人如见其人、如闻其声、如临其境。这在叙事性文学中是很普遍的现象，在抒情文学中，诗人往往将难以捉摸的情绪或情感赋予一定的形式，使其具体化。例如，“愁”这种情绪是无形的，诗人们则通过修辞手段，赋予它一种具象化的形式。李后主云：“问君能有几多愁，恰似一江春水向东流。”诗句以江水的流动不断写出了绵延愁思中的无限悔恨。贺铸云：“试问闲愁都几许，一川烟草，满城风絮，梅子黄时雨。”诗人的惆怅、失意与哀伤通过比喻具体化了。

②文学形象的生动性是指文学形象与现实生活中的人或者其他生物一样总是有着鲜活的状貌，有着生命的灵性，可以形神兼备，跃然纸上。即使作家所写的形象不是人物形象，而是环境场面等，只要是成功的，它们同样会具有活的灵魂，从而附着于人物，间接地体现出强大的生命力量。例如，巴尔扎克笔下的“伏盖公寓”、曹雪芹笔下的“大观园”，都对人物命运发生着巨大的影响，它们就是一种富有灵魂活性的非人物形象例证。在文学作品中，形象的内容是人的生活，既包括人的外在生活，又包括人的内在生活。人的内在生活就是人物的心理活动。在作家笔下，人物的心理活动既是具体的更是生动的。例如，托尔斯泰在描写人物心理时，他不是简单地说出一些抽象的概念，而是如实际发生的那样描写人物心理发生、发展、变化的过程。人物的心理流程如实际的人的内心生活那样生动鲜活。意识流作品中的人物心理更是如实际生活中发生的那样千姿百态、栩栩如生。例如，乔伊斯在《尤利西斯》中对莫莉早晨躺在床上的那段内心独白的描写。文学形象就是通过这种鲜活的状态形成审美的召唤力量，使人在亲切、熟悉、似曾相识的境界中，不知不觉化入作品，受到情感的熏陶与净化。

（2）艺术概括性

虽然文学形象是具体的、生动的、个别的，但是它必须包含某种普遍性的东西，揭示隐藏在生活现象下的人生底蕴，因而它又是概括的。文学形象的概括性是一种艺术概括。艺术概括要求通过对富有特征性的具体事物的表现来显示某种普遍性的意义。用歌德的话说就是“在个别中显出一般”。在文学作品中，人们见到的是个别的、具体可感的形象，但是，形象的深层却渗透着某种普遍性的内涵。例如，海明威的《老人与海》通过捕鱼故事的叙述，刻画了主人公桑地亚哥这个硬汉子形象。老渔夫桑地亚哥在艰难的人生道路上，有成功的喜悦，也有失败的痛苦，但是他在失败和挫折面前不低头、不气馁，表现出无畏的勇气和坚持奋斗的精神，仅此一点就展示了人类精神中最宝贵的东西。正是在这个意义上，桑地亚哥是进步人类的象征和概括，这个富有特征性和个性化的形象蕴含着普遍的深刻的人生哲理。需要指出的是，艺术概括自始至终不能脱离具体、生动、可感的形象，它把本质的、普遍的、规律性的东西熔铸在富有特征的某一对象身上，塑造成动人的艺术形象。

(3)朦胧多义性

①文学形象的朦胧性是指文学形象需要依赖读者的想象才能呈现，说明文学形象实质上是读者在阅读文学文本时在个人头脑里形成的心理形象。例如，文学可以将难以捕捉的心理活动，即某种情绪、情感和感受转化为可以感知的艺术形象，就是一种心象性文学形象。这种形象具有非视觉性、非确定性因素，尽可以让读者调动自己的想象去联想、去补充、去创造。这种效果赋予了文学形象特有的朦胧的神韵。即使具有视觉性的形象描写，也同样具有朦胧的特点。例如，《红楼梦》里写众姐妹眼中的林黛玉“年貌虽小，其举止言谈不俗，身体面庞虽怯弱不胜，却有一段自然的风流态度，便知她有不足之症”。其“年貌虽小”是怎样的“小”，年龄有多大，个子有多高，其举止言谈又是怎样的“不俗”，身体“怯弱”到什么程度，“自然的风流态度”是怎样的一种风情等，都是朦胧模糊的，要靠读者的想象去具体化。

②文学形象的朦胧性导致形象的多义性。文学形象的多义性表现在形象所蕴含的审美意识的丰富性、宽泛性上。形象同它所表达的意义之间的关系从来都不是严格和确定的，因而比概念语言的说明要模糊含蓄和丰富得多。文学形象的这种朦胧多义性不但给读者提供了广阔的想象的天地，而且使读者在想象和再创造的自由中获得一种审美的愉悦，从而使文学形象具有无与伦比的艺术魅力。在这一方面，绘画、雕塑和影视等直观艺术形象是无法与之相比的。

3. 文学典型的审美特征是什么？典型人物与典型环境的关系是怎样的？

答：参见本章复习笔记。

4. 举例说明文学意境的特征。

答：文学意境是指作家的主观情思与所描写的富于特征性的客观景物浑融契合而形成的艺术境界和氛围。可从以下几个方面来把握其特征：

(1)形神兼备的景象

构成意境的景在不同题材、不同内容的表现性文学中呈现出非常复杂的状态。但不论是何种状态，景都是形神兼备的。景，有时候，可能是某一种自然物的形神并具的物象。例如，贺知章的《咏柳》：“碧玉妆成一树高，万条垂下绿丝绦。不知细叶谁裁出，二月春风似剪刀。”诗人借助于新奇的想象，把春风比喻成“剪刀”，拟人化地用“裁”字来描写一树柳叶在春风中绽出，使春柳的形象格外鲜明地呈现出来，诗人喜悦的心情便渗透在春柳的形象之中。有时候，也可能是对某一片自然风光的描绘。例如，苏轼《饮湖上初晴后雨》：“水光潋滟晴方好，山色空濛雨亦奇。欲把西湖比西子，淡妆浓抹总相宜。”前两句分别写阳光照耀下的西湖和雨幕笼罩下的西湖的景色的特点，鲜明地表现了西湖在不同的气候条件下的迷人的神态，后两句以新鲜的想象把西湖同美女西施相比，进一步赞美西湖。在生动的描绘和巧妙的想象中，全诗处处流露出对西湖的赞美和喜爱。有时候，还可能是某一生活场景、生活事件的某一侧面或片段。例如，岑参《逢入京使》：“故园东望路漫漫，双袖龙钟泪不干。马上相逢无纸笔，凭君传语报平安。”用朴实的语言描写了诗人生活经历中的一个平凡的小插曲，通过这个小插曲，诗人思念故园的真挚、深切的感情，非常有力地传达出来。然而，在较多的情况下，作品的意境常常是既包含有自然景物的点染，又融汇着生活场景或事件片段的描绘，这样的景更为丰富、深远，也更能给人以玩味的余地。例如，杜甫的《登高》，将悲凉秋景的描写和漂泊不定、年老多病的生活遭际的倾诉结合在一起，很自然地展示了诗人那感慨万千的情怀，构成了一种意味隽永的艺术境界。此外，有很多抒情篇章的意境除了作者从现实生活中获得的图景外，还包容有通过夸张、想象创造的画面，幻想的超现实的景物，历史的或传说的事物。例如，李白《梦游天姥吟留别》，通过对诗人所向往、想象的名山胜景、洞天仙境的描写，表现了诗人对当时封建社会的丑恶现实的鄙弃的心情，对封建权贵的蔑视和反抗的精神。

(2)情理交融的情志

构成意境的另一要素情也是丰富多样的，不同时代的不同诗人笔下的情各有特点。但意境中的情有一个基本特点是不变的，即情理交融。多种多样的情概括起来，大体上有两个方面。第一个方面，情是创作主体的感受、情感的迸发，这种情感的迸发并非纯粹是感情的宣泄，其中蕴涵着某种生活的道理。例如，宋之问《渡汉江》："岭外音书断，经冬复历春。近乡情更怯，不敢问来人。"用简洁的语言真实地表达了一个久谪外地、家书断绝、情况不明的迁客在临近故乡时特有的感受与心境。其中后两句不仅是诗人独有的感受，而且是一切游子的共同心声，是生活中普遍存在的情况。第二个方面，情是创作主体对生活的体验、认识和评价的展示，对人生哲理的领悟的传达。这突出地表现在某些哲理诗中。例如，苏轼《题西林壁》："横看成岭侧成峰，远近高低各不同。不识庐山真面目，只缘身在此山中。"就抒发了诗人对庐山的感情，更传达出了某种人生哲理，给人以启迪。

(3)虚实相生的境界

意境是情与景的有机结合，主体情感的表达和客观景物的描绘要水乳交融地交织在一起，因此，总体上看，意境一方面表达了某种情感，另一方面这种情感又依赖于一定的画面，情感就蕴藏在画面中，画面正是因为表达了情感才成为特定的画面，甚至很难分清什么是情感，什么是画面。范晞文《对床夜语》所说的"情景相融而莫分也"和王夫之《姜斋诗话》所说的"景生情，情生景"，都强调情景交融。情景交融所形成的意境，是有限性与无限性的统一。正如梅尧臣所言："状难写之景，如在目前；含不尽之意，见于言外。"既有"如在目前"这种有限的、较实的因素，也有"见于言外"的无限的、较虚的因素，有限和无限的统一，虚实相生，才形成意境。例如，温庭筠《商山早行》："晨起动征铎，客行悲故乡。鸡声茅店月，人迹板桥霜。"诗中既有可看到的月、霜、人迹，又有可听到的鸡声，景象鲜明如画，还有一种"悲故乡"的"羁旅愁思"的况味，而这种况味，每个读者都可以根据自己的生活体验，来加以充实和拓展，进而想象征人旅途的艰难和心中那份挥之不去的愁苦凄凉的无奈。鲜明如画的景象中包裹着言之不尽的艰难愁苦。

5. 本书所讲的"审美意象"与一般的意象有何不同？审美意象的基本特征是什么？

答：(1)"审美意象"与一般的意象的区别

①一般意象，是认知主体在接触过的客观事物后，根据感觉来源传递的表象信息，在思维空间中形成的有关认知客体的加工形象，在头脑里留下的物理记忆痕迹和整体的结构关系。有学者又将之细分为心理意象、内心意象、泛化意象和观念意象四种。

②审美意象，是一般意象中观念意象的高级形态，是指以表达哲理观念为目的，以象征性或荒诞性为其基本特征的，在某些理性观念和抽象思维的指导下创造的具有求解性和多义性的达到人类审美理想境界的"表意之象"。它不仅是观念意象的高级形态，也与典型、意境一样，属于艺术至境的高级形象形态之一。

(2)审美意象的基本特征

①哲理性

审美意象的创造，往往是创作主体为了寄寓其某种哲理意蕴。20世纪的现代主义文学，正是以表达哲理来作为它们创造意象的目的和最高审美理想。哲理意蕴深藏于文学意象之中，是文学不同于哲学的审美属性所决定。

②象征性

文学的象征需要依靠审美意象的创造来完成，在象征里面，审美意象的主要作用并不是鲜明地、直接地传达形象，而是通过意象和意象结构的暗示，制造出更加丰富的假定含蕴。

③荒诞性

审美意象遵循创作主体想象的逻辑和情感的真实，有时难免会违背常识和理性，对现实做出变形化的反映，这就会让接受者感受到荒诞离奇，但外在的荒诞是建立在内蕴的真实之上的，这样的变形反而使意象更具审美价值。

④抽象性

审美意象在本质上是表达哲理的“表意之象”，其创作思维过程是从抽象到具象的，即创作主体要为自己感悟到的哲思寻找“客观对应物”。“客观对应物”往往是具体的物象，但这种物象经过创作主体抽象思维的加工，便有了超越自身属性的意蕴。

⑤多义性

由于在创造意象时抽象思维的直接参与，把具体形象注入哲理观念，再加上作家想象的熔铸，这就使得审美意象往往是含蓄、朦胧的，接受者只有调动积极的想象活动参与解读，才能领会其中的奥妙，而且，每一个接受者只能凭自己的知识、经验和智慧去猜想，这样，不同的接受者便会猜出不同的意义来。

10.3 考研真题详解

一、填空题

1. 从文学作品的本文共性入手，由表及里可把本文分为三个层面，即______、______、______。[首都师范大学2010年研]

【答案】文学言语层；文学形象层；文学意蕴层

【解析】本文层次是在西方本文层次论启发之下，立足于中国古典本文层次论建立的结构之学。它从文学作品的本文共性入手，由表及里地把本文分为言、象、意三个层次，即文学话语层，文学形象层和文学意蕴层。

2. 罗曼·英伽登认为文学作品最基本的两个结构层次是______和______。[南开大学2011年研]

【答案】语音层；意义层

【解析】罗曼·英伽登认为文学作品的结构层次是由四个异质的层次——语音层、意义层、再现客体层和图式观相层——构成的一个整体结构。语音层是文学作品最基本的层次，是意义构成的质料基础。意义层是文学作品结构整体的核心层次，语句意义和整个意义单元层构成了文学作品的一个单独的质料层，它为整个作品奠定结构框架，其他层次都要受到该层次的决定性制约。

二、名词解释

1. 狭义的文本与广义的文本[中国传媒大学2011年研]

答：狭义的文本与广义的文本是现代美学对文本的分类。狭义文本专指纯粹语言研究中大于句子的语言组合体，在中文中也被译为话语。对语言学家来说，文本指的是作品的可见可感的表层结构，是一系列语句串联而成的连贯序列。文本可能只是一个单句，例如谚语、格言、招牌等，但比较普遍的是由一系列句子组成。文本和段落的区别在于：文本构成了一个相对封闭、自足的系统。广义文本是指任何在时间或空间中存在的能组织体，如乐曲文本、舞蹈文本等。它是一个单独表意系统实现的独一无二的文本；表现某一系统或代码的非独特的文本类别，如电影文本、诗歌文本等；为各种表意活动和能指生产活动提供原初条件的本体论意义的文本。

2. 典型［中国传媒大学 2012 年研；扬州大学 2016 年研］

答：典型是指能够反映现实生活某些方面的本质规律而又具有极其鲜明生动的个性特征的艺术形象。文学艺术审美认识的特征，就是通过个别的艺术形象来反映现实生活某些方面的本质规律。文学艺术之所以能够在娱乐和美的享受中达到对于生活真理的领悟，通过富有感染性的艺术形式达到对于生活规律性的认识，就因为它创造了典型。

3. 文学典型［厦门大学 2024 年研；华南师范大学 2024 年研；中央民族大学 2024 年研；中央财经大学 2017 年研；华南师范大学 2021 年研；西安外国语大学 2022 年研；中山大学 2023 年研］

答：文学典型，又称典型性格、典型形象、典型人物，是能够反映现实生活某些方面的本质规律而又具有极其鲜明生动的个性特征的艺术形象。典型是共性与个性、普遍性与个别性的高度统一。从典型人物身上可以看到某一社会集团、某一阶层、某一阶级的鲜明标志，而又不容与其他人物混淆。典型是个别的、特殊的，同时又是一般的、普遍的。典型既具有广泛的概括性，又具有鲜明的独特性。例如，莎士比亚的哈姆雷特，巴尔扎克的高老头，曹雪芹的贾宝玉、林黛玉，鲁迅的阿 Q 等，都是塑造得极为成功的典型人物。

4. 意境［中南大学 2024 年研；西安外国语大学 2024 年研；华中师范大学 2013 年研；厦门大学 2014 年研；扬州大学 2016 年研；河南大学 2021 年研；福建师范大学 2023 年研］

相关试题：文学意境［华南师范大学 2022 年研］

答：意境是文学形象的理想形态之一，主要是指抒情性作品中呈现的情景交融、虚实相生的形象系统及其生发的审美想象空间。文学意境的特征包括情景交融、虚实相生和韵味无穷。意境在中国古典文学理论中源远流长，早在《庄子》和《易经》中就已提出言和意、意和象的关系问题。“意境”这一概念最早见于据传为唐代王昌龄所著的《诗格》中，此后，从刘禹锡、司空图到王国维等都对意境这一概念做了丰富或阐发。意境的创造建立在诗人、作家以主体的思想感情对生活、自然做细致观察和深刻体验的基础上，在艺术表现上，特别注意语言的凝练，讲究用最少的字句表现尽可能丰富的主客观内容。

5. 审美意象［厦门大学 2011 年研；首都师范大学 2012 研；中国传媒大学 2015 年研；中央财经大学 2017 年研］

答：审美意象是中国古代美学范畴中的一个理论观点。文艺创作过程中意象又称为“审美意象”，是想象力对实际生活所提供的经验材料进行加工生发，而在作者头脑中形成的形象显现。刘勰在《文心雕龙》中首次将其用于艺术创造，指出“独照之匠，窥意象而运斤”，说明构思时须将外物形象与意趣、情感融合起来，以形成审美意象。把审美意象可以分为两种，即寓言式意象和符号式意象。寓言式意象是指通过一则故事阐释一种哲学或观念，而这正是这则故事的主旨；符号式意象是指不具有情节性的整体意象和单个意象。

6. 审美想象［复旦大学 2013 年研；兰州大学 2020 年研］

答：审美想象是审美主体所具有的能使审美活动顺利展开的一项重要的能力，又称审美想象力。审美想象力是主体在长期的审美实践活动中生成的一种审美能力。在具体的审美活动中，主体的审美需要是审美活动能否产生的关键，而主体的审美能力，尤其是审美想象力，是使审美活动顺利展开并实现主体审美理想的必要条件，审美想象具有情感性、创造性与规律性的特点。

7. 韵味［首都师范大学2016年研］

答：韵味是指意境中所蕴含的那种咀嚼不尽的美的因素和效果，它包括情、理、意、韵、趣、味等多种因素，因此有“韵”“情韵”“韵致”“兴趣”“兴味”等多种别名。汉末蔡邕《琴赋》：“繁弦既抑，雅韵乃扬。”曹植《白鹤赋》：“聆琴之清韵。”所谓“雅韵”“清韵”，均是指琴声的遗音。琴弦发声的特点是停止拨弦之后，余音持续不绝。自晋人始，舍声言韵，多用来指人物的风度。唐宋以降，日渐用韵来品评诗文书画，晚唐司空图提出了“韵味说”。宋以后，韵味作为意境的追求得到普遍认同。北宋学者范温对韵的解释是：“有余意之谓韵。”（《潜溪诗眼》）范温讲的“韵”，实际指的是“韵味”。其“余意”相当于刘勰的“余味”、钟嵘的“滋味”、司空图的“韵味”。明清时以韵味论诗，首推王士祯的“神韵说”。王士祯标举的“神韵”指诗歌深层的可意会而难以指陈的审美蕴涵。韵味就是要有情味，有意趣，有言外之意，韵外之致、味外之旨。艺术实践表明，凡是意境深邃的作品，无不给人韵味无穷的美感享受。

8. “莎士比亚化”与“席勒式”［华南师范大学2021年研］

答：“莎士比亚化”与“席勒式”是马克思在1859年致斐·拉萨尔的信中，针对拉萨尔的历史悲剧《弗兰茨·冯·济金根》的创作倾向和观点提出的一个命题。恩格斯在给拉萨尔的信中也表达了与马克思基本一致的思想。他们都认为拉萨尔忽视了“莎士比亚化”的剧作方式而过于崇尚“席勒式”的剧作观念化模式。马克思、恩格斯提倡“莎士比亚化”，即塑造个性鲜明的典型人物，真实而又深刻地揭示出那个时代社会生活发展的本质方面，反对“席勒式”，即反对作家脱离现实关系的真实描写，将人物理想化、抽象化，把人物变成时代精神或某种错误思想的传声筒。

三、简答题

1. 谈谈对“文本”与“作品”两个概念的理解，它们的区别主要表现在哪些方面？［华中师范大学2012年研］

答：（1）“文本”与“作品”

①“文本”

“文本”又称“本文”，它的本义是指一部文学作品的实际存在方式，在现代批评理论语境中，文本泛指人们可以对其进行理解和解释的符号或符号链。这种从语言或话语而不是从作家的角度对文本的理解和解释，突出了文本的符号特性。

②“作品”

“作品”是伊瑟尔在批判形式主义文本中心论的同时，改造了文本的内涵并提出的一个重要概念。作品是读者、文本以及双方的交流这三个方面构成的文学阅读的有机整体。文学作品是文本交流过程本身；文学作品带有鲜明的现象学文本的意向性特征。文学文本是读者阅读过程中才现实地转化为文学作品的，文本的潜在意义也是由于读者的参加才得以实现。

（2）“文本”与“作品”的主要区别

①性质不同

文本是低级的，同时也是基础的，因为它是从字面上来理解的；作品是高级的，其特征是形象和象征，给各种不同的阐释留下了空间，因为它代表了精神。文本即作品的现象，是语文学的范畴；作品则意味着精神、美感、深度等等。

②层面不同

“文本”与“作品”处于不同的层面，作品总是意味着文本的“彼岸”，意味着比文本更深邃的地方。当某一个书写的产物被称为“作品”时，也就意味它有某种超出文字本身的东西获得了承认，正是这种东西让人们把它称为“文学作品”。

2．谈谈你所理解的中西方文学文本层面理论。［中山大学2012年研］

相关试题：简述文学文本的构成层次。［中国传媒大学2011年研］

答：(1)中西方从不同角度探讨文学文本的层面问题

①中国古代文论文学文本层面观认为，文学文本由言(粗)意(精)两层面构成。这两种层面观从可见(外在)与不可见(内在)的分别上去立论。这种文本层面理论传统对于今天认识文学文本的层面构造仍然具有启发意义的。

②西方存在着大致两类文学文本层面观

a．两层面说，主张文学文本包含外在语言层面和内在意蕴层面。

b．四层面说，认为文学文本由更为复杂的四层面组成。第一个层面是字音及其高一级语音组合，这是文学文本的最基本层面；第二个层面即意义单元，是文学文本的核心层面；第三个层面是多重图式化的面貌，是由意义单元所呈现的事物的大略图影；第四个层面是再现客体，即通过虚拟而生成的“世界”。

(2)文学文本的层面组成

文学文本由三个层面组成，即文学语言组织，文学形象系统和文学意蕴世界。

①文学言语层面

文学言语层面是指读者在阅读文学文本时最先阅读和了解的具体言语系统。这个系统中的言语与一般的言语有明显不同：作为文学言语，它不但具有形象性、生动性、凝练性、音乐性，还具有内指性、心理蕴涵性和阻拒性。因而它是一种审美性的语言。

②文学形象层面

文学形象层面是读者以想象、联想等方式在阅读文学作品时脑海里出现的清晰可感知的现实图景。它具有如下特征：是主观和客观的统一；是假定与真实的统一；是个别和一般的统一；是确定性与不确定性的统一。

③文学意蕴层面

文学意蕴层面是文本结构的深层次，是指文本内部蕴涵的思想、感情等。它一般又可以分出三个不同的层面：历史内容层、哲学意味层和审美意蕴层。

3．文学形象的基本特征。［南开大学2010年研；湘潭大学2019年研；中山大学2023年研］

答：参见本章课后习题详解2。

4．如何理解意境及其特点？［中国传媒大学2011年研］

相关试题：结合实例分析文学意境的主要审美特征。［中南民族大学2024年研］

答：参见本章课后习题详解4。

5．如何理解意境？意境与意象的联系和区别。［中国传媒大学2013年研］

相关试题：意境与意象的关系。［四川大学2010年研］

答：(1)意境

意境是作者在诗歌与散文中，通过形象描写表现出来的境界和情调，是抒情作品中呈现的情景交融、虚实相生的形象。同时也包括作者诱发和开拓的审美想象空间。意境是中国独有的一个诗学和美学术语，也是中国对世界的贡献。

(2)意境与意象的联系

①意象是一个个表意的典型物象，是主观之象，是可以感知的，实在的，具体的；意境是一种境界和情调，它通过形象表达或诱发，是要体悟的、抽象的，是一种氛围。

②意象或意象的组合构成意境，意象是构成意境的手段或途径。正确地把握两者都需要想象，即形象思维。在文学创作中，总是意象在先，意境在后，是先有一个个意象在作者的脑子里，然后组合融合化为一种意境。

③意境和意象有着包容和被包容的关系，意象无穷的张力形成了意境整体上无穷的魅力，意境的形成包含了许多客观存在的物象。它们是相辅相成、相得益彰、相互依赖的关系。

(3)意境与意象的区别

①意象是以象寓意的艺术形象；意境是由那寓意之象生发出来的艺术氛围

例如，白朴的《秋思》："孤村落日残霞，轻烟老树寒鸦，一点飞鸥影下。青山绿水，白草绿叶黄花。"共并列了十二个意象，虽也鲜明生动地呈现出绚丽的秋色图，但并无饱满深挚的情感，缺乏"情与景""情与理趣"的自然融合，就无法构成"诱发"人想象的"审美空间"，缺乏意境，当然就难以感人了。

再如，马致远的《天净沙·秋思》就是一首通过一组意象有机组合而成为优美意境的杰作："枯藤老树昏鸦，小桥流水人家。古道西风瘦马，夕阳西下，断肠人在天涯。"此曲营造了一个游子思归而不得、触景生情的凄凉悲清的意境；为了完成此意境的营造，作者构筑了"枯藤、老树、昏鸦、古道、西风、瘦马、夕阳、断肠人、天涯"等意象，把这些名词意象直接连缀，产生的悲凉气氛就是意境。

②意象是实有的存在；意境是虚化了的韵致和意味

例如，海子的《日记》，这是他死前在青海德令哈写的一首诗。如果单个地挑出来那些意象，就是德令哈、戈壁、草原、姐姐、泪滴、荒凉的城等。然而，作者通过这些意象一一组合起来，表达了对"姐姐"的思念。从海子的这首诗，可以看出，意象的实在性；同时也可看出，意境的韵味，那是一个被虚化了的世界。

③意境是作家所追求的艺术创造的终极目标；意象则只是营造意境的手段和材料

脱离意境的意象建构是不成功的苍白无力的意象；没有意象的意境是平淡无味的，难以给人美感的失败之作。一个作家，终生追求的目标，就是创造艺术形象，也就是营造不朽的意境。但是，任何意境的创造，都不是凭空捏造，而是在意象的基础上营造意境。

例如，痖弦的诗《秋歌》的成功之处，就在于营造了一个秋天的意境。这里有秋的白描，有对人物暖暖的深情。由"落叶、荻花、湖沼、砧声、雁子、秋空、马蹄、山径、寺院"这一系列意象，组合融合成一种秋的意境。在这里，意象是材料，意境是最终目的和最高追求。

6. "有我之境"与"无我之境"。[中央财经大学2017年研]

相关试题：有我之境[名词解释，南昌大学2023年研]

答："有我之境""无我之境"是王国维提出的概念。这是从主客体的关系来区分意境的审美形态的。

(1)所谓"有我之境"，是指"以我观物，故物皆著我之色彩"。诗人移情入景，以自己的主观情思来同化景物，因此，"有我之境"对外物的描绘不追求描绘的真实程度，而是偏重主观情感的直接抒发。王国维所举出的例句是："泪眼问花花不语，乱红飞过秋千去"，

“可堪孤馆闭春寒，杜鹃声里斜阳暮”，在主体强烈情感的投射下，无生命的花也懂得人语，因伤春而无言；独处寒冷的馆舍，夕阳中杜鹃的哀鸣，都笼罩在诗人的愁苦之中。“有我之境”由于景物受到情感的渲染，它容易感染和打动读者，使读者有一种“一语道破，先获我心”的感觉。顾夐《诉衷情》所说的“换我心为你心，始知相忆深”，既是词人真挚感情的流露，又道出了千百万读者的共同心声。

（2）所谓“无我之境”，是指“以物观物，故不知何者为我，何者为物”。诗人比较冷静客观地描绘景物，渲染出特定的氛围和境界，这并不是说此时没有主体的情感，而是说主体没有采取将情思直接投射于外物的方式来表现自己，主体的情感隐含得较深。王国维所举出的例句是：“采菊东篱下，悠然见南山”，“寒波澹澹起，白鸟悠悠下”，诗人凝神于物，东篱的菊花，远处的南山，都显得恬静、淡远，一如诗人厌弃尘世的情怀；澹澹的寒波，悠悠的白鸟，凸现出外物的自然面貌，与诗人的情感自然而然地融为一体。“无我之境”由于按照外物的本来面貌作审美观照，它提供的是一个心物契合的境界，能够给读者的想象提供较为广阔的空间。面对王绩的“树树皆秋色，山山唯落晖”，每个读者都可以根据自己的体会来充分发挥想象。

四、论述题

1. 什么是文学的内部研究，包括哪些方面，你认为哪一方面最为重要，请具体阐释。［复旦大学2010年研］

答：（1）文学的内部研究

文学的内部研究是指研究文学文本本身，它以语言为中心，主要研究文学的内在特质，如语言、形式和文体。

文学是用语言、结构、形式和文体来表达社会、人生和文化的思考，而对文学作品文本以语言为中心的研究，是进行作品研究必不可少的一步。通过对文本的研究，进而能进一步研究文学作品与作者，文学作品与读者，文学作品与社会的关系，因而对文学的内部研究的各个方面都是十分重要和必要的。

文本的内部研究主要包括文学言语层、文学形象层和文学意蕴层。

①文学言语层是指读者在阅读文学文本时最先阅读和了解的具体言语系统。

②文学形象层是读者在文学言语的感染下，经过想象和联想，在头脑中唤起一系列相应的具体可感的文学形象，构成一个动人心弦的艺术世界。

③文学意蕴层是文本结构的深层次，指的是文本内部蕴涵的思想、感情等。

无论文学形象层还是文学意蕴层，它们都是建立在文学言语层的基础之上的，因此文学的内部研究中，文学言语层最重要。

（2）文学言语层是文学内部研究最重要的一面

之所以说文学言语层是文学内部研究最重要的一面，主要是因为：

①文学语言作为文学作品的构成要素，对文学作品形象塑造具有十分重要的作用。它既是文学作品诉诸读者的感性物质外观，又是作品的本体存在。对文学语言的分析，实际上也就是对文学作品构造的整体艺术世界的分析，它不是孤立存在的，而是由作品整体的艺术形象所决定的。

②文学语言同其他方面的语言一样，同属于整个社会语言的大系统，也有着与其他语言相同的性质，它们都是作为人类交际手段而存在，都是用来传递信息、表达情感和影响他人活动的，都具有集体性、社会化的性质。但是文学语言同普通的、日常生活的语言相比，存

在根本的差异。普通语言一般是“外指性”的，所指的事物必须与客观物对应，必须符合客观事物的实际，经得起客观生活的检验；而文学的语言则不求与外在世界的相符合，它是内指性的语言，指向作品本身。它可以是虚幻的，六月飞白雪、寒冬开百花、返老还童、借尸还魂，都可以写，不必与现实世界相符合，只要能与作家所表现的愿望和作品所表现的世界一致就可以了。

③语言作为一个结构整体的存在，它也可以进行层面分析，文学语言大体可以分为两个层面，即语音和语义的层面，读者对文学作品的接受和欣赏也大体从这两个层面展开。

a. 语音层

文学作品语言构成的第一个层面是语音层面，任何一个文学作品首先是一个声音系列。即使我们无声地阅读文学作品时，我们也会在想象中倾听到相应的声音和说话韵律。文学作品，首先是作为一个音感符号系统存在，若没有语音的敏感，也谈不上文学作品的创作和欣赏。文学作品的语音层面主要是由音律和节奏两个因素构成。语音作为语言层的表层，它是指向语义深层的。也就是说，音律和节奏的美感需要与意义很好地结合起来，做到声音和意义的统一。比如，欧阳修作《昼锦堂记》时将“仕宦至将相，锦衣归故乡”改为“仕宦而至将相，锦衣而归故乡”，加了两个“而”字，原句的局促便变得舒畅，原句的意直率便变得抑扬顿挫。

b. 语义层

文学作品语言构成的第二个层面是语义层面，文学语言不是以传递某种准确的信息和清晰无误的逻辑内容为目的，而是要传达人们复杂的审美体验激发人们的审美情感，所以在语义表达方面常常具有复杂多义性。文学语言的复杂多义性表现在作家创作作品时总是运用各种艺术手段有意识地改变词语的意义，使一个本来明确、为社会所公认的语词带上强烈的主观色彩和复杂意味，并引起读者的复杂体验和感受。比如，鲁迅的《秋夜》写道：“……夜的天空，奇怪而高，我生平没有见过这样奇怪而高的天空。它仿佛要离开人间而去，使人们仰面不再看见。然而现在却非常之蓝，闪闪地睒着几十个星星的眼，冷眼。他的口角上现出微笑，似乎自以为大有深意，而将繁霜洒在我的园里的野花草上。”奇异的描绘出一幅凄清冷漠的画面，而且具有更深层的象征意义。

2. 文学形象要“合情合理”，请结合具体作品对此进行分析。［中国传媒大学2013年研］

答：文学形象是读者以想象、联想等方式在阅读文学作品时脑海里出现的清晰可感知的现实图景。文学形象具有虚构性与真实性相统一的特征。一方面，文学形象来自生活，让读者能从其中联想到生活的真实性；另一方面，文学形象具有虚构性，不能和现实生活等同，必须比现实生活更高、更集中、更典型。总的来说，对文学形象的创造有着一个基本的要求，就是要“合情合理”，具体分析如下：

(1)“合理”

文学形象必须合乎社会的本质和自然的规律，文学形象所使用的一切虚拟性，假定性手段都要为表现或揭示客观的“现实关系”服务，也就是说，作家想象力的发挥并非凭虚御风、无中生有，而是以现实生活为基础，必须遵循生活的内在逻辑，即便是荒诞虚妄的文学形象，只要是“合理”的，就是真实的，否则便不真实。

例如，卡夫卡《变形记》中的格里高尔某天早上醒来后变成了甲虫，因而受到社会和家庭的唾弃，在无声无息中死去。按照常理，人是不可能变为甲虫的，但是这个人物形象却能引起无数读者的共鸣，这是因为看似荒诞的情节深刻地揭示了资本主义社会中真实存在的人与人之间的异化关系，这一虚拟的形象抛开了生活表面的真实而直抵社会本质的真实。

(2)“合情”

文学形象必须反映人们真切的感受、真挚的情感、真诚的愿望，这几种因素可以把看起来不真实的描写升华为艺术真实。托尔斯泰说：“如果艺术家很真挚，那么他就会把感情表达得正像他所体验的那样。因为每一个人都和其他的人不相似，所以他的这种感情对其他人来都将是很独特的；艺术家越是从心灵深处汲取感情，感情越是真挚，那么它就越是独特。这种真挚使艺术家能为他所要传达的那种感情找到清晰的表达。”这段话清楚地说明了“合情”对于人物形象塑造的重要性。

例如，雨果《巴黎圣母院》中的加西莫多这个形象，是一个“几何形的脸，四面体的鼻子，马蹄形的嘴，参差不齐的牙齿，独眼，耳聋，驼背，难听而忠厚的声音”的畸形儿，受到周围人的歧视，但作家以真挚的情感写出了他丑陋的外形下的圣洁的灵魂，正因为这种真情的灌注，使得这个人物形象具有高度的艺术真实和审美价值。

3. 如果说，关于“文学性”的共识主要有“语言(符号)性”“情感(心灵)性”“意象(形象)性”“想象(虚构)性”四方面，你认为哪一方面尤为重要？请举例说明。[首都师范大学2010年研]

答：意象(形象性)尤为重要。现代主义“典型形象”论、象征主义和20世纪欧美“意象派”诗论中，文学的意象(形象性)性始终被视为文学的本质因素。意象(形象)性是文学艺术的共性，它使文学区别于其他语言形式的意义就在于审美意蕴通过形象化方式间接地传达给读者。

(1)意象性——通过对意象的描写，展现文学性

文学的意象是表意之象。现代美国意象派诗人庞德说：“意象在任何情况下都不只是一个思想，它是一团，或一堆相交融的思想，具有活力。”它“是在瞬息间呈现出的理性和感情的复合体”。

例如，马致远的《天净沙·秋思》这首小令仅用了28个字，就精妙绝伦地描绘出了一幅苍茫肃杀的深秋夕照图，真切地表现出了天涯浪客的孤寂愁苦之情，真实地影映出了当时的时代气氛，具有一定的历史时代和社会意义。诗、词、曲，都要靠组合意象、描绘塑造意境来表达作者的情志，《天净沙·秋思》最大的特点正是如此，作者使用了一组有形的、可感的、灰色基调的意象群，即“枯藤”“老树”“昏鸦”“小桥”“流水”“人家”“古道”“西风”“瘦马”，纯用白描勾勒出一幅生动的生活图景。这便是文学的意象性，以描写物的形式表达出作者的情感，打造出作品的独特性，给读者留下深刻的印象，充分展现了作品的文学性。

(2)形象性——典型的人物形象

文学的形象性特征，是文学审美本质的具体展开。文学创造艺术美，而艺术美必须保持感性的形式，这就决定了文学一定是形象的。形象性是文学传达、交流审美情感的必要形式。作家将内心所体验的审美情感艺术地转化为文学作品的形象系统。文学作品的形象系统包蕴丰富的情感，实际上发挥了情感导体的作用。

例如，塞万提斯的《堂吉诃德》中对主人公的个性刻画，把严肃和可笑、悲剧性和戏剧性、生活中的琐屑与庸俗和伟大的美丽的东西交融在一起描写，堂吉诃德因而成了一个悲喜交集的不朽典型。果戈理的短篇小说《外套》，塑造了给人留下至深印象的小公务员阿卡基。这一因丢失御寒外套而凄凉丧生的人物形象，有着直接的现实素材依据。只要是优秀的文学作品，不同作品的形象系统一定各有特色。即使同一部作品，形象系统中的不同形象也都是

个性鲜明的。

4．谈谈你对“审美意象”的理解。［北京大学2010年研］

答：参见本章课后习题详解5。

5．黑格尔说：“一个艺术家的地位愈高，他也就愈深刻地表现出心情和灵魂的深度，而这种心情和灵魂的深度却不是一望可知的，而是要靠艺术家浸沉到外在和内在世界里去深入探索，才能认识到。”请结合具体作品谈谈你对其中的“灵魂的深度”的理解。［中央财经大学2017年研］

答：典型人物所显示的“灵魂的深度”具体表现为一个典型人物所蕴含的人性的深度、历史的深度和理想的深度，而这些正是典型人物长久地散发出无穷魅力原因。对于黑格尔的这段话，大致可以从三个方面去理解：

（1）人性的深度

典型人物是共性与个性的统一。文学典型的丰富内涵中，的确包含着共性的因素，但是，没有独特、富于个性的性格塑造，也就谈不上典型人物。凡典型人物都是具有独特审美价值，是艺术家对人生底蕴所做的最富于独创性、新颖性的艺术创造。典型人物往往表现出不同于他人的思想情感、心理特征、言语行为、兴趣爱好等，能够深刻反映社会生活某些本质特征，具有丰富的人性意蕴和内涵。典型人物“每一个人都是一个整体，本身就是一个世界，每个人都是一个完满的有生气的人，而不是某种孤立的性格特征的寓言式的抽象品。”文学发展的历史也证明，文学史上许多艺术作品之所以具有永久的魅力和不朽的生命力，也正是因为它们成功地塑造了典型的艺术形象。许多典型形象的塑造，如堂吉诃德、哈姆雷特、于连、高老头、浮士德、安娜、贾宝玉、林黛玉、阿Q等，正是在人性的深度方面远超越一般的艺术形象，所以千百年来流传，为人们所喜爱。

（2）历史的深度

马克思说：“人的本质在其现实性上是一切社会关系的总和。”作品中的人物活动在特定的历史时期，必然会留下深深的时代烙印。任何一个人物形象必须放在一定的社会关系中去写，要让其性格的丰富意义在他与周围人物的特定关系中充分体现出来。大量的文学现象说明，人物现象越是能够鲜明地显示出当时的时代特征和准确地预示出社会发展的必然趋势，就越真实、越典型、越具有历久弥新的魅力。巴尔扎克的《人间喜剧》、托尔斯泰的《战争与和平》均十分真实地再现了当时社会时代的本质特点，使活动于其中的人物性格在环境中得到充分的展示。

（3）理想的深度

典型人物，必然也包含着创造者的主观方面的因素。在典型创造中，作家总是要从一定的立场出发，观察生活、概括生活，刻画人物形象。因此，作为作家认识生活与表现生活的结晶的典型人物形象中，自然而然地熔铸着作家的审美评价和审美理想，直接或间接地体现了作家的爱憎、追求和希望。典型人物形象的艺术感染力，不仅同典型人物本身有密切的联系，而且与作家寄寓在其中的理想的内容与性质有更重要的关系。面对着阿Q形象，人们分明可以感受到鲁迅对他的“哀其不幸，怒其不争”的态度，感受到鲁迅对阿Q式的可耻的心理状态的憎恶和对比较健全的国民性的憧憬。典型人物体现作家的审美理想有两种方式：在普罗米修斯、灵均、保尔等正面人物身上，是作家审美理想的直接表现；在《伪君子》《死魂灵》《儒林外史》等作品的反面人物身上，是审美理想的间接表现。

第 11 章　叙事性作品

11.1　复习笔记

一、叙事界定

（一）叙事理论与叙事学

1．西方的叙事理论与叙事学

从古希腊开始，西方文学传统就是以叙事文学为主，因而其叙事理论有着长期的发展历史。西方叙事理论主要包括人物性格及形象的塑造、情节结构的安排、社会背景与环境的描写等方面，更多地强调对审美客体的分析。到了 20 世纪 50、60 年代，还诞生了重视文本分析的叙事学。

2．中国的叙事理论与叙事学

中国最早的叙事思想可追溯到孔子开创的“春秋笔法”，在长期的发展过程中也出现了相关的叙事理论，特别是到了明清时期随着戏曲、小说的兴盛，出现了李渔、金圣叹等的点评式批评。在现当代，受西方叙述理论的影响，也产生了具有中国特色的叙事学。

3．中西传统的叙事理论的普遍特点

（1）两者都从人的本体存在出发重视探究叙事文学中人物的社会生活环境。

（2）两者都对叙事文本的两个重要构成要素“故事”和“话语”进行了讨论。

（二）叙事的含义与特征

1．文学叙事的含义

文学的叙事简单地说，就是用话语虚构社会生活事件的过程。

2．文学叙事的基本特征

（1）叙事的内容具有客观性。文学叙事主要是对客观发生在社会生活中的事件进行文学性描述。与抒情性作品不同，叙事性作品的着眼点在于外在的社会存在，而不在于主观的情感体验。

（2）叙事的话语具有虚构性。文学叙事是一种特殊的话语系统，同一般的话语有重要区别，一般话语所指的对象处于话语之外的现实世界，文学话语所指的对象只存在于话语之中，只要文本中的话语合乎逻辑就行了。

（三）叙事与审美意识形态本质

文学从本质上说是一种审美意识形态，而这一本质对叙事的内容与叙事的形式有着双重制约：

1．从叙事内容来看，任何叙事都是对现实世界的某种解释。不同于哲学、历史等叙事方式，文学叙事对世界的解释具有强烈的审美性，它强调人在事件过程中的不同主观体验与情感，而不强调对世界科学性或概念性的认知。

2．从叙事方式来看，审美意识形态制约着叙事方式，这种制约表现在创造者对原始素材的选择，对表现手段的运用，对作品人物思想感情的灌注，对社会生活本质的反映等方面。

（四）叙事的构成

1．叙述内容

叙事内容，即叙事作品主要描写的故事内容，包含人物、事件、环境三个要素。

2．叙述话语

叙述话语，即叙事作品中讲述故事的语句。事实上，话语不仅影响叙述内容，而且影响着对叙事的接受。

3．叙述动作

叙述动作，即产生出叙述话语的“叙述”活动本身。

二、叙述内容

（一）故事

叙述内容的基本成分就是故事。要了解文学叙事的内容的相关特征，可以从人物、情节、事件、场景等方面进行分析。

1．人物

（1）人物的作用

在叙事性作品当中，事件和情节得以发生发展的动力就是人物，但人物在作品中的作用却存在着很大分歧，这就是情节中心论和人物（性格）中心论的争论。

（2）人物的特点

一般而言，情节、事件都是为表现人物服务的，因此同情节相比，人物在作品中的作用是第一位的。人物之所以在叙事作品中占有如此重要的地位，从一般意义上说，是因为社会历史本由人的活动所构成，人在现实生活中的地位决定了其在叙事文学中的地位，文学要反映社会生活就不能不写人。

需要注意的是，叙事作品中的人物自身有着双重性特点，即行动元与角色。

①行动元，是指叙事作品中发出动作的人物推动了整个事件的向前发展。在许多叙事作品中，人物的姓名、身份，故事发生的时间、地点各不相同，但却给人以似曾相识的感觉，这是因为这些人物虽然名字、身份各不相同，其实却是同一类型的行动元，也就是说，他们行为的目的、价值与基本方式大同小异。比如很多才子佳人小说，尽管人物姓名、身份，故事发生的时间和地点都不同，却几乎都是由非常相似的几个主要行动元构成：故事中的追求者（才子）、被追求者（佳人）、牵线人（仆婢等）、反对者（有权势的人物）、竞争者与阻挠人（小人）。

②角色，是指具有生动具体的形象和性格特征的人物。在叙事作品中，人物并非仅仅起“行动元”的作用，其性格特征使人物具有了自身的独立性和审美价值。成功的角色不仅具有活生生的个性，而且还包含着具有普遍意义的共性，能够揭示社会生活的本质和规律，这也就是人们通常所说的“典型人物”。

2．事件

（1）事件的构成

事件由所叙述的人物行为及其后果构成，一个事件在叙述中具有相对独立性，所以一个事件就是一个叙述单位。

（2）事件的作用

事实上，各个叙述单位在情节进展中所起的作用并不相同，法国结构主义叙事学家罗兰·巴尔特将它们区分为“中心的”和“从属的”两类不同的叙述单位。

①中心事件，又称核心单位，一般处于情节发展的中轴线上，是推动故事情节向前发展的必要环节。如果没有这样的中心事件，整个故事情节的连续性和完整性就会受到损坏，因此它们是不可或缺的。

②从属事件，又称辅助单位，一般对故事情节的发展不起推动作用，不是故事情节向前发展中必不可少的一环，只对介绍人物、交代场景、塑造形象、渲染气氛起一定作用，使故事的意义得以显现和丰富。

3. 情节

(1)情节的含义

情节是按照因果逻辑组织起来的一系列事件。

(2)情节的特点

①情节具有主观性。文学叙事作品中的情节在某种程度上是作者对自身所处的现实生活的"还原"，其中不可避免地带有作者的主观想象与主观情感，甚至还存在着作者的局限与偏见。

②情节具有因果性。情节在事件的发展中要表现出人物行为的矛盾冲突，由此而揭示人物命运的变化过程。

4. 场景

(1)场景的含义

场景是叙事作品中具体描写的人物行为与活动的场所。

(2)场景的作用

任何一部叙事作品在叙述故事时必须有场景，有了场景，人物才有活动的空间，故事才得以向前发展。

(3)场景的构成

场景首先是由情节中的一些成分或因素构成的。但场景不一定非要表现重大的必然性事件，也可以用来写琐碎的偶然的事件；不一定非要在情节发展的关键所在演示，也可能出现在很不起眼的地方。

(二)结构

1. 含义

叙事作品的结构是指作品中各个成分或单元之间关系的整体形态。

2. 叙事作品的内部结构

(1)表层结构

叙述作品的表层结构，即叙事的话语层。

①叙事文本，表现为一种独特的语言组织形态，语言的各个组成部分，如语音、词语、句子和段落等都是在一定的表达目的、作者个性特征，以及隐含读者的潜在需求等因素的影响下被组织、连缀在一起，形成了自己独特的构造方式和存在形态。

②叙事话语，是经过创作主体根据叙事文本的需要组成叙事语句，叙事语句再经过创作主体运用叙事策略和叙事手段组成叙事文本。作为叙事文本的基础元素，叙事话语在形式上是一种言语单位，经由叙事角色发出后而成为言语行为。

(2)深层结构

叙述作品的深层结构，即叙事的文化层。

①深层结构建立在文学叙事与文化背景的深层意义关系之上。

②深层结构需要思考、领悟才能把握。首先是历史内容层，即叙事表层结构折射出来的历史社会意义。其次是哲学意味层，即叙事表层结构最终指向的某种生命哲学意味。

（三）行动

1. 行动的基本形式

一般行动逻辑的基本形式是下列三段式序列：

(1)可能性，即一个行动具有了发生的条件。

(2)变为现实，即一个行动开始进行，行动可以按照原计划进行，也可以不按照原计划进行。这是故事内容的主要部分。

(3)取得结果，即一个行动到此结束，行动的结果可以是成功的，也可以是失败的。

2. 行动序列的复合

故事的行动序列往往不是单一的，而是同时具有几个行动序列，这称为“行动序列的复合”，其包含以下几种典型形式：

(1)首尾接续式

“首”即“行动的可能性”，“尾”即“行动的结果”。“首尾接续”就是指这一复合的行动序列中的某一个行动的结果成为下一个行动的可能性，构成环状的情节链。

(2)中间包含式

在一个行动序列的展开过程中出现次一级的另一个行动序列，次一级的行动序列又包含更次一级的行动序列，如此往复。

(3)左右并连式

一个行动序列中生出两个同时发展的行动序列。

三、叙述话语

（一）叙事时间与故事时间

1. 叙事时间

叙事时间，又称文本时间，是叙事者讲述故事的顺序和节奏，体现为叙事文本呈现给读者的阅读秩序。

2. 故事时间

故事时间，又称自然时间，是故事发生的物理时间，与每一个人的生活进度并无二致。

3. 叙事时间和故事时间的关系

托多罗夫指出：“叙事的时间是一种线性时间，而故事发生的时间则是立体的。”用线性的叙事时间表现立体的故事时间，叙事文本往往会出现时序的变形现象。主要表现在三个方面：

(1)时序

①含义

时序是指时间的向度(顺序)。对叙事的时序进行研究就是考察叙事时序与故事时序的关系。

a. 叙事时序是文本中叙事从开端到结尾的排列顺序，即展开叙事的先后次序，是叙述者讲述故事的时序。

b. 故事时序是故事内容从开始发生到结束的自然发展顺序。

②分类

a. 顺叙：叙事时序与故事时序一致。

b. 倒叙：叙事时序与故事时序相反。采用倒叙的方法，能避免叙述的平板和结构的单调，还能造成悬念感，从而引起读者的阅读兴趣。

c. 插叙：叙事时序与故事时序部分不一致。具体来说，就是在叙述中心事件的过程中，为了情节的展开与人物的刻画，暂时中断了连续的叙述线索，插入了一段与主要情节相关的回忆或故事的叙述方法。

(2)时距

①含义

时距是指时间的跨度(步速)。对叙事的时距进行研究就是考察叙事时长与故事时长的关系。

②时距形式

a. 缩写：叙事时长 < 故事时长。

b. 场景：叙事时长 = 故事时长。

c. 延长：叙事时长 > 故事时长。

d. 停顿：故事时长 =0。

e. 省略：叙事时长 =0。

省略、缩写、场景、延长和停顿的交互运用，导致叙事内容的或详或略，可使叙事形成一定的节奏。

(3)频率

频率是指一个事件在故事中出现的次数和在文本中出现次数的关系。

(二)视角

1. 含义

视角是一个故事所采用的特定的观察角度，也是作家观察所写事件的思想和情感上的基点。

2. 分类

(1)根据叙述人称的不同，可以将视角分为三类：

①第一人称叙述，作者充当作品中的某一角色在作品中露面，以“我”的口吻讲述所看到、听到和感觉到的存在。这个“我”既是生活事件的亲身阅历者或观察者，又是故事的叙述者。

②第二人称叙述，是把读者或主要描述对象当作对话的另一方，以“你”的人称进行叙事。由于建立了这种对话关系，叙述者和人物及故事与读者的距离被拉得很近，因此也就大大强化了作品叙事的情绪性、情境性和现场性。

③第三人称叙述，作者是不参与故事的局外人，不在作品中露面，只是从局外人的角度去叙述作品中的人物活动和事件经过，使用的人称是“他”“她”或“他们”。这种叙事角又可分为“作者全知”“有限全知”和“客观作者”三种形式。

(2)聚焦的类型

法国学者热奈特则用“聚焦”的概念，分为“零聚焦”“内聚焦”和“外聚焦”三种类型。

①零聚焦叙述

叙述者就是聚焦者，他高高在上，全知全能。他知道事件的来龙去脉，也知道人物内心的想法。他可以直接对事件和人物的行为发表议论，也可以潜入人物的内心，解剖灵魂。传统小说大多属于此类。

②内聚焦叙述

情形比较复杂，又可以分为：

a. 固定式内聚焦，叙述者通过某一特定的人物眼光来叙事，这一特定的人物可以是叙述者自己，也可以是故事中的一个人物。前者往往是叙述者对往事的追忆，后者则是常见的人物有限聚焦。

第一，叙述者对往事的追忆，形成一种特有的双重聚焦：一重是故事中的“我”对当时情形的聚焦，即经验自我聚焦，另一重是故事外的“我”对过去情形的聚焦，即叙述自我聚焦。第一人称回顾性叙述的声音并不仅仅是把人物自我当时所看到的情形讲出来，而是带着目前的理解和眼光来讲述故事。

第二，人物有限聚焦，叙述者通过人物的眼光来叙述，此时，人物处于事件之中，视野受到限制，他对事件的评价必然是局部的；同时，人物自身的利益与聚焦对象密切相关，他对聚焦对象的看法难免会有偏见。

b. 不定式内聚焦，叙述者利用不同的人物聚焦来展开叙述。固定式内聚焦的叙述者是一个人物，不定式内聚焦的叙述者是多个人物。当叙述者是多个人物时，他实际上比每个单个的人物所知道的都要多。多重式内聚焦是不定式内聚焦的特殊形式。

③外聚焦叙述

外聚焦是聚焦者处于故事外，他只看着故事的发生发展，对故事发生的原因，对人物的举止都不加解释，对人物的内心活动也不做披露，他似乎只是在观看一幅图画，却又不置可否。因此，外聚焦又被称为“戏剧式聚焦”。

四、叙述动作

（一）叙述者与作者

叙述者与作者不同。叙述者是指叙事作品的讲述者，而作者是创作这一作品的人。两者之间存在着内在联系，但是却不能完全重合。

（二）叙述者与接受者

1. 接受者的含义

接受者是指与叙述者对话的人。

2. 叙述者与接受者的区别

叙述者因为掌握着交流的权利，所以展现得更为主动；而接受者往往是被动的，他们会完全接受来自叙述者的信息，不必言说也不必反抗，并且将接收到信息消化为完成了的文本。

（三）叙述者与声音

1. 叙述声音的含义

叙述声音是指在叙事作品中用故事讲述的言语声音和其呈现出的态度，甚至包括叙述的动作。叙述声音可以帮助读者区分叙述风格以及更好地理解作品。

2. 叙述声音与叙述者的关系

叙述过程与所叙述的事件、场景、人物受到叙述声音的制约，所以，叙述声音实际上涉及的就是叙述者，也就是作品的叙述主体。叙述者的身份以及其在叙述文本中所表达的方式与参与的程度，决定了叙述者发出的叙述声音。

『名家名论』

“国王死了，不久王后也死去”便是故事；而“国王死了，不久王后也因伤心而死”则是情节。

——福斯特

从一百多个俄罗斯神话与民间故事分析出三十一种功能，各个不同的民间故事无非是这三十一个功能不同组合下呈现的不同样式。

——普洛普：《民间故事形态学》

俄狄浦斯神话流传中形成了不同变种，不同“版本”，它们都体现出大体相似的“主题”，即“过分强调人的血缘关系与过低估价人的血缘关系”的矛盾。该神话的不同变种无非是由同一些纸屑组合成了不同图像。

——列维·斯特劳斯：《结构人类学》

11.2 课后习题详解

1. 如何理解叙事的特征？

答：参见本章复习笔记。

2. 情节与事件的关系如何？

答：(1)两者的概念

①事件由时间、地点、人物、起因、经过、结果等因素构成。一个事件就是一个叙述单位。叙事中的事件包括从大到小的不同层次，是分析叙事的基本单位。

②情节是按因果逻辑组织起来的一系列事件，用以表现人物的行为冲突，揭示人物命运的变化过程和性格。

(2)关系

①事件是情节的单位，而情节是事件的组合。

②两者讲述的目的不同，有的事件重“事”，即侧重于展示事件的发展轨迹，有的事件重“人”，即侧重于显示人的命运性格；而情节的讲述目的只是揭示人物的命运与性格，所以，情节不仅是按因果逻辑组织起来的事件，而且要求事件的展开要能表现人物的性格与命运。

3. 试分析一篇叙事作品的行动序列。

答：行动序列是叙事作品中人物行动逻辑的基本表现形式。以叙事作品《窦娥冤》为例。

《窦娥冤》中的主人公窦娥是一个屡遭不幸，最后含冤而死的弱女子。故事中围绕着她而展开的行动有：被父亲抵债送给蔡婆婆做童养媳，过门后丈夫病故，被张驴儿父子欺凌，张驴儿诬告她毒死张的父亲，她为了保护蔡婆婆免受刑讯而屈招，桃杌太守枉断她死罪，她临刑前发下三愿以证明冤屈，她的鬼魂显灵让父亲昭雪冤屈。这一系列行动除了最后因她父亲的到来和她的鬼魂显灵而产生逆转外，主要的发展方向是她命运的恶化。构成这个恶化过程的行动序列是：

(1)可能性

窦娥的父亲因欠了蔡婆婆的高利贷还不起，加之要上京赶考，只得将窦娥卖给蔡婆婆做童养媳。这个行动本身并没有直接导致窦娥的不幸，但从整个故事的发展过程来看，她去做童养媳这件事使她从与父亲相依为命的生活状态中抛出，落入了一种不稳定的新状态，从而为后来受人欺侮的不幸遭遇提供了可能。

(2)变为现实

从张驴儿父子强住她婆媳家、逼她为妻，到张驴儿误毒死自己的父亲反诬告窦娥，桃杌太守枉断命案，这就是窦娥受冤屈至死的过程。这个过程还可以划分出更小的序列：张驴儿逼婚不成、设计毒死蔡婆婆未遂，这些事件又是窦娥受冤的条件即可能性，而诬陷窦娥下毒借以逼她就范到诬告和枉断才是窦娥受冤变为现实的真正过程。

(3)取得结果

《窦娥冤》中，窦娥受冤的结果实际上是双重的。一方面是她的状态恶化的结果，即她一次次反抗张驴儿、反抗桃杌太守的失败直至被处死；另一方面则又并行着她的命运改善的过程，即她对天发下三愿、三愿皆验，她的鬼魂显灵使冤案终于得以平反。后一过程在今天看来似乎过于虚幻，但从古典叙事的角度来看是完全可以理解的，因此也应当被视为一个实际的行动过程。这意味着这个行动序列实际上具有双重意义：从现实的行动过程来看，是一个揭露社会黑暗、表现人生痛苦的悲剧；从带有传奇色彩的昭雪冤屈的"大团圆"结局来看，又是一个宣扬道德惩戒、歌颂反抗胜利的正剧。

4. 试述叙事节奏与时间的关系。

答：叙事节奏的变化取决于作者如何处理文本时间与故事时间的关系，文本时间与故事时间之间的关系主要从三个方面表现出来，就是时序、时距和频率。

(1)时序的变化可以引起叙事节奏的变化

叙事作品中的时序是文本时间顺序与故事时间顺序相互对照形成的关系，包括顺序、倒叙和插序。在故事中，叙述次序是可以变换的，既可以从顺序变换为倒叙或插叙，也可以在倒叙或插叙中又转入顺叙。叙述次序的变换会造成故事情调、节奏等方面的改变。例如，近代以情节的紧张刺激为特色的故事中，就常常使用倒叙的方式打乱事件发展的自然顺序，使人猝不及防地进入到故事发展的紧要关头，从而给读者造成强烈的悬念，使故事更加惊心动魄、扣人心弦。显然，时序的改变引起了叙事节奏的改变。

(2)叙事节奏与时距密切相关

时距，又称叙述的步速，是故事时间长度与文本时间长度相互比较对照形成的时间关系，我们可以设想这样一种叙述状况，故事情节中的人物语言被完整地叙述出来，或者把人物的动作大体按照动作进行的过程进行描述。在这种情形中，可以认为叙述所用的时间长度与故事发生的时间长度大体上是一致的。两种时间长度相互一致的时间关系可以算作一种匀速叙述的关系。当然，由于文本时间长度事实上是无法精确计量的，所以所谓"匀速"只不过是一种概念意义上而非测量意义上的匀速。以这种"匀速"叙述为基准，就可以区分出不同叙述速度的各种时距。不同的时距可以影响叙事速度向两个方向变化：一是变快，故事时间长而文本时间短，即用相对简短的话语叙述较长时间里发生的事件，这种叙述通常也叫作概要叙述；二是变慢，就是用较长的文字来叙述很短时间里发生的故事，把事件的过程细节放大。可见，叙事节奏与时距是紧密相连的。

5. 叙述聚焦的变换对于阅读有何意义？

答：参见本章复习笔记。

6. 试分析一篇叙事作品中叙述者声音的特点。

答：叙事作品中叙述者声音的特点：

(1)传达内容意义，更准确、生动地表达内容的情感底蕴。

(2)凸现出叙述者，把其推到前台，显示个人魅力。

以艾丽丝·门罗早期作品《乌德勒支的宁静》为例。第一人称女性叙述者海伦自幼年起，便因母亲的病而疏远她：

"……当他们说'你妈妈'时，我不再觉得这是针对我的骄傲，一个双方都心知肚明的狡猾的打击。我以前一直这么觉得。这些词语让我感觉，我完整的身份和狂妄的青春期历程都开始土崩瓦解。

"我们看着她的眼部肌肉瘫痪发作时眼珠翻白；听到她恐怖的声音，还有她让人尴尬的发音。她和别人说话，要我们帮她翻译，这一切都让我们忍受毫无必要的羞辱感。"

作者通过海伦的叙述声音，展现了海伦的内心世界，让读者进一步了解到她内心的挣扎、叛逆期的骄傲倔强以及对缠绵病榻的母亲的爱恨交织。"狡猾的打击""恐怖的声音""让人尴尬的发音""毫无必要的羞辱感"都是海伦的主观印象，如换为全知全能的第三人称叙述，未必会产生同样的表述，也同时失去了让读者洞察主人公复杂心理的机会。

11.3　考研真题详解

一、名词解释

1. 叙事学[首都师范大学2011年研；中国传媒大学2013年研]

答：叙事学是发源于西方，以形式主义批判而闻名于世的一种学术思潮。"叙事学"一词最早是由托多罗夫提出的，它的产生是结构主义和俄国形式主义双重影响的结果。结构主义强调要从构成事物整体的内在各要素的关联上去考察事物和把握事物，特别是索绪尔的结构主义语言学从共时性角度，即语言的内在结构上去考察语言，这种研究思路对叙事学的产生起了重大影响。作为一门学科，叙事学是20世纪60年代，在结构主义大背景下，同时受俄国形式主义影响才得以正式确立。它研究所有形式叙事中的共同叙事特征和个体差异特征，旨在描述控制叙事中与叙事相关的规则系统。

2. 复调[首都师范大学2010年研；四川大学2013年研；中山大学2023年研]

答：复调是音乐术语，指欧洲18世纪(古典主义)以前广泛运用的一种音乐体裁。它与和弦及十二音律音乐不同，没有主旋律和伴声之分，所有声音都按自己的声部行进，相互层叠，构成复调体音乐。复调小说是前苏联学者巴赫金创设的概念。巴赫金借用这一术语来概括陀思妥耶夫斯基小说的诗学特征，以区别于基本上属于独白型(单旋律)的已经定型的欧洲小说模式。"复调小说"的概念是现代文论的一个重大飞跃，对读者反映论、接受美学、解构主义等都有深刻影响。

3. 视角[南开大学2010年研]

答：视角是作品中对故事内容进行观察和讲述的角度。视角是和小说的叙述者关系极为密切的一个重要的写作技巧，由亨利·詹姆斯在1907年至1909年间写的小说的分析性序言里作为小说批评的一个概念提出。叙事视角是指叙述小说作品的角度，作者与叙述者的关系，即作家以什么身份充当作品的叙述者，分为叙事者视角、人物视角、情节视角和读者的视角。

4. 叙述视角[中国传媒大学2010年研]

答：叙述视角，又称叙述聚集，是叙述语言中对故事内容进行观察和讲述的特定角度。同样的事件从不同的角度看去就可能呈现出不同的面貌，在不同的人看来也会有不同的意义。对叙述视角研究得比较精细的是结构主义的批评家们，他们对叙述视角的形态进行了多方面的研究。其中，法国的兹韦坦·托多洛夫把叙述视角分为三种形态：全知视角(零视角)、内视角和外视角。

5．叙述人语言［吉林大学2012年研］

答：叙述人语言是指文字作品中叙述人叙述故事、刻画人物、描写场景、抒发感情、评论事物的语言。在叙事文学中，无论是开展情节、刻画人物或抒发感受都离不开叙述人语言。同样，把作品各个构成部分连贯起来，组成完整的艺术整体，也全靠叙述人语言。因此，叙述人语言在叙事文学中有着特殊重要的意义。运用叙述人语言，可以对人物性格做概括介绍，也可以对主人公的肖像作形象化的描绘，还可以描绘人物的神情动作。

6．原型［复旦大学2024年研；湖南大学2019年研］

答：原型是文艺创作术语，它是指神话、宗教、梦境、幻想、文学中不断重复出现的意象，它源自民族记忆和原始经验的集体潜意识，是瑞士心理学家卡尔·荣格创立的一种文艺创作理论。这种意象可以是描述性的细节、剧情模式，或角色典型，它能唤起观众或读者潜意识中的原始经验，使其产生深刻、强烈、非理性的情绪反应。

7．叙事模式［复旦大学2014年研］

答：叙事模式是指在叙事作品中用于创造出一个故事传达者（即叙述者）形象的一套技巧和文字手段。L. 多莱泽尔根据："第一，故事是由第三人称还是由第一人称叙述，第二，叙述者是否是行动的人物，第三，叙述者的主观态度以及对人对事的评价、评论是表达出来还是含而不露"这三条标准，划分出六种叙事模式。这六种叙事模式分别为第三人称客观叙事模式，第三人称评述叙事模式，第三人称主观叙事模式，第一人称客观叙事模式，第一人称评述叙事模式，第一人称主观叙事模式。

8．行动元与角色［中山大学2017年研］

相关试题：行动元［南开大学2023年研］

答：(1)行动元是文学作品中的主要行动因素，一般为文中的角色，也可以是某种抽象的力量或关系。小说中的行动元最大意义在于推动情节发展。主角及其配角构成相互联系的行动元，通过他们一系列的行动推动了故事的发生、发展、结束。

(2)角色是指具有生动具体的形象和性格特征的人物。在叙事作品中，人物并非仅仅起"行动元"的作用，其性格特征使人物具有了自身的独立性和审美价值。成功的角色不仅具有活生生的个性，而且还包含着具有普遍意义的共性，能够揭示社会生活的本质和规律。

(3)人物同时具有"行动元"和"角色"两重特性，但这两重特性并不总是相互吻合，有时一个行动元可以由几个角色担任，反过来，一个角色也可包括几个行动元，行动元与角色的二重特性使人物在作品中的地位和意义变得复杂起来。"行动元"表现的是人物的行动本身，即"做什么"，推动情节发展；而"角色"表现的是人物的行动方式，即"怎样做"，刻画人物形象。

二、简答题

1．叙述角度的转换对于阅读有何意义？［首都师范大学2010年研］

答：叙述角度即叙述视角，是作品中对故事内容进行考察和讲述的角度。叙述角度的转换对阅读的意义在于：叙述角度的变换，可以拉近或拉远作品与读者、叙述者与接受者的距离，从而造成不同的阅读效果。

(1)第三人称向第一人称转换的意义：超越全知全能，弥补了其可靠性上的不足

第三人称叙述是从与故事无关的旁观者立场进行的叙述，传统的叙事作品采取这种叙述方式很普遍，然而叙述者的过于自由往往导致接受者探索、解释作品的权力受到限制。所以，为了使得作品能够更好地被解释，现代作者改变了传统的第三人称叙述，将第三人称叙

述中的叙述焦点固定起来，不再像之前一样全知全能。例如，沃尔夫的小说《达罗卫夫人》中，虽然作者采用的是第三人称，但是叙述的焦点却仅仅在达罗卫夫人身上。这样一来，读者实际上是从达罗卫夫人的角度观察世界。这种第三人称实际上已经接近于第一人称叙述了。

(2)第一人称向第三人称转变：客观地叙述，令读者对其产生信任

第一人称叙述的作品中叙述者同时又是故事中的一个角色，他不仅可以参与事件过程，又可以离开作品环境面向读者进行描述和评价，但他作为叙述者的视角受到了角色身份的限制，不能叙述本角色所不知的内容，这种限制造成了叙述的主观性。不过在一些作品中，叙述者只是故事中的次要人物或旁观者。这样的第一人称叙述具有一定的客观性。例如，普希金创作的短篇小说《驿站长》中的叙述者在整个故事中就不扮演重要角色，只是一个旁观者的身份。

(3)第二人称向第三人称转变：拉大叙述者和接受者的距离，造成反常阅读经验

第二人称叙述的作品中主人公或某个角色是以“你”的称谓出现的，这种叙述方式不过是第三人称叙述的一种变体，因为在这种叙述中，叙述者实际上同第三人称叙述一样，仍是处在旁观者的位置上，但叙述的接受者却同时又是故事中的一个角色，从而使读者与叙述接受者两者之间距离拉大，形成一种反常的阅读经验。这是作者刻意追求的一种特殊效果。

在作品的叙述中，叙述视角不是一定的，而是可以进行转换的。比如说，在有些作品中，首先由第一人称展开叙述，但是这一叙述者有些时候却不在故事内容中，而是作为一个旁观者，从而转换为第三人称叙述。再比如，在有些时候作品先以第三人称展开叙述，但是故事内容主要的部分却是由某一个特定的人物叙述的，从而转变为了第一人称叙述。总之，叙述角度的转换，能产生截然不同的阅读效果。

2. 小说叙事与叙事散文中的叙事有什么区别？请简要述之。［华中师范大学2013年研］

答：小说叙事与叙事散文中的叙事的区别不在于故事的真假，而在于故事呈现方式的不同，具体表现为：

(1)戏剧化的呈现。小说叙事中，作者往往透过人物的动作、对话来推动故事发展，让故事中的人物直接在读者面前“演绎”。

(2)情节式的呈现。叙事散文或小说都是由一连串事件组合而成；事件与事件之间，叙事散文一般着眼于先后关系，小说则进一步处理内在的、复杂的因果关系，构成情节。小说家往往借着情节的精心设计与巧妙安排，来牵引读者的情绪，让读者欲罢不能。

(3)隐身式的呈现。小说的作者一般不在故事中现身，即使小说里有自称“我”的人物出现。整个戏剧化的情节，透过不同的叙事视角来呈现。

①零聚焦叙述

零聚焦叙事的特点是无固定视角的全知叙事，叙事者讲述出来的比任何人物知道的都要多。这通常是从于故事无关的旁观者立场而进行的叙述。这种叙述者从头到尾做一个单纯的“故事目击者”，只是客观地冷静地叙说他眼睛所看到的经过，没有任何感觉和评价。

②内聚焦叙述

内聚焦叙述的特点是叙述者从人物自身的角度来进行叙事，他对事件的观察受到人物特定视角的限制，对事件的理解受制于人物的道德水平和知识能力，因而也不再是全知全能的了。这种叙述角度有两个特点：首先，这个人物的双重身份使这个角色比其他角色更“透明”、更易于理解。其次，他作为叙述者的视角受到了限制，不能叙述本角色之外的内容，

造成了叙述的主观性。

③外聚焦叙述

外聚焦叙述的特点是叙述者知道的比人物所知道的要少。他像一个不肯露面的局外人，仅仅向读者叙述人物的言语和行为，但不进入任何人物的意识，也根本不想对其所见所闻做任何解释。现代的小说家也采用这一叙述方式来增加叙述的真实性，从而对抗“全知全能”叙述的局限。

3. 谈谈你对叙事视角中全知视角的了解。［北京大学2017年研］

答：我对叙事视角中全知视角的了解如下：

（1）叙述视角，又称叙述聚焦，是指叙述作品中对故事内容进行观察和讲述的特定角度。同样的事件从不同的角度去看就可能呈现出不同的面貌，在不同的人看来也会有不同的意义。叙述视角中最常见的一种是全知视角。

（2）全知视角是在叙事性作品常用的叙述形式，一般以第三人称为主。采用第三人称叙事角时，作者是故事的局外人，因此又称非参与者的叙事角。其特点是作者本身并不在作品中露面，只是从局外人的角度去叙述作品中的人物活动和事件经过，使用的人称是“他”“她”或“他们”。这种叙事角又可分为“作者全知”“有限全知”和“客观作者”三种形式：

①作者全知叙事角，是从全知的角度讲述故事的。作者虽然同作品中的人物没有丝毫关系，但是他却亲自看到故事的全部，具有洞悉和通晓一切人和事的能力，甚至那些最隐秘的内心活动也知道得一清二楚。他叙述故事可以不受任何时间和空间的限制，发生在同一时间而不同地点，或同一地点而不同时间的事件，甚至纵横数万里，上下几千年的事件，他都可以表现。因此，这是一种最自由、最灵活，也是最常见的叙事方法。古今中外的大部分文学名著如《三国演义》《水浒传》《红楼梦》《子夜》《暴风骤雨》《战争与和平》《母亲》等，都是采用了这一叙事方法的。

②有限全知叙事角，又称选择性全知叙事角，是从故事中一个人物的角度去讲述故事。其特点是叙事者的感知被规定在某种范围之内，他不能同所有的人物保持相同的距离，而只能与其中的一个人物（通常是作品的主人公）比较接近，并从这个人物的角度去讲述故事。对于这个人物而言，他是全知的，他可以洞悉这个人物的一切，包括其内心隐私；但是对于其他人物，他则只能处于一种观察者的地位，从外部去表现他们；而读者对作品中事件和人物的了解，也只能通过观察者和一个人物的眼睛去观察。当然，作为观察者的作者同故事中的人物作为观察者是不同的。作者看到的更多，知道的更广，尽管他是从外部表现这些人物的，但就这些外部行动而言，他仍然是全知的作者。他可以同他的人物一起出现在任何地方，即使他不在场，他也能够知道那里发生了什么事情。但是一个故事中的人物作为叙述者，他必须出现在每一个场景之中，才能知道那里发生的一切，否则就必须由其他人物告诉他。由于作者只限于写一个人物的思想感情，所有事件和人物都是用同一标准去看待、去衡量的，所以，有限全知叙事角比全知叙事角显得更现实，更接近于实际生活，而且也更连贯、更有条理，更利于集中笔墨塑造主要人物形象。如鲁迅的《阿Q正传》、高晓声的《陈奂生上城》、小仲马的《茶花女》、契诃夫的《苦恼》等，基本上是采用这一叙事角的。

③客观作者叙事角，又称纯客观的观察点，是作者处于画面之外，像摄影机一样不动声色地记录下所见所闻。其特点是作者完全超然于物外，以纯客观的态度，从旁观者的角度来报道事件的发生、发展、经过。它是一种戏剧式的叙事法。作者让作品中的人物通过行动、语言、面部表情做自动表演，而作者本身则不过是剧场里忠实的戏剧记录员，记录着他所看

到、听到的一切。作品一般只限于描写人物的容貌、服饰、表情、语言、动作以及环境、景物等外在的事实，对所描写的一切不做主观的解释和评议，更不直接描写人物的内心活动。作者的任务是把人物的活动，事件的进展客观地呈现在读者面前，让读者自己去思考，去判断。用这一叙事角写作的小说，视觉形象真切，现场感觉强烈，同时可以加快故事的进程，使故事情节连续而不致被思想描述、内心独白或作者评论所隔断。如鲁迅的《示众》描写的是一个小偷被示众的场面，作者以极其冷峻的客观描写的手法"现场转播"各种旁观者的举动。这里没有一个人物是有名有姓的，一切都是依据小说叙述者客观地叙述出来，读者看到的只是尚未觉悟的群众精神麻木、相互之间漠不关心这一令人痛心的现象，使人感受到反动统治阶级长期以来加给劳动人民的政治压迫和思想毒害的罪恶，以及作者期望群众觉悟的心情。

(3)优势与缺陷

①优势

这种"全知全能"的叙述视角，很像古典小说中的说书人，只要叙述者想办到的事，没有办不到的。想听、想看、想走进人物内心、想知道任何时间、任何地点发生的任何事，都不难办到。因此，这种叙述视角最大最明显的优势在于，视野无限开阔，适合表现时空延展度大、矛盾复杂、人物众多的题材，叙事明晰，读者读起来觉得轻松，同时，便于全方位(内、外，正、侧，虚、实，动、静)地描述人物和事件，另外，可以在局部灵活地暂时改变、转移观察或叙述角度，这既增加了作品的可信性，又使叙事形态显出变化，从而强化其表现力。

②缺陷

这种"全知全能"的叙述视角，经常受到挑剔和怀疑的是叙事的真实可信性，即"全知性"。美国文艺理论家苏珊·朗格在其著作中就曾引述过别人的评价："一般的方法是这样：无所不知的作者不断地插入到故事中来，告诉读者知道的东西。这种过程的不真实性，往往破坏了故事的幻觉。除非作者本人的风度极为有趣，否则他的介入是不受欢迎的。"因为这里只有作者的一个声音，一切都是作者意识的体现。再者，这种叙事形态大体是封闭的，结构比较呆板，时空基本按照自然时序延伸扩展或改变，缺少腾挪跌宕；加之是"全知"的叙事，留给读者的再创造的余地十分有限，迫使他们被动地跟着叙事跑，这显然也不符合现代人的口味。

4．叙事作品中人物的二重性。［中央财经大学 2017 年研］

答：叙事作品中的人物是事件、情节发生的动因，但在不同作品中，人物和情节的关系不尽相同：在许多现实主义作品中，人物是艺术表现的中心，情节则是展现人物性格的手段；而在有些情节小说中情节成为中心，人物不过是为了构造情节而设置的。因此，研究者指出，人物同时具有"角色"和"行动元"二重特性。

(1)角色

角色始于人物的功能。"功能可被理解为人物的行动，其界定需视其在行为过程中的意义而定"(普罗普)。人物的功能取决于他在故事中的地位，人物功能的着眼点不在人物孤立的行动和行动方式上，而是在人物的某一行动与整个故事的关系上，在人物行动对故事所产生的意义和作用上。如普罗普将俄罗斯民间故事中的功能归纳为三十一种，将人物概括为七种"行动范围"：①对头；②施予者(捐献者)；③助手；④被寻找者和她父亲；⑤送信者；⑥主人公；⑦假主人公。

(2)行动元

行动元是现代叙事学对人物角色性质的一种认识，即把人物角色视为推动或阻碍故事情节发展的一个行动单位或行动元素。在众多的叙事作品中，尽管人物的姓名、身份、性格差别很大，但只要他们在故事发展中的作用类似，他们就是同一类行动元。如格雷玛斯在普罗普人物功能划分的基础上，区分出叙事作品的三对行动元，即主体/客体，授者/受者，助手/敌手。三对“行动元”的提出，使人物的角色功能更明朗化。

(3)两者的关系

角色和行动元虽然联系紧密，但两者之间的界限也是存在的。

①两者是属于不同层面的概念，“行动元属于叙述语法，而角色只有在各个具体话语里表达出来时才能辨认”。就是说，行动元不能单独存在，必须放在整个故事中加以考察才有意义，因为叙述语法的各个成分都只能是整体的一部分，失去了整体，也就谈不上各个成分；角色虽然也注意到人物在故事中的地位，但对人物在“具体话语”中的表现比较重视，对人物自身的一些性格特征还是比较关注的。

②两者之间存在一种“双重关系”：一方面，“一个行动元在话语中能由几个角色表现出来”；另一方面，“一个角色可以是几个行动元的结合”。如《西游记》中的许多妖魔，在具体话语中，是不同的角色，但在整个《西游记》故事的“叙述语法”中，他们又属于同一个行动元，即取经路上的“敌手”；猪八戒在《西游记》中只是一个角色，但他一开始是取经路上的“敌手”，后来又成为“助手”，是两个行动元的结合。

第12章 抒情性作品

12.1 复习笔记

一、抒情界定

(一)抒情与抒情性作品

1. 抒情与叙事的区别

(1)抒情就是通过话语释放情感；叙事就是通过话语来演绎故事。

(2)抒情侧重于表现主观情感；叙事侧重于表现客观世界。

2. 抒情性作品

(1)抒情性作品是指以表现作家个人情感为主，偏重审美情感价值的作品。

(2)抒情文学的种类很多，其中最典型的形态当数抒情诗，其次是抒情散文，此外，西方诗剧和中国古典戏曲中也会穿插的大量抒情性的诗词。

(二)抒情与现实

1. 抒情与现实的关系

(1)情感产生于人与客观世界的联系之中，来自人对现实生活的体验与评价。所以，如果没有了客观生活本身，自然也就没有了情感。

(2)抒情所表现出来的赞美、歌颂、向往、同情、憎恶等情感倾向，都不同程度地含有主体对现实的评价和判断。

2. 抒情的反映方式

抒情是一种特殊的反映方式。

(1)情感是一个人内心心理过程，抒情侧重反映人类的精神世界。

(2)抒情对客观世界的反映具有主观性。情感是一种特殊的主观反映，其发生过程实际上是人脑对于事物价值特性的刺激与感受的生理过程。

(3)抒情对客观世界的反映具有评价性。作为一种主观态度，在喜怒哀乐等诸多情感体验中，必定隐含着主体对客观事物主观评价的成分。

3. 文学抒情的特点

(1)在抒情过程中抒情者就有广阔的心灵自由度，甚至作为抒情客体的客观生活往往要服从于主体情感抒发的需要，所谓“情为主，景是客”(李渔)。

(2)但从根本上说，这种心灵自由度还是会受到客观生活的制约。

(三)抒情中的自我与社会

1. 抒情中的自我

与偏重客观再现的叙事相比，抒情更具有主体性的自我色彩，更少受到客体的客观制约，能够超越时间、空间等客观规律的限定，精骛八极，心游万仞。

2. 抒情中自我与社会的关系

(1)抒情主体的个性是在特定的社会关系和文化传统基础上形成的，包含了丰富的生活经验和精神素养，因此，他的自我表现也包含着普遍的社会内涵。

(2)抒情是一种社会交流，一方面抒情主体的自我表现会对他人发生影响，另一方面社会成员的某些观念意识、接受习惯和理解能力等，也会对抒情主体的创作产生影响，给作品打上社会性烙印。

(3)抒情主体与社会的联系最突出地体现为与一定社会意识形态的联系。虽然抒情不是说教，但是抒情主体总是在情感反映和评价中或维护、加强或反抗、削弱特定的经济基础和上层建筑，从属于某种意识形态。因此，伟大的抒情诗人总是深切地关心人类命运和社会发展，总是把自我与人类对真、善、美的追求统一起来。

(四)抒情与宣泄

文学抒情区别于普通情感宣泄的主要特征：抒情文学固然主要是抒发情感，但这种情感应该是一种艺术情感，它与日常情感有着本质的差异。日常情感可以没有节制，可以大哭大笑，大吵大闹，甚至可以是一种歇斯底里式的宣泄；艺术情感则必须受到理性的约束，情感的表达必须符合艺术的要求。

二、抒情性作品的构成

(一)抒情内容与抒情话语

1. 抒情内容与抒情话语的直接融合

(1)抒情内容的含义

抒情内容是抒情主体基于现实生活的情感反映和价值判断。它往往是一种体验、感悟或心境，具有无法用普通话语来充分表达的“不可言传”性。抒情内容的这种朦胧性、含混性导致了它对抒情话语形式的直接依赖。

(2)抒情话语的含义

①叙事文学讲究故事通过何种话语来加以表现，抒情文学则更重视话语的表现形式，因为所抒发的情感是作家内心的东西，同一种情感在不同作家的笔下会有不同的表现，这种不同就反映在话语的不同形式上。

②抒情话语是一种表现性话语。它能象征性地表现情感，用声意和画面的组织形式来体现难以言传的抒情内容；抒情主体把抒情内容直接投射和转化在抒情话语之中，达到两者的融合。

(3)抒情内容和抒情话语的关系

抒情话语和抒情内容两者之间相互融合，不可分离。抒情内容通过抒情话语的声音与画面形象的各种组织形式得以投射、转化。

2. 普通话语与抒情话语

普通话语和抒情话语的根本差异是：

(1)普通话语突出通讯功能，抒情话语突出表现功能。

(2)抒情话语突出了直接呈示情感运动形式的功能，具体表现为强调话语声音层和画面层的情感象征功能。为了强调语言的表现功能，抒情诗人常常要对普通话语系统进行改造，甚至打破语言常规，创造出极富表现力的抒情话语，一方面使语言更加精练，另一方面使语义趋于复杂和陌生化，以直接表现新鲜的情感经验。抒情话语的复杂化和陌生化不是文字游戏，而是为了达到新奇的审美效果。

(二)抒情性作品的结构

抒情诗的节奏是一个由声音、画面和情感运动的内在律多层组合的运动组织，通过听觉和视觉的节奏给情感节奏赋予外形，将它有力地表现出来。三要素的关系如下：

1. 声与情

(1)诗与乐

①诗与乐的联系

a. 从艺术起源的角度说，诗与乐有着悠久的同源关系。

b. 从艺术种类的关系上说，抒情诗是最接近音乐的文学体裁，它主要是指情调通过音调、情感运动形式，通过音响节奏象征性地表现出来。

②诗与乐的不同

a. 抒情话语的语音现象不同于音乐的音响组织。

b. 抒情话语是由词构成的，词有声和义。

(2)音调、格律与节奏

①音调是由字音变化而有序的组合形成的，它既可以产生优美的音响效果，而且还能象征性地传达感受，加强词语的抒情效果。

②格律是抒情话语的声调组合规范，其基本原则是寓变化于整齐之中。

③节奏是抒情性作品的重要表现手段，它是有规律的、连续进行的完整运动形式。

【知识点引申】

韦勒克认为，一首诗每诵读一次就要比原诗多一些东西：每一次表演都包含了一些这首诗以外的因素，发音方面独特的气质、音高、速度、轻重音的安排，这些因素要么是由诵读者的个性决定的，要么表明了他对这首诗解释的方式。况且，诗的诵读不仅给诗添加了个人的因素，而且还往往代表了对诗中暗含的各种成分——声音的高低、诵读的快慢、重音的安排和强度——的选择。

(3)声情并茂

抒情作品一般运用音调、格律、节奏等语言学层面的技术来追求外在形式的音乐美；通过抒情者自我心理体验过程中情绪的流动来组织内在的情感韵律。当这种内在的韵律与外在的语言韵律完美结合时，就达到了声情并茂。

2. 景与情

(1)诗与画

①诗画相通

a. 中国有“诗中有画，画中有诗”(宋代文豪苏轼)的说法；西方有“画是一种无声的诗，诗是一种有声的画”(古希腊诗人西摩尼德斯)的说法。

b. 说诗画相通，是基于这两种艺术类型都是作者抒发自我情感的手段，尤其是画与诗中所表现的意境具有一定程度的相似性。

②中国的诗与画的差异

a. 诗能表现无限大的时空，画只能表现最小限度的时空，诗有着画无法比拟的自由度。

b. 诗可以表现听觉、触觉、嗅觉、感觉等内容，画只能表现视觉的内容。

c. 诗以语言为载体，画以线条、色彩为载体。

d. 诗是间接艺术，需要读者自己在头脑中想象表现对象；画是直观造型艺术，观者直接通过眼睛看到表现对象。

总之，两种表现形式各有所长，亦有所短。

(2)情景关系

中国古典抒情诗追求一种意境美，而情和景是意境构成的基本元素。在意境中，情和景是在相互交融中不断生成的同一体，“情无景不生，景无情不发”。诗人只有将主体情思与对象形态相交相感，把抽象的情思化为生动的形象，把“情语”变为“景语”才能达到“情不虚情，情皆可景，景非滞景，景总含情”的境界。

(3)情景交融

抒情作品中的抒情主体(人)对抒情客体(景)进行裁剪、提炼，并使抒情客体(景)成为浸染了抒情主体(人)的情感意志的审美对象，主客体各自向对方渗透和转化，最终水乳交融而生成具有新质的统一体，即“景”与“情”的统一体，也是客观与主观、自然与人生、知识与情感的统一体，这个统一体也便具有了能够诱发和开拓读者想象的审美功能。这个过程就是情景交融。

三、抒情方式

(一)抒情手法

中西抒情文学在创作实践中形成了各具特色的抒情手法。

1. 西方抒情文学的手法

自17世纪以来，西方抒情文学占主导地位的手法按历史顺序大体上可概括为沉思、直抒胸臆和客观对应。

(1)沉思

沉思可以说是古典主义的抒情原则。古典主义以法国的布瓦洛为代表。他对情感给予相当的注意，同时也明确要求这种情感不能毫无约束，而应该受到理性的控制，理性在布瓦洛眼中比情感重要得多，他从“义理”出发，认为诗人应该学会沉思，沉思才能获得理性，而理性又是古典主义的基本要求，因此，沉思可以说是古典主义诗歌的基本手法，当然，也是抒情诗的基本手法。

(2)直抒胸臆

直抒胸臆是浪漫主义诗歌的抒情原则。华兹华斯在其浪漫主义宣言《抒情歌谣集·序言》中指出“诗是强烈情感的自然流露”，并认为诗人与常人的不同之处就在于诗人有强烈的情感并能找到较好的题材将这种情感表达出来。好的题材能更易激起诗人心中的情感，也方便借助它而直接抒发出来。无论是从诗人的情感出发，还是从诗歌的题材出发，华兹华斯都注意到抒情诗直抒胸臆的特点。

(3)客观对应

“客观对应”是现代主义诗人艾略特提出的理论，他指出：“用艺术形式表现感情的唯一方法是寻找一个‘客观对应物’。”客观对应的基础波德莱尔在《感应》中提出的“感应论”，即外部世界和人的精神世界之间，有一种内在的感应关系。诗人的任务就是去发现这种神秘的感应关系，并加以表现，而要表现这种关系，诗人就要寻找“客观对应物”，用此物来指代彼物，用一种感觉来指代另一种感觉，用自然界的事物来指代“精神和感官的热狂”。

2. 中国抒情文学的手法

赋、比、兴是中国抒情诗的主要表现手法。赋、比、兴首先见于《毛诗序》，是对《诗经》表现手法的总结。后来的钟嵘、朱熹等人对这些概念做了具体的阐述。

(1)赋

钟嵘在《诗品·序》中说：“直书其事，寓言写物，赋也。”指出赋具有“直书其事”和“寓言写物”的特点。“直书其事”可以理解为对“事”的直接叙述；“寓言写物”是说在对物的描写中寄托着诗人的主观情思。朱熹认为，赋是“敷陈其事而直言之也”，“敷陈”即铺叙，有点类似于今天排比这种修辞手法。铺叙可以一气贯注、加强语势，还可以渲染某种环境、气氛和情绪，抒情诗正是在铺叙中将某种感情直接诉说出来。

(2)比

钟嵘将其解释为“因物喻志”，即通过对事物的描写或说明来表达某种志向或情感。在朱熹看来，比是“以此物比彼物也”，这就类似今天的类比这种修辞手法。当然，拿来做类比的“此物”和“彼物”之间需要在某一方面存在内在的联系，否则两者就难以沟通。

(3)兴

钟嵘将其解释为“文已尽而意有余”，指出诗歌中存在的悠悠不尽的韵味是由于“兴”的缘故。朱熹认为兴是“先言他物以引起所咏之词也”，“兴”可以激发读者的想象，增强诗歌的了意蕴，也有利于诗人情感的抒发。

总的来说，一般的抒情诗中，或多或少都可以找到赋、比、兴的影子；而且，赋、比、兴在某一首诗歌中可以同时存在，如果能合理运用这三种手法，可以使诗境达到极致。

(二)抒情主体与抒情主人公

1. 含义

(1)抒情主体即作品的作者。

(2)抒情主人公是指作品中抒情主体(即作者)为表现情感所借助的抒情角色。抒情主体在抒情性作品中表达情感时需要通过不同的抒情角色来实现。为抒情的需要，抒情主人公常以不同的形式出现。

2. 类型

常见的抒情角色有：第一人称的抒情方式和代言的抒情方式。

(1)第一人称的抒情方式

①含义

第一人称的抒情是指抒情主体直接表现自己内心活动的一种抒情方式。在这类抒情性作品中，“我”就是作者自我。

②分类

可分为直接抒情和间接抒情。

a. 直接抒情，又称直抒胸臆，是指作者运用语言直接地传达内心情绪感受的抒情方式；直接抒情的特点是真切、诚挚、明晰、感人，适宜于表达强烈而明确的主观情感；由于语言本身不能与感情完全对应，因此直接抒情在表现感情的细腻与丰富方面存在一定局限。

b. 间接抒情，是指作者借助对客观物象的描写来完成情感抒发的抒情方式，可以是借景抒情或托物言志等；间接抒情时作者将内心的情绪感受移注、投射、渗透到特定的物象之中，使客观物象主观化，实现物我合一；间接抒情的特点是委婉含蓄、曲折隐约，虽不直接指明，却往往能将复杂、微妙的情绪感受表现得更加完满，更加深入，更加充分。

(2)代言的抒情方式

①含义

代言的抒情是指抒情主体借作品中的人物间接表现自己内心活动的一种抒情方式。在这类抒情性作品中，作者作为代言人，以作品人物的口吻来抒情。

②分类

可分为为他人代言和借他人之口来抒发作者的思想感情。

③作用

a. 代言的抒情方式使作品的情感有着双重性，表层是抒情主人公的情感层，深层是抒情主体的情感层。

b. 无论作品中的抒情主人公以什么身份和方式出现，都只是作者借以抒情的某个角色，不能简单地、绝对化地将之与现实世界中的作者本人画上等号。

『名家名论』

艺术品是将情感(指广义的情感，亦即人所能感受到的一切)呈现出来供人观赏的，是由情感转化成的可见的形式。……艺术形式与我们的感觉、理智和情感生活所具有的动态形式是同构的形式。

——苏珊·朗格：《艺术问题》

艺术的目的是传达对事物的直接经验，就好像那是看到的而不是认识到的；艺术技巧在于使事物变得陌生，在于以复杂化的形式增加感知的困难，延长感知的过程，因为艺术中感知过程本身就是目的，必须予以延长。

——什克洛夫斯基：《艺术作为手法》

《庄子》曰："真者，精诚之至也。不精不诚，不能动人。"……诚身修辞，非有二道。试观杜公，凡赠寄之作，无不情真意挚，至今读之，犹为感动。无他，诚焉耳。

——方东树

12.2 课后习题详解

1. 文学抒情与叙事有哪些主要区别?

答：参见本章复习笔记。

2. 抒情话语主要通过哪些方式来突出语言的表现功能？试举例说明。

答：抒情话语突出语言的表现功能的主要方式有：

(1)通过强调抒情话语的声音层的象征功能

作为一种通信系统，普通话语几乎不考虑词句组合而形成的音响关系，但是在抒情话语中声音层被显现了出来，造成一种高低、快慢、长短有规律的音响组织形式，具有了音乐性。以最接近音乐的文学体裁的抒情诗为例，情调通过音调、情感运动形式通过音响节奏象征性地表现出来。字音变化组合形成的音调，可以产生优美的音响效果，象征性地传达感受，加强词语的抒情效果。格律、节奏等表现手段，通过听觉和视觉的节奏给情感节奏赋予外形，组合成优美的音响形式，并且与情调、情感运动形式融合一致，造就声情并茂。

例如，李清照的《声声慢》："寻寻觅觅，冷冷清清，凄凄惨惨戚戚。"该词首句使用叠字的方式，具有音乐的节奏，抒发出作者孤独落寞、悲凉愁苦的心绪。

(2)通过强调抒情话语的画面层的象征功能

在普通的话语系统中，由词义诉诸想象而产生的视觉形象是客观事物的实在色彩和形状，在抒情话语中，画面不仅再现了事物的外表，而且转化为一种主观的、感受之中的色彩和形状，直接象征性地表现了感受过程。所谓诗中有画，画中有诗，诗中之景不是自然景物，而是由抒情话语组织和表现出来的，被赋予了情感内涵的画面。诗中之情也不是空洞和概念之物，而是由景象征性地表现出来的具体情感过程，从而达到情景相生、情景交融的意境。有时抒情主体为了达到主观感受的真实，赋予景物浓烈的主观色彩，创造出某种"幻景"，以达到写景的逼真和抒情的真诚。

例如，岑参的《白雪歌送武判官归京》："忽如一夜春风来，千树万树梨花开。"该句把塞外大雪喻为春日梨花，喻体与喻体既有具体的物态上的相似性，又让人耳目一新，显示出诗人赞叹惊喜、喜悦的情绪，以及豪爽豁达的襟怀。

(3)通过改造既有的语言规范创造陌生化效果

为了强调语言的表现功能，抒情诗人常常要对普通话语系统进行改造，甚至打破既有的语言规范，创造出极富有表现性的语言，用能够表现复杂意义的陌生化的话语形式，来传达直接的、新鲜的审美经验。作者往往通过改变词语的词性、改变言语组合法则等抒情话语表现形式使语言更加新奇、形象、生动、鲜明、精炼，以此传达出作者真切的审美情趣。

例如，王安石的《泊船瓜洲》："春风又绿江南岸"，其中的"绿"字，由形容词变为动词，虽然不符合一般的语言规范，但这一改动丰富了它的表现力。

3. 为什么说"一切景语皆情语"？

答：说"一切景语皆情语"是因为：

(1)情与景是中国传统诗学中的一对重要概念。景语，即文学作品中作家、诗人用以写景、状物的言语。情语，即抒情作品中作家、诗人用以抒发感情的言语。

(2)在抒情作品中，作家、诗人注重主观心志的抒发，主体精神气质往往会投射在客体景物上，借景以抒情。因此可以说，抒情作品中的外物的再现，是从属于主体内在精神的表现的，是为主体表现服务的，用王国维的话来说，就是"一切景语皆情语"。从某种意义上说，作家、诗人所写景物，已不是客观事物本身，而是通过作家、诗人感情观照的，展现了主体内在情感，渗透着作家、诗人审美理想的艺术世界。在表现情感的方式上，也不能如现实生活中以表示情感意义的词句来传达，这在文学中是没有什么审美价值的，而往往要借助客观事物来表达情感，这类似中国古代的"比""兴"手法，这样就更富于文学的韵味，也更具有审美的价值。

(3)抒情作品往往以创造意境为最高审美追求，情与景，是意境构成的基本要素；情景交融，是艺术意境的表现形态。作家、诗人只有将主体情思与对象形态相交相感，把抽象的情思化为生动的形象，把"情语"变为"景语"才能达到"情不虚情，情皆可景，景非滞景，景总含情"的境界。因此，景与情，情与景，两者相辅相成，不可分离。情与景的关系是相互生发、相互包容的关系。王夫之说："情景名为二，而实不可离，神于诗者，妙合无垠，巧者则有情中景，景中情者。""景中生情，情中含景，故曰，景者情之景，情者景之情也。"这些话很好地说明了情与景的辩证关系。

(4)在抒情作品中，情和景是在相互交融中不断生成的同一体，"情无景不生，景无情不发"。只有主体与客体、情思与形象相互交融，才能化静景为活景，化实景为虚境，相互生发，形成意境。情景交融，在意境的创造中有各种表现形态：①情随景生，即诗人本无自觉的情思意念，偶尔为生活中某一物境所触发，忽有所悟，于是借对物境的描述，把自己的情思表达出来，达到情与景的交融。例如，孟浩然的《秋登兰山寄张五》："相望始登高，心随雁飞天，愁因薄暮起，兴是清秋发。"诗人的愁、兴等内在情思是因所面对的客观景物所触发而引起的；②移情入景，即诗人带着强烈的感情接触到类似的物境，便把这种情感完全注入客观事物之中，"以我观物"，通过对客观物境的描绘抒发出情感来，使客观之境着上我之色彩，形成"有我之境"；③融情入景，即将主观自我完全融入客观物境之中，直接将物当作人来写，赋予其以人的性情，达到物我不分的境界，形成"无我之境"。

12.3 考研真题详解

一、名词解释

隐喻[首都师范大学2010年研]

答：隐喻是一种比喻，即用一种事物暗喻另一种事物。它是从希腊词语中借来的，原意是“用其他的方式言说”，后来逐渐发展成一种修辞手法。隐喻是在彼类事物的暗示之下感知、体验、想象、理解、谈论此类事物的心理行为、语言行为和文化行为。诗歌特别是现代以来的诗歌，在词句搭配方面有重要特点，喜欢突破词句之间的习惯联系，把一些似乎毫无关联的事物联系到一起，把相互之间似乎缺乏联系的词句结合在一起，新批评家一般也称其为隐喻。

二、简答题

1. 试举作品为例说明抒情修辞方式“比喻”与“象征”的特点和两者的区别。[首都师范大学2012年研]

答：抒情话语的修辞方式是指抒情作者在抒情写意时的用语方法。抒情话语的修辞方式很多，比喻与象征是其中的两种。

(1)比喻的特点

比喻，是借他物来表现此物的一种抒情话语形式，它可以把抽象化为形象，从而将诗人理念化的哲理感悟或抽象化的情感感悟形象化地传达出来。这样，比喻就成了化虚为实的一种重要的抒情手段。曹植的《释愁文》写道：“愁之为物，惟惚惟恍。不招自来，推之弗往。寻之不知其际，握之不盈一掌。寂寂长夜，或群或党。去来无方，乱我精爽。”这里，他把“愁”比成了某种莫名其妙的东西，可“推”，可“握”，能来能去，能多能少，从而将“愁”物质化、形象化了。这样的例子很多，如庾信诗“谁知一寸心，乃有万斛愁”，“愁”可以量；李清照词“只恐双溪舴艋舟，载不动许多愁”，“愁”可以载；李后主词“剪不断，理还乱，是离愁”，“愁”可以剪。以上均是将对物的感觉用来比喻心中对愁的感觉，从而将“愁”物化、具体化、形象化。也有以自然之物直接喻“愁”而将其形象化的，如李后主的“问君能有几多愁，恰似一江春水向东流”；尤为新奇精妙的当属贺铸词中“试问闲愁知几许，一川烟草，满城风絮，梅子黄时雨”句。当代诗中，余光中的《乡愁》亦为精品。“乡愁”，本为一种摸不着、看不到的抽象情绪，诗人却巧妙地运用比喻的手法，忽而把它化作“小小的邮票”，忽而把它化作“窄窄的船票”，忽而又将其大胆化作“矮矮的坟墓”，最后“乡愁”竟成了“一湾浅浅的海峡”，以此形象地表达出那复杂的眷眷思念之情、恋恋不舍之意、拳拳孝子之心，最后将强烈的思乡情绪推到极点，使作品产生出了迷人的艺术魅力。

(2)象征的特点

象征，是以具体事物或形象间接表现思想感情的一种抒情话语形式。“这一术语较为确当的含义应该是，甲事物暗示了乙事物，但甲事物本身作为一种表现手段，也要求给以充分注意。”即作品中的象征是用具体的形象或形象体系，来暗示性地意指这一形象或形象体系之外的事物或对象，它不仅表现自身所代表的事物的性质、意义，同时又能表现一种深远的思想感情或抽象意义。而在这一类抒情性作品的解读中，我们首先必须关注文本表层的形象解读，然后再由表层进入深层象征意蕴的体味与寻索。象征这种抒情话语方式使抒情性作品语言更加凝练而情感内涵更加丰富含蓄，从而给读者带来更加广阔的审美想象空间，在审美体验中收到绵长而深远的艺术效果。如“夕阳无限好，只是近黄昏”，“明月松间照，清泉石上流”等诗句，都以其强烈的暗示性，成为典型的象征性话语。我国古代抒情性作品中这种象征性的抒情话语非常多，尤以山水田园诗为甚。在西方，进入20世纪，特别是象征主义诗歌流派兴起之后，作为一种表情形态的象征更是备受推崇。在波德莱尔、艾略特等象征派大师那里，象征成为一种用有声有色的鲜明物象来暗示心灵世界的诗学原则。这“有声有色的鲜明物象”即为象征本体，正是通过它暗示着心灵世界，传达着某种普遍性的情感意义。如周敦颐笔下的“莲”，茅盾笔下的“白杨”，柯罗连科的“火光”，贾平凹的“丑石”，以至于波德莱尔加在我们每个人背上的“怪兽”，等等。

(3)比喻与象征的区别

①两者的本体不一样

象征往往以某一具体的事物表现一个相似或相近的抽象事物，如概念、思想和感情等，而且是绝不停留在某一具体事物上，比喻的喻体和本体则往往都是具体的事物。杨朔先生的散文《茶花赋》中，红艳艳的“童子面茶花”象征的是伟大祖国欣欣向荣的未来美景，就是用具体的“童子面茶花”象征了抽象的“未来美景”。总而言之象征的本体往往是抽象的——即便本体是具体的，也不会停止在一事一物上，而是有着深广的内涵，这一点与比喻不同。例如，高尔基的《海燕》就是以海燕象征无产阶级革命战士，而且正是这一“战士”的光辉形象展现了1905年俄国无产阶级革命运动前夕风起云涌、波澜壮阔的宏大图景和无产阶级革命战士的无私无畏。

②两者出现在文本中的位置不一样

象征往往是通过某一具体事物表达某一种概念、思想和感情，一般贯穿在某一句群、段落甚至是整篇文章中，含蓄而深沉；比喻则是打比方，仅仅是为了使要说明的事物更加鲜明生动，一般只局限在某一具体的句子中。

例如，茅盾的《风景谈》结尾处整个段落都是象征。此外，高尔基的《海燕》、陶铸的《松树的风格》、茅盾的《白杨礼赞》等，更是象征贯通全文。

③象征体与喻体的地位不一样

象征中的象征体一般都是作为重点事物来写的，如《白杨礼赞》就是重点写白杨，《海燕》就是重点写海燕，《松树的风格》就是重点写松树，比喻中的喻体则会明显地显示出它的“借助性”，往往是一完成使命即消逝，不像象征中的象征体那样能给读者留下它就是“主人”的假象。

值得注意的是，一方面比喻与象征是合二为一的，既可以看作是比喻，又可以当作是象征。例如，毛泽东的《卜算子·咏梅》就既可以当作比喻也可看作象征。另一方面一个比喻因为经常出现且被反复运用因此也就变成了象征。比喻讲究创新，王尔德就说过“第一个把女人比作花的是天才，第二个把女人比作花的是庸才，第三个把女人比作花的是蠢才”。象征也需要创新，但有一种特殊情况，那就是“一个‘意象’可以被转换成一个隐喻一次，但如果它作为呈现与再现不断重复，那就变成了一个象征，甚至是一个象征(或者神话)系统的一部分”。我国古代将竹、梅、兰、菊称为“四君子”就是因比喻的反复运用而变成了象征，月亮等意象也是这样。这类象征体现了民族文化的积淀，而且是反复出现的频率越高，越能体现民族文化的深厚底蕴。所以，面对这些特殊情况时应该特殊对待，做好具体分析。

2. 抒情话语主要通过哪些方式来突出语言的表现功能？［中国传媒大学2015年研］

答：抒情性作品所表现的是抒情主体面对客体自然与社会时，于内心中生发出来的某种特定的情感过程，它往往是一种体验、一种感悟、一种心境，它既是稍纵即逝的，又是复杂微妙的，因而常常是只可意会而不可言传的。抒情内容的这种抽象性和不可言喻性自然给艺术传达带来了困难。抒情性作品正是通过一种特殊的、表现功能极强的话语组织形式来表现这种情感内容的，而读者自然也要依靠这种独特的抒情话语去把握作品的抒情内容。为加强抒情话语的表现功能，抒情作者形成了一套不同于普通话语的用语方式，中国古代文论称之为“诗家语”。所谓“诗家语”，它一方面追求“言简意丰”“语少意足”，另一方面也追求抒情话语形式上的形象化和新颖化，以便给读者带来更多的情感体验与审美享受。

常见的抒情话语方式有比喻与象征、夸张与对比、悖论与反讽、反复与对偶等方式。

(1)比喻与象征

①比喻

比喻，是借他物来表现此物的一种抒情话语形式，它可以把抽象化为形象，从而将诗人理念化的哲理感悟或抽象化的情感感悟形象化地传达出来。这样，比喻就成了化虚为实的一种重要的抒情手段。

②象征的特点

象征，是以具体事物或形象间接表现思想感情的一种抒情话语形式。“这一术语较为确当的含义应该是，甲事物暗示了乙事物，但甲事物本身作为一种表现手段，也要求给以充分注意。”即作品中的象征是用具体的形象或形象体系，来暗示性地意指这一形象或形象体系之外的事物或对象，它不仅表现自身所代表的事物的性质、意义，同时又能表现一种深远的思想感情或抽象意义。

总的来说，比喻和象征的表达效果形象而又含蓄，并以此开拓出更为广阔的审美想象空间，诱发读者进行更加丰富的情感体验和理性思考，从而获得更多的审美享受。

(2)夸张与对比

①夸张，是运用想象与变形，夸大事物的某些特征，从而表达情感的一种抒情话语形式。夸张，往往是在“精言不能追其极”的情况下所采取的“壮言可以喻其真”的艺术手段，表达的是一种本质的、心理层面的真实。

②对比，是把感觉特征或寓意上相反的词句组合在一起，形成对照，以强化语言表现力的一种抒情话语形式。对比建立在人类思维中的对比联想的基础上。作为抒情话语，对比主要不体现在形式上，而重在内容，只要在事物情理上形成强烈的对比，便能引起对比联想，突出所要表现的对象，产生艺术感染力。

总的来说，作为抒情话语形式，夸张与对比在抒情过程中都起到了准确表达并强化情感内容的作用。借助于形成夸张与对比的文学形象，情感内容的传达既含蓄又强烈，审美空间得以拓展，艺术感染力大大加强。

(3)悖论与反讽

①悖论，是指矛盾着的两个方面同时出现在语句中，致使表面上自相矛盾，却在更高的真实层面上表达出情感的复杂状态的一种抒情话语形式。

②反讽，是指所表示的某些情感与评价往往与实际上暗含的情感与评价截然相反。它一般为强烈的义愤与严肃思考的产物。

总的来说，悖论与反讽，作为抒情话语方式，能充分表达人们精神生活中的多重心理内涵、极其复杂甚至矛盾的人生体验与感悟。反讽还能使思想情感的表达更鲜明，更具战斗力。

(4)反复与对偶

①反复，是指为突出某个意思，强调某种感情，特意重复某个词、短语、句子或某种句式。

②对偶，是指结构相同或基本相同、字数相等、意义上密切相连的两个短语或句子，对称地排列而形成的一种独特的表情话语形式。在所有的抒情话语形式中，对偶最具民族特色。

总的来说，反复与对偶，这两种颇具民族特色的抒情话语形式都与抒情语言的音乐性有关，它们的使用，使抒情性作品中情感的抒发更加充分、更具音乐美。

第13章　文学风格

13.1　复习笔记

一、风格的诸种观念和思路

(一)独特的言语形式

1. 观念

“风格”一词源于希腊，表示组成文字的一种特定方法，或以文字装饰思想的一种特定方式。在西方，该词有着修辞、笔调、文风、文体多种相近的含义。如果从作品的外在形式所呈现的特色来理解风格，那么风格就表现为一种言语形式。

2. 思路

(1)在东方，14世纪印度的毗首那他认为，风格只是连缀词句的特殊形式(《文镜》)，反对8世纪伐摩那的“风格是诗的灵魂”(《诗庄严经》)的说法。

(2)在西方，亚里士多德认为，修辞的高明就是风格。他在《修辞学》一书中，详细讨论了体现风格的语言表达问题，如妥帖恰当、节奏、隐喻等，在《诗学》中，他同样只从修辞学的意义上探讨悲剧的风格。

(二)创作个性的自然流露

1. 观念

风格既有一定的时代性、民族性和阶级性，更有艺术家个人与众不同的独特性。

2. 思路

法国启蒙思想家、文学家布封称“风格即人”，风格既不能脱离作品，又不能转借，也不能转换，“文章的风格，它仅仅是作者放在他的思想里的层次和调度”，是艺术家个人的印记和标志。

(三)主体与对象相契合的特色

1. 观念

主体内在依据和篇章修辞之外的角度，即强调风格是主体与对象相契合时呈现出来的特色。

2. 思路

风格必须从审美主体与审美对象的对应性的角度，或者说主体契合对象的程度上去理解。

(四)读者辨认出的格调

1. 观念

这是从读者鉴赏的角度来理解风格，认为作品的风格是读者经反复玩味后可以辨认的一种格调。

2. 思路

风格说到底是创作主体、作品及审美者三方面的对话产物，它存在于主体要素和客体要素高度交融所形成的整体风貌中。

二、风格的定义和内涵

（一）文学风格的定义

文学风格是文学作品中体现了作家的创作个性和凝结了时代、民族、地域等外部因素的艺术独创性和审美特征。创作个性是风格形成的内在根据，言语组织方式和文体特色是风格呈现的外部特征，主体与对象、内容与形式的统一是风格存在的基本条件。

（二）创作个性是内在根据

1. 风格与创作个性

（1）风格是作家创作个性的独特标志，风格从内在的本质来说是作家创作个性的体现，作家创作个性形成的基础则是作家本人的个性。

（2）作家先天的个性心理，如气质、天分、才气和在后天建立的世界观、人生观、价值观，以及作家独特的生活经历、情感体验、艺术熏陶等共同影响着作家创作个性的形成。

（3）创作个性只是构成文学风格的潜在因素，文学风格总是要通过语言、文体等形式因素表现出来；同时，文学风格还与时代精神、民族传统、地域特色等外部因素密切相关。

2. 创作个性转化为文学风格

（1）文学创作是一种个人化的活动，作家创作的作品必然带上他个人的主观色彩，就是说，每个作家所处的生活环境、生活经历、精神气质、文化素养、审美意识、兴趣爱好、创作才华等都是不同的，作家的这些不同个性因素在文学创作过程中自然地流露出来，就形成创作个性。

（2）创作个性使不同的作家在处理题材、表达主题、描绘形象以及语言运用等方面都各有特色。

（3）经过长期的创作实践，这些特色在作品的内容和形式上的具体表现就会相对固定，从而形成较为稳定的风格，即作家的风格。

（三）言语组织方式和文体特色

1. 言语组织方式

在形式诸要素中，风格在语言上的表现最为突出和鲜明。优秀的作家都是语言大师，他们以其独特的语言运用（基调、色彩、气势与节奏）显示着自己的风格追求，因此读者常常凭着作品的语言特色，就可以区别出是谁的作品。鲁迅的语言凝练、深刻、冷峻，巴金的语言热烈、明快、充满青春的激情（前期），老舍的语言温婉、幽默、富有北京地方色彩，赵树理的语言质朴、诙谐、带着泥土的气息，等等。

2. 文体特色

文体的三个层次：

（1）体裁

体裁是风格的基础，不同的体裁要求与之相应的风格，选择特定的体裁也就规定了相应的风格。

（2）语体

语体是指作家在各种社会活动领域，针对不同对象、不同环境，使用语言进行交际时所设计的习惯用语、常用句式、结构体式等一系列运用语言的特点。

（3）文体风格

①中国

a. 曹丕“四体”说：“奏议宜雅，书论宜理，铭诔尚实，诗赋欲丽”（《典论·论文》）

b. 陆机："诗缘情而绮靡，赋体物而浏亮。碑披文以相质，诔缠绵而凄怆。铭博约而温润，箴顿挫而清壮。颂优游以彬蔚，论精微而朗畅。奏平彻以闲雅，说炜晔而谲诳。"（《文赋》）

c. 刘勰：

第一，文体风格："章、表、奏、议，则准的乎典雅；赋、颂、歌、诗，则羽仪乎清丽；符、檄、书、移，则楷式于明断；史、论、序、注，则师范于核要；箴、铭、碑、诔，则体制于弘深；连珠、七辞，则从事于巧艳。"（《文心雕龙·定势》）

第二，文章风格"八体"说："一曰典雅，二曰远奥，三曰精约，四曰显附，五曰繁缛，六曰壮丽，七曰新奇，八曰轻靡。"（《文心雕龙·体性》）

d. 司空图：把诗的艺术风格归纳概括成二十四种，即雄浑、冲淡、纤秾、沉着、高古、典雅、洗炼、劲健、绮丽、自然、含蓄、豪放、精神、缜密、疏野、清奇、委曲、实境、悲慨、形容、超诣、飘逸、旷达、流动。（《诗品·二十四则》）

e. 严羽："诗之品有九：曰高，曰古，曰深，曰远，曰长，曰雄浑，曰飘逸，曰悲壮，曰凄婉……其大概有二：曰优游不迫，曰沉著痛快。"（《沧浪诗话》）

f. 姚鼐：把各种各样的风格归结成阳刚、阴柔两大类别。阳刚包括豪放、奔迈、雄浑等风格；阴柔包括飘逸、含蓄、淡雅等风格。（《复鲁絜非书》）

②西方

a. 席勒："素朴的诗"与"感伤的诗"：（《论素朴的诗与感伤的诗》）

b. 黑格尔：象征型、古典型、浪漫型。（《美学》）

c. 尼采："日神艺术"与"酒神艺术"。（《悲剧的诞生》）

d. 荣格："感动型"与"直观型"。（《心理类型》）

（四）主体与对象、内容与形式的统一

在中外风格理论研究中，对风格本质和内涵的理解，存在着两种最具代表性的看法：

1. 人格决定风格

这种观点侧重于把风格与作家本人的人格等同起来。代表人物是布封"风格即人"（《论风格》）、苏轼"文如其人"（《答张文潜书》）。但历代有文人言行不一、"如出两手"的事实，像潘岳、阮大铖就是"文如其人"的反例。

2. 作品决定风格

这种观点侧重于把风格局限在文学作品，特别是文学的形式之上。代表人物德国学者威克纳格，他明确声称，风格论的对象"是语言表现的外表，不是观念，不是材料，而只是外在形式——词汇的选择，句法的构造。"凯塞尔也认为："风格研究所理解和探求出来的事情就是语言手段作为一种态度的表现的功用。"

总的说来，这两种看法有一定合理性，但存在的偏颇也是非常明显的。文学风格的研究离不开作家人格尤其是作家的创作个性研究，但应以作品风格为基础，离开作品分析，离开了语言艺术形式，就谈不上文学风格的研究；同样，纯粹的作品风格研究，把作品与现实、与作家的精神个性分割对立起来，也不能真正理解文学风格的含义。因此可以说，风格是主体与对象、内容与形式的统一。

三、文学风格的类型与价值

（一）风格类型的划分

1. 简分法

刚、柔两类。

2. 繁分法

刘勰的“八体”说、司空图的“二十四诗品”说。

(二)文学风格的价值

不同的文学风格，给人以不同的审美享受，故各有各的审美价值。

(三)文学风格的特征

文学风格作为作品整体情境和作家全部创作呈现出来的风貌格调，有其自身的特点，概括地说，主要有以下三个方面：

1. 独创性

风格是每一个作家的独特追求，追求用最适合于自己的、最好的方式和角度，来表现自己感受最深的体验；同时，风格是无止境的，要求发展和突破。

2. 稳定性

作家的风格是经过较长时间艰苦的创作实践凝聚而成的，当一个作家一旦形成了属于自己的独创性的风格，就会像一条红线长期地贯串于他的作品，即便有风格上的变化，也可以看出内在的血脉联系。

3. 多样性

不同的作家有不同的风格，不同的文体有不同的风格，不同的时代有不同的风格，不同的地域有不同的风格……，就是同一个作家，在不同的创作时段甚至在同一时段，因题材处理、情感酝酿、主题开掘的不同，也会表现出多样性的风格或风格的多面性。

(四)文学风格的功能

文学风格的功能主要表现在以下四个方面：

1. 风格是创作过程的一个因素

作家在文学创作时，会自觉不自觉地以个人已经成型的风格特征为主导，统一着创作过程的各个环节，对素材的提炼、题材的处理、主题的开掘，甚至于看待人与世界之间的关系等都要被纳入同一风格的运行轨道，把各种印象加工成统一的艺术整体，从而完整地把握世界。

2. 风格是艺术发展过程的一个因素

风格的形成是作家创作走向成熟的标志。一个个成熟的文学风格共同构成了多姿多彩的文学史。它们作为艺术传统，为后来者提供着充足的养料。随着社会生活发展，新的风格又在不断形成，各个时代的文学相互影响，推动着艺术事业的不断前行。

3. 风格是作品社会存在的一个因素

风格不能脱离作家个人，也不能脱离处身其中的社会，风格是作家对于社会的关系的一种艺术实现形式，它同时还规定着一部文学作品在艺术上的整体性，从而确保它能作为一个完备的、独特的社会现象而存在。

4. 风格是艺术发挥其影响的因素

成熟的风格是文艺作品拥有较大审美价值的标志，它是一种吸引人、化育人的感诉力，决定着文学作品对欣赏者的审美影响的性质，使艺术家面向一定的欣赏者类型，又使后者面向一定的艺术价值类型。

综上所述，风格的上述功能，显示了风格在文学活动中的能动的选择性。它不只是作家的有意识、自觉地匠心经营的结果，也是对人的情感、意志施加强有力的影响的巨大反馈力量。

四、文学风格与文化

(一)文学风格与时代

文学上的时代风格是某一时代的作家在多种多样的个人风格中又往往显示着某种具有时代感的共同特性，它是特定时代的物质生活制约下的精神风貌、审美要求和文艺风尚在作家作品中的表现。如曹魏时期的“建安文学”，显现出一种慷慨悲凉、雄健深沉的时代风格，究其形成原因，从客观条件上说，是因为作家共同面对着战乱频仍、生灵涂炭的社会现实；从主观条件来说，是因为作家都有建功立业的抱负和人生短暂的悲哀，主客观条件的融合共同形成了“建安风骨”。

(二)文学风格与民族

文学上的民族风格是某一民族的民族精神在作家作品中的表现，它是和该民族独特的社会生活内容、风俗习惯、文化传统、审美心理相联系的，是该民族独特的审美要求、审美观念、审美理想和审美习惯在作家作品中的反映。如关汉卿戏剧和莎士比亚的戏剧从内容到形式，从形象到语言都有着各自民族的鲜明特征。

(三)文学风格与地域

文学上的地域风格是某一地区的作家在创作上所形成的地方特色，它是某一地区的生活环境、风土人情、地域文化心理所形成的独特风貌在作家作品中的表现。如我国古代北方文学和南方文学就有着鲜明的地域风格，其源头《诗经》和《离骚》便显示了南北文学的不同特点。

(四)文学风格与流派

1. 文学流派的含义

文学流派是指在一定的历史时期里，由于思想政治倾向、文学观点、创作方法、审美理想、审美趣味、艺术特筹方面基本相同或近似而自觉或不自觉形成的作家群体。

2. 文学流派的形成

(1)不自觉的结合

其特点是既没有明确的艺术宣言，也没有社团组织，而只是不自觉地体现了某些共同的创作倾向和特征，于是被人们总结并冠之以一定的名称，于是成了一种流派。如我国现代文学史上的“山药蛋派”“荷花淀派”。

(2)自觉的结合

其特点是成立一定的文学组织，发表共同的文学主张，出版一定的文学刊物，组织同一流派的作家参加一定的文学活动。如我国现代文学史上的“文学研究会”“创造社”等。

3. 流派风格的含义

流派风格是指同一流派中的作家的文学风格在显示各自创作个性的前提下，会呈现出相近或相似的一面，异中有同的现象。

『名家名论』

若总其归途，则数穷八体：一曰典雅，二曰远奥，三曰精约，四曰显附，五曰繁缛，六曰壮丽，七曰新奇，八曰轻靡。

——刘勰：《文心雕龙·体性》

雄浑、冲淡、纤秾、沉著、高古、典雅、洗炼、劲健、绮丽、自然、含蓄、豪放、精

神、缜密、疏野、清奇、委屈、实境、悲慨、形容、超诣、飘逸、旷达、流动

——司空图：《二十四诗品》

作诗譬如江南诸郡造酒，皆以曲米为料，酿成则醇味如一。善饮者历历尝之曰："此南京酒也，此苏州酒也，此镇江酒也，此金华酒也。"其美虽同，尝之各有甄别，何哉？做手不同故尔。

——谢榛：《四溟诗话》

汉末魏晋六朝是中国政治上最混乱、社会上最苦痛的时代，然而却是精神史上极自由、极解放，最富于智慧、最浓于热情的一个时代。因此也就是最富有艺术精神的一个时代。

——宗白华：《论〈世说新语〉和晋人的美》

荆楚之地，僻处南方，故老子之书，其说杳冥而深远。及庄、列之徒承之，其旨远，其义隐，其为文也，纵而后反，寓实于虚，肆以荒唐谲怪之词，渊乎其有思，茫乎其不可测矣。屈平之文，音涉哀思，矢耿介，慕灵修，芳草美人，托词喻物，志行芳洁，符于二《南》之比兴。而叙事记游，遗尘超物，荒唐谲怪，复与庄、列相同。

——刘师培：《南北文学不同论》

所言之物，可以饰伪：臣奸为忧国语，热中人作冰雪文，是也。其言之格调，则往往流露本相；狷急人之作风，不能尽变为澄澹，豪迈人之笔性，不能尽变为谨严。文如其人，在此不在彼也。……阮圆海欲作山水清音，而其诗格矜涩纤仄，望可知为深心密虑，非真闲适人，寄意于诗者。

——钱钟书：《谈艺录》四八

意大利语的柔和和甜蜜在不知不觉中渗入到意大利作家的资质中去。在我看来，词藻的华丽、隐喻的运用、风格的庄严，通常标志着西班牙作家的特点。对于英国人来说，他们更讲究作品的力量、活力和雄浑，他们爱讽喻和明喻甚于一切。法国人则具有明彻、严密和优雅的风格。

——伏尔泰：《论史诗》

13.2　课后习题详解

1. 如何正确理解"文如其人""道德文章"？

答："文如其人""道德文章"是一种文学风格观。文学风格是作家创作的独特标志。在中外风格理论研究中，对风格本质和内涵的理解，存在着两种最具代表性的看法：

(1)人格决定风格

这种观点侧重于把风格与作家本人的人格等同起来。代表人物是布封"风格即人"(《论风格》)、苏轼"文如其人"(《答张文潜书》)。但历代有文人言行不一、"如出两手"的事实，像潘岳、阮大铖就是"文如其人"的反例。

(2)作品决定风格

这种观点侧重于把风格局限在文学作品，特别是文学的形式之上。代表人物德国学者威克纳格，他明确声称，风格论的对象"是语言表现的外表，不是观念，不是材料，而只是外在形式——词汇的选择，句法的构造。"凯塞尔也认为："风格研究所理解和探求出来的事情就是语言手段作为一种态度的表现的功用。"

总的说来，这两种看法有一定合理性，但存在的偏颇也是非常明显的。文学风格的研究离不开作家人格尤其是作家的创作个性研究，但应以作品风格为基础，离开作品分析，离开

了语言艺术形式，就谈不上文学风格的研究；同样，纯粹的作品风格研究，把作品与现实、与作家的精神个性分割对立起来，也不能真正理解文学风格的含义。因此可以说，风格是主体与对象、内容与形式的统一。

2. 风格的基本内涵是什么？

答：文学风格是指作家的创作个性在文学作品中的有机整体和言语结构所显示出来的、能引起读者持久的审美享受的艺术独创性。其内涵如下：

(1)创作个性是风格形成的内在根据

①风格从内在的本质来说是作家创作个性的体现，作家创作个性形成的基础则是作家本人的个性。

②作家先天的个性心理，如气质、天分、才气和在后天建立的世界观、人生观、价值观，以及作家独特的生活经历、情感体验、艺术熏陶等共同影响着作家创作个性的形成。

③创作个性只是构成文学风格的潜在因素，文学风格总是要通过语言、文体等形式因素表现出来；同时，文学风格还与时代精神、民族传统、地域特色等外部因素密切相关。

(2)言语组织方式和文体特色是风格呈现的外部特征

①在形式诸要素中，风格在语言上的表现最为突出和鲜明。优秀的作家都是语言大师，他们以其独特的语言运用(基调、色彩、气势与节奏)显示着自己的风格追求，因此读者常常凭着作品的语言特色，就可以区别出是谁的作品。

②文体是一种有意味的形式，是作品的形式特征和内容特征的有机统一体。文体特色体现在体裁、语体、文体风格三个层次上。体裁是风格的基础，不同的体裁要求与之相应的风格，选择特定的体裁也就规定了相应的风格。语体是指作家在各种社会活动领域，针对不同对象、不同环境，使用语言进行交际时所设计的习惯用语、常用句式、结构体式等一系列运用语言的特点。文体风格是指不同体裁表现出来的不同言语功能特点。不同体裁的作品，其风格也不尽相同，就是同一个作家，他的不同体裁的作品也有很大差异。如鲁迅的小说、诗歌和杂文各有各的风格。因此，要理解风格的内涵，必须要了解各种文体的特点。

(3)主体与对象、内容与形式的统一是风格存在的基本条件

文学风格的研究离不开作家人格尤其是作家的创作个性研究，但应以作品风格为基础，离开作品分析，离开了语言艺术形式，就谈不上文学风格的研究；同样，纯粹的作品风格研究，把作品与现实、与作家的精神个性分割对立起来，也不能真正理解文学风格的含义。因此可以说，风格是主体与对象、内容与形式的统一。

3. 试述文学风格与创作个性的关系。

答：文学风格与创作个性之间的关系表现为：

(1)创作个性是文学风格的内在根据，支配着文学风格的形成和显现

文学创作是一种个人化的活动，作家创作的作品必然带上他个人的主观色彩，就是说，每个作家所处的生活环境、生活经历、精神气质、文化素养、审美意识、兴趣爱好、创作才华等都是不同的，作家的这些不同个性因素在文学创作过程中自然地流露出来，就形成创作个性。创作个性使不同的作家在处理题材、表达主题、描绘形象以及语言运用等方面都各有特色。因此，作家的创作个性是作品风格得以形成的直接主体原因。

(2)创作个性不能单方面决定和构成文学风格

风格的形成的内在根据是作家的创作个性，同时又受其他客观因素的影响，如题材、主题以及体裁等的影响。生活的多样决定了题材的多样，多样的题材要求着多样的风格，同一

作家，在不同题材上也会表现出风格的差别。由于作家对生活的思考、探索、理解、感受的不同，其思想的重心、指向也会不同，因此在主题的提炼上侧重点也显得不同，反复出现在作家创作中的主题倾向，是我们考察其文学风格的一个重要层面。如冰心的创作主要围绕童心、母爱和大自然的美等方面展开主题，就形成了独具风格的“冰心体”。文学体裁的选择客观上也制约着作品风格的特点。每一种文体都有着自身的质的规定性，都有一定的审美规范和艺术惯例。当不同的文体以各自的形式规范去表现与其相适应的特殊内容时，就必然形成风格上的差异。如俄国作家克雷洛夫不擅长诗和戏剧文体，但他开始写作时却从这两种文体入手，结果都失败了，后来经过苦心探求，终于找到了适合他个性表达的文体——寓言，因而获得属于自己的风格。事实上，影响风格形成的客观因素有很多，除了题材、主题、体裁以外，还有语言、结构、艺术手法等，这些因素对构成作品的风格都有影响，但不是主导因素，主导因素还是作家的创作个性，这些因素只有在创作个性的主导制约下，被创作个性所浸染才能构成作品的风格。

4. 如何正确理解“风格即人”的观点？

答：(1)“风格即人”是法国文学家布封于1753年的一次论风格的演说中所提出的观点。他认为，“风格是当我们从作家身上剥去那些不属于他本人的东西，所有那些为他和别人共有的东西之后所获得的剩余和内核。”与作品所表现的对象无关；作品所表现的知识、事实与发现都是身外之物，都可以从这一个人的手里转到另一个人的手里，而“风格却是本人”。布封说的“风格即人”，是指的作家的创作个性。他重视生成文学风格的内在的主观方面的因素，找到了探索风格本质的关键，但是忽视了风格与客观内容的联系。

(2)一切文学作品的诞生，都是作家主体与表现对象相互作用的结果，是主体征服对象的产物。歌德看到了这一点，认为风格必须“奠基于最深刻的知识原则上面，奠基在事物的本性上面”。

(3)马克思说得更加明白而深刻。他说：“真理是普遍的，它不属于我一个人，而为大家所有；真理占有我，而不是我占有真理。我只有构成我的精神个体性的形式。‘风格就是人。’”他引用了布封“风格就是人”的话，但做了辩证的解释，他认为写作还必须“用事物本身的语言说话，来表达这种事物的本质特征”。他一方面鼓励作家“用自己的风格去写”，认为表露创作主体的精神面貌是作家的权利，另一方面他又明确要求作家在发挥自己“精神个体性”的时候还须遵循客观规律，如时代、民族、地域等外部因素对文学风格的影响。

5. 如何理解风格的审美价值？

答：我对风格的审美价值理解如下：

(1)不同的风格具有不同的审美价值

风格美不仅给人以形式上的满足，而且足以陶冶人心。阳刚之美、阴柔之美、简约之美、繁缛之美、典雅之美、朴素之美、幽默之美、荒诞之美等均是不同类型的美。风格美之所以能陶冶人心，归根结底是因为它在审美的形式中凝聚了生命的内质，体现了人的各种生命状态、丰富的个性和创造力量，表达了对于人生和艺术的价值取向，当读者在审美中与之相契合时，便会被它的艺术魅力和精神魅力所打动，从而进入一个新的境界。

(2)风格美可以超越时代、地域的限制

过去时代形成的风格类型，其审美价值并不随时代的变化而消逝。文学的风格是独特且稳定的，它可以穿越时间、空间引起人类普遍的共鸣。优秀的文学作品产生于一定的时代和地域，却具有永恒性和世界性。

(3)一定时代的社会历史条件，是影响文学风格形成、实现的重要因素

风格的审美价值取决于时代、民族、阶级的选择。这种社会历史条件主要包括一定历史时代的经济、政治、文化发展情况，特别是一定时代的社会矛盾、阶级斗争、政治状况、社会风习和哲学思潮、文学风尚等。如我国“五四”时期的作家的作品，不同程度受到时代的影响，展示出进取、战斗、推翻一切旧事物的力量。鲁迅杂文的风格是精悍、深刻、犀利、幽默、富有强烈的战斗性。郭沫若早期的诗歌，其特点是对黑暗现实的彻底否定，对自由光明的热烈追求，热情奔放，激情洋溢。

6. 如何理解文学的地域风格?

答：作家总是生活在一定的地域中，不能不感受到地域文化的气息，而不同地域有不同的文化。因此，作家的文学风格必然渗入地域文化的因素，表现出一定的地域性。

(1)在中国，古人很早就注意到屈庄相通，诗骚不同的现象。纵观文学史，北方文学和南方文学有着鲜明的地域风格。先秦时期，《诗经》和《离骚》便显示了南北文学的不同特点。南北朝时期，北朝民歌与南朝民歌的风格也很不同。北朝民歌如《敕勒歌》，风格豪放爽朗，慷慨激昂；南朝民歌如《西洲曲》，风格清新秀丽，柔婉含蓄。清代刘师培在《南北文学不同论》中说：“大抵北方之地，土厚水深，民生其间，多尚实际。南方之地，水势浩洋，民生其际，多尚虚无。民崇实际，故所著之文，不外记事、析理二端。民尚虚无，故所作之文，或为言志、抒情之体。”到了现代，京派与海派的称谓依然显现了南北文学的殊异。再如，贾平凹的“商州系列”小说有着深深的商州地域环境的印痕；李杭育描写“葛川江渔佬生活”的小说则富含浓郁的吴越文化气韵。

(2)在西方，也有类似的主张，如法国作家、批评家史达尔夫人认为，自然环境在文学风格的形成过程中起着决定性的作用。南方气候宜人，人们的感情奔放，时代精神较强；北方气候严酷，人们思想深沉，个人色彩偏重。

此外，长期在一定的自然环境中发展起来的社会环境，如生产力、生产关系、社会制度等同样与文学的地域风格密切相关。将自然环境和社会环境的影响组合起来考虑，才能更好地说明地域风格和它的成因。

13.3 考研真题详解

一、名词解释

文学风格[中山大学2012年研；暨南大学2014年研]

相关试题：风格[华中师范大学2012、2015年研]

答：文学风格是指作家的创作个性，即包含着审美情趣、心理气质、禀赋才智、文学性追求等的“精神个体性”，通过作品的内容与形式、思想与艺术的统一而得到独特的呈现并贯穿在一系列作品之中。换言之，文学风格就是作家在文学作品中通过言语结构显示出来的以倾向性为基调的富有审美意蕴的比较稳定的创作个性。文学风格是文学活动中出现的一系列具有重要价值的文学现象。文学风格的出现，既标志着作家个人创作走向成熟，也标志着文学发展的成熟，同时还意味着读者欣赏、接受水平的提高。文学风格涉及一系列与文学活动相关的因素，诸如风格的形态、风格的形成以及风格的特征等；同时还涉及文学风格在地域、文化、流派、民族等方面的表现。

二、简答题

1. 怎样理解“风格即人”?[南昌大学2020年研]

相关试题：如何正确理解“风格即人”“文如其人”？［中国传媒大学2010年研］

答：参见本章课后习题详解4。

2．布封《论风格》中指出：风格“仅仅是作者放在他的思想里的层次和调度”，“风格却就是人本身”，“风格是当我们从作家身上剥去那些不属于他本人的东西，所有那些为他和别人所共有的东西之后所获得的剩余或内核”。

这种观点揭示了文学风格的什么特征？［首都师范大学2012年研］

答：（1）“风格即人”的含义

18世纪法国学者布封提出“风格即人”的观点：“只有写得好的作品才是能够传世的：作品里面所包含的知识之多，事实之奇，乃至发现之新颖，都不能成为不朽的确实的保证；如果包含这些知识、事实与发现的作品只谈论些琐屑对象，如果他们写的无风致，无天才，毫不高雅，那么，它们就会是湮没无闻的。因为，知识、事实与发现都很容易脱离作品而转入别人手里，它们经更巧妙的手笔一写，甚至于会比原作还要出色。这些东西都是身外物，风格却是人的本身。”布封强调的是作家风格的重要性、独特性和不可替代性。事实上，精神个性的差异是文学风格形成的重要方面。

（2）文学风格的特征

文学风格就是作家在用客观事物本身的语言表达和突出事物的本质特征的同时，通过对象展现自己的精神个性的形式和方式。

①风格具有独创性

个性鲜明、有独创性、艺术上已经成熟的作家，才能具有独树一帜的风格。模仿重复别人的风格就等于没有风格。文学贵在独创，没有独特风格的艺术，就不能激起读者情感的波澜，最终就会消亡。读者正是通过作品的这种独创性，面对哪怕略去作者姓名的作品，也可以读出是哪个时代哪个作家的作品。

②风格具有稳定性

作家个性一旦形成，不会轻易改变，这是造成风格稳定性的主要原因。但这不排斥某些作家由于生活状况和艺术实践的发展，风格可能变化的情形。这种变化了的风格同样也有相对的稳定性，正像作家的创作个性不是在一朝一夕中形成的一样，作家的风格也是经过较长时间艰苦的创作实践凝聚而成的。当一个作家一旦形成了属于自己的独创性的风格，就会长期地贯穿于他的作品。即便有风格上的变化，也可以看出内在的血脉联系。

③风格具有多样性的特点

这是由作家创作的个性和才能、描写对象的不同品格、读者的不同需求决定的。不仅不同作家有不同风格，同一作家在不同情势下也会创造出不同风格的作品，当然这不同之中仍有其主导方面。从文学创作的实践来看，作家的风格还具有多样化的特性。因为就接受角度来说，只有不同的文学风格才能满足不同读者的需求。就创作角度说，在同一时期，正是各个作家的风格迥异，才推动了当时文学创作的繁荣局面。

3．如何理解文学的地域风格？［首都师范大学2011年研］

答：参见本章课后习题详解6。

三、论述题

谈文学创作与时代风尚的关系。［北京大学2011年研］

答：不同时代有不同的文化，作家生活于时代之中，其文学创作总会受时代气息的感染，从而渗入时代文化的因素，表现出一定的时代性。反过来，文学创作的时代风格也会对时代风尚产生潜移默化的影响，从而形成一定的时代风格。总体来说，文学创作与时代风尚呈现相互影响、相互制约的关系，这主要表现为：

（1）文学创作受到时代风尚的制约和影响

①时代风尚对作家创作个性的影响

作家是文学创作的主体，其创作个性的形成与发展，虽与先天的禀赋气质有关，但更多受到客观社会条件的制约和影响。任何创作个性的形成，都毫无例外地要受到作家所在的社会的政治、经济、哲学、文化等时代风尚的制约和影响。这些影响是复杂的、多方面的，它们既影响作家世界观和人生观的形成，又影响作家的文化心理和情感意绪。杜甫忧国忧民的情怀和沉郁厚重的风格、鲁迅“横眉冷对千夫指，俯首甘为孺子牛”的情感和犀利、尖锐、冷峻的杂文风格，都是与其所处的社会时代的历史状况密切相关。

②时代风尚对文学风格的影响

a. 不同时代的社会生活状况与人们的思想情绪是不同的，这反映在文学创作中，便会呈现出不同的文学风格，也即文学具备一定的时代风格。如处于军阀混战、世积乱离、风衰俗怨的汉魏之际，曹操、曹丕、曹植、孔融、王粲、刘桢等作家一方面哀恤黎民，感慨人生，一方面又都有建功立业的政治理想，主客观条件融合就形成了慷慨悲凉、浑厚刚健“建安风骨”。

b. 时代风格又总是发展的，随着时代的变化而变化，从而形成不同的时代风格。例如，在欧洲曾此起彼伏地盛行过的古典风格、哥特式风格、文艺复兴风格和巴洛克风格，都具有鲜明的时代特点。

c. 特别是当时代发生动荡、革命、战乱，改朝换代，或社会政治制度和经济体制出现重大的变更转型，都会导致个人文学风格的时代性转变。中国的现代作家，大多都经历了个人风格的时代性转换。如郭沫若在“五四”时期所写的《女神》，诗人把斗争的锋芒指向了一切黑暗的旧事物，情感热烈、想象瑰奇，与“五四”的时代风貌十分合拍。“五四”退潮后，他的浪漫的理想受到无情的重创，思想情感陷于沉闷与痛苦之中，于是在《星空》《瓶》中流露出对人生和爱情的某种困惑和迷惘，也表现出某种感伤缠绵的情调。大革命失败后创作的《恢复》又开始尝试创作为政治鼓与呼的无产阶级诗歌，感伤主义情调减少，代之以不屈于白色恐怖的昂扬斗志。时代的变幻使得他的创作风格也一变再变。

（2）文学创作在一定程度上可以促进时代风尚的转型

文学创作及风格诚然受时代风尚的影响，但文学创作也可以对时代风尚产生反作用，且这种反作用是能动的。文学创作能动地反作用于一定时代中的社会生活，主要是通过对社会公众的观念产生影响，最终达到对一个时期内的政治、经济和文化进行改造的目的。也可以说，文学持续不断地从社会进步中汲取着灵感和力量，可以引领时代风尚。伟大作家在其创作中总是既承担时代赋予的责任感，使命感，将他们的社会理想灌注到文学创作中。比如，初唐的陈子昂、王勃等诗人，不满于当时文风纤巧雕饰，浮华绮靡的流弊，于是明确反对齐梁诗风，倡导一种刚健明朗的诗风，最终扭转了整个诗坛的风气；又如，“五四”时期一大批作家勇做时代的弄潮儿，发起文学革命和新文化运动，用文学创作奏响时代变革的先锋号角。

第五编　文学消费与接受

【名师点拨】

文学消费与接受是近几年各校考研命题的新宠，其中与媒介的结合更是本书的难点之一，需要重点掌握现代文学的传播方式、文学接受过程的具体阶段与规律、读者与作者的关系等核心知识，并能灵活运用本编的基本原理来解释以下问题：

1. 如果书写与印刷术促进了文学传统的接续从而增强了作品的统一性与完整性，那么现代传播媒介对作品又有怎样的影响？

2. 如何看待作品既是“作者的经验”，又是“读者的体验”？

3. 作家地位与文学评价之间有着怎样的联系？

4. 如何理解文学作品的“多义性”？

5. 文学批评标准的确立应主要考虑哪些维度？

第14章　文学消费与接受的性质

14.1　复习笔记

一、文学消费与一般消费

(一)文学生产、传播与消费

1. 文学生产、传播与消费的含义

(1)文学生产的含义

①广义的文学生产应当包括创作、出版、发行和阅读等要素。

②狭义的文学生产即指以作家内在心理意象形式存在的观念形态(或本体形态)的文本创造和出版家通过一定的物质载体将作家观念形态的文学文本物化为文学读物的物态化生产。

(2)文学传播的含义

文学传播是指传播者运用一定的物质媒介和传播方式，将文学文本及各种文学信息传递给文学接受者的过程。文学的传播过程包含人们通常所说的文学的出版、发行与流通活动。

(3)文学消费的含义

文学消费有广义和狭义之分。

①广义的文学消费是指人们为了满足自身文化、审美与娱乐等方面的精神需求而对文学产品加以占有、利用、阅读或欣赏的一项活动。

②狭义的文学消费指的是在商品经济充分发展、印刷出版等传播媒介得到广泛运用的条件下，在文学成为一种特殊的商品以来，人们对它的消费、阅读和欣赏。

2. 文学传播的意义和方式

(1)文学传播的意义

在整个的文学活动中，文学传播联结着文学创作与文学接受，它以一定的物质媒介和传播方式使作家的个人作品社会化，并在某种程度上成为一种社会流通，使广大接受者能够自由地选择、阅读、欣赏和批评，从而使文学价值的实现成为可能。没有传播，文本将只能是作家的自我欣赏。而文本无法进入社会，走向广大的读者，就无法生成其现实的意义，实现其价值，充其量只是一个半成品。

(2)当代文学传播方式呈现的态势

口头传播、书籍传播、视听传播及电子网络传播等多种方式并存和相互渗透。

【知识点引申】

麦克卢汉提出了媒介的“后视镜”特征：一种新媒介是在旧媒介基础上的延伸和扩展，如汽车是速度更快的马，电灯是功率更大的蜡烛。任何一种新媒介的产生，都会在人类事务中引进一种新的尺度，重新进行人事组合，重新构造社会生活形态并最终影响文学。麦克卢汉还认为，言语是一种低清晰度的冷媒介，因为大量的信息还得由听话人自己去填补，而借助于文字技术，眼睛似乎成为理解世界的最重要的器官。由此，机械媒介可看作人体个别器官在空间范围内的延伸，而电子媒介则是人的中枢神经系统的延伸，必将重塑人的时空观念与生活方式。

3. 文学生产与消费的关系

(1)一方面，文学生产规定着文学消费

①文学生产为文学消费提供消费的对象，即文学产品。

②文学生产规定着文学消费的方式。

③文学生产规定着文学消费的需要，或者说，生产着新的消费者。

(2)另一方面，文学消费也制约着文学生产

①文学产品在消费中才得到最后实现。

②文学消费制约着文学生产的方式和规模。

③文学消费体现了文学生产的目的和动力。

(二)文学消费的二重性

1. 二重性的含义

在现代社会，文学作品具有双重的性质：其一，它是一种精神产品，供读者阅读，满足读者精神和情感上的需要；其二，它又是一种商品，像其他商品一样，具有经济上的价值。

2. 文学消费的一般消费性

随着文化传播行业的出现和文化流通的日益活跃，文学生产者与文学消费者逐渐完全脱离，作家也逐渐把自己的作品投入市场，换取报酬。文学生产成为一种谋生的手段，文学作品成为商品，文学消费也随之烙上了商品消费的印迹，具有了一般商品消费的性质。

3. 文化市场对繁荣文艺的积极功能

(1)大大促进了文学生产与文学消费之间的联系。

(2)意味着艺术生产者要树立市场观念和读者观念，按文化市场的需求来安排生产。

(3)激发了艺术家的创造潜能，有助于艺术生产力的大解放。

(4)市场资源配置有利于实现艺术的“百花齐放，百家争鸣”，从而满足人民群众日益增长的多样化文化需求。

(5)文化市场化有利于艺术家们更直观地总结创作经验，提高艺术家的艺术创作能力，不断创新，推动文学艺术事业的前进

4．文学消费的特殊消费性

(1)一般物质产品主要满足人们的物质生活需要，而文学产品作为一种特殊的精神产品，主要满足人们的精神生活需要。

(2)一般商品的消费价值对于消费者来说是相同的，有着同样的衡量标准；文学产品的消费价值对于不同的消费主体来说则是不同的，并且具有不同的衡量标准。

(3)文学产品的消费具有超时空性。一般的物质商品的使用价值随着有形的损耗与无形的损耗总要耗尽。一双鞋能用一两年，一幢房子能用几十年，还有的物质商品也许用得更久，但总有耗尽的时候。而且一旦耗尽，这些商品就完全地消失，不存在了。各个时代的优秀的文学产品却具有超时代性，它们以其永久的艺术魅力而为历代读者所共享。荷马史诗距今已经三千年了，但仍能给人们美的享受，便是一个明显的例子。

(4)一般商品消费是名副其实的消费，而文学产品的消费不仅仅是一种商品消费，更是一种文化信息的传播与接受，并且往往具有再创造的性质，它要求消费者本人的积极参与。

(三)文学消费与文学的意识形态性

1．文学消费意识形态性的含义

文学生产者(作家、出版、发行、流通人员以及文学管理机构)总要通过文学作品，传播自己所属社会、民族、阶级和集团的意识形态观念——作者通过创作，出版、发行、流通人员和文艺管理机构通过支持、鼓励或限制、禁止某些或某类文学作品的创作、出版和流通——以此来影响消费者，使自己的意识形态转化为消费者的意识形态。

2．文学消费意识形态性的分类

就文学消费的意识形态功能而言，文学消费对意识形态的反应大约有三种模式：

(1)文学消费直接为现行体制和社会结构服务，传播和再生产着现行政治、经济制度所需要的意识形态。

(2)文学消费为批判现行政治和经济制度服务，传播着批判现行制度不合理性的意识形态观念。

(3)尽量地远离意识形态，强调文学要远离现实的政治、经济制度，主张为艺术而艺术，主张创造美，塑造美，崇拜美。强调超越现实的意识形态观念，即所谓的非意识形态化。

(四)文学消费与文学接受

1．文学消费与文学接受的区别

(1)文学消费一方面满足人们的精神生活需要，给人带来精神享受；另一方面，为获得这种享受，消费者又必须会出相应的货币，因而文学消费兼具物质消费和精神消费二重性。文学接受则仅仅关注接受者对文学作品的阅读这种精神活动本身。

(2)有的文学消费者买来文学书籍，并不打算或并未进入阅读，而只是为了收藏、摆设或炫耀。文学接受则不包括这种占有式的外来享用活动，文学接受活动只是对进入具体的文学阅读过程的读者而言的。

(3)文学消费与文学接受的主客观条件不同。

(4)文学消费具有多面向、多路径的研究特点，文学消费研究既要涉及文艺社会学和文艺经济学领域，同时也要涉及哲学、美学、心理学等多种角度。它关注的是整个文学大生产周期(生产、出版、流通及消费)中的最后一个环节，尤其重视对文学生产与文学消费之间的互动关系的研究。而文学接受研究则着重从美学心理学角度来探讨整个文学活动过程(创作、作品及阅读)中的最后一个环节。

2. 文学消费与文学接受的联系

文学消费充分反映了文学阅读活动中的现实复杂性，具有更强的针对性和说服力。作为文学接受的文学阅读活动，明显地具有一种静观的或审美的性质，它所描述的其实是文学阅读活动的审美状态。作为现代文艺学的两个重要术语，两者存在着紧密的联系，同指向完美的文学阅读状态。

二、文学接受的文化属性

(一)文学接受作为审美活动

1. 文学接受作为审美活动的原因

拥有一定文学接受能力的读者，在接受动机驱使下开始文学阅读过程，体味人生悲欢，领悟生命真谛。它是一种审美接受活动，满足的是个体性读者的审美需要，着重实现的是文本的审美价值。因此，文学接受首先表现为审美活动。

2. 文学接受的审美属性的含义

着眼于对文本的阅读欣赏，目的在于通过对文本审美性的感受、体验、赏玩，获得精神上的愉悦和享受。

3. 文学的审美价值属性的来源

(1)文学作品并非对客观社会生活的机械描摹，而是深深地渗透着作家本人对社会生活的情感态度。

(2)文学作品题材、结构、类型等外在表现形式和艺术存在方式，都是其审美来源。

(3)文学的审美价值属性的最根本的来源是文学作品中内容与形式辩证统一所造成的，既源于现实又不同于现实的艺术世界或艺术境界。

4. 文学接受的审美价值属性的层次

创作主体则常常不由自主地被美的事物所吸引，领受到感受的新奇、情感的激荡、想象的飞驰，从而进入到“悦耳悦目、悦心悦意、悦志悦神”(李泽厚语)的快乐适意的精神境界中。“悦耳悦目”只是对文学作品浅层次的要求，虽然这是不可或缺的基本要求；只有不满足于悦耳悦目而在此基础上继续追求达到“愉心”“励志”的境界，才是文学所追求的理想境界。

5. 文学接受的审美价值属性的作用

文学必须具有审美性，能给人以美的享受，带来精神愉悦。不具有审美性的作品不能成为文学作品。因此，审美娱乐价值是文艺的首要价值和核心价值，文学的其他价值必须通过审美价值这一中介才能显现出来，不通过审美价值而显现出来的价值也就不是文学的价值了。

(二)文学接受作为认识活动

1. 概述

文学接受通过语言文字描写生动的艺术形象，反映社会生活的各个方面，揭示自我人性的丰富本质，因而具有一种为读者提供认识社会生活与人类自身真相的价值属性。

2. 认识价值的分类

不同类型的文学作品，其认识价值的具体表现有所不同：

(1)叙事性文学作品大都通过对人物和人物活动及其相互关系的描写反映社会生活。优秀文学作品通过塑造典型人物反映一定历史时代社会生活的本质。

(2)写实类叙事作品还要通过塑造文学典型来体现其深厚的认识价值。

(3)抒情性文学作品则往往通过对抒情主人公形象的诗意塑造和情感抒写，反映某一社会、某一时代或某一民族的精神风貌。

3. 不同层次和形态的文学作品，认识价值的高低也往往不同

精英文学(严肃文学)与民间文学和通俗文学的不同首先在于它们极力避免重复出现的艺术形式和艺术结构，把独创性视为艺术的生命之所在。其次，在思想上无不进行严肃的人生意义的探索。亚里士多德所谓“写诗这种活动比写历史更富于哲学意味，更被严肃的对待”，曹丕所谓“盖文章，经国之大业，不朽之盛事”，正为各自的精英文学传统奠定了严肃的思想基调。

4. 文学作品的认识属性的作用

(1)优秀的文学作品本身就是一个自足的艺术世界，涵容着社会、人生方方面面的知识和信息。所以提供给读者的社会生活画面和知识信息不仅是丰富的，而且是综合性的，既有显在的表层的具体感性的生活图景和时代风貌，又有潜在的深层的社会本质规律和人性心理、时代精神。

(2)对它们的阅读，读者能看到不同时代的社会生活的具体面貌，获得关于社会、人生的多方面知识和规律，使作为个体的读者有限的视野、知识和生活经验得到开拓、增长和丰富，提高了观察生活、认识人生、理解现实的能力。正是在这个意义上，车尔尼雪夫斯基指出，文学是“人的生活的教科书”。

(三)文学接受作为文化价值阐释活动

1. 概述

文学是生活的反映，作家对社会生活的描绘、反映并不是纯客观的，它带有主体性色彩。任何一部文学作品，总是或隐或显地渗透着作家主体对生活的理解、评价和价值判断。读者也的确会被影响并做出自己诠释。文学接受因而表现为文化价值的阐释活动。

2. 文化价值阐释的分类

(1)广义的文化价值包括审美价值、认识价值的。

(2)狭义的文化价值则主要指民俗学(贾平凹的商州系列，李杭育的葛川江系列)、历史学、宗教学(《神曲》的基督教背景、《一千零一夜》的伊斯兰教)、哲学意义上的价值属性(存在主义小说的哲学意味，他人是地狱)。

(四)文学接受作为审美交流活动

1. 概述

(1)文学艺术活动是社会群体、民族乃至全人类相互交流思想情感、传授生活经验的重要途径之一。文学消费和接受也表现为一种特殊的即审美的交流活动。

(2)文学接受具有社会性的交际功能，因而文学接受是确保社会整体得以维系、社会价值得以建构、历史传统得以绵延的基本文化活动。

2. 文学交流与日常交流的关系

(1)文学交流源于人类的日常交流，但文学交流与日常交流有着诸多不同。在接受过程中，读者会依据自己的情感需要和认识程度，带着期待视野与作者以及隐含读者进行情感的交流和心灵的对话，是一个主动参与建构的对话过程。

(2)文学交流使读者在现实中被压抑的情感会在对作品情感刻骨铭心的体验中得到排解、释放，使内心的情绪压力得到缓解。主要表现为感同身受地体验作品的情感，能在想象

中满足读者的情感需要，弥补生活中的不足，给读者以心灵的抚慰。

(3)文学交流是在超脱日常交流现实功利的情感体验、品味中，读者躁动的心灵渐趋宁静，扭曲的情感得到调整。俄罗斯画家克拉姆斯依曾在给朋友列宾的信中这样描述他被断臂女神维纳斯的雕像所感染的感受：“这座雕像留给我的印象是如此深刻、宁静，它如此平静地照亮了我生命中令人疲惫不堪、郁郁寡欢的章页。每当她的形象在我面前升起时，我就怀着一颗年轻的心，重又相信人类命运的起点。”

3. 文学消费作为审美交流活动的表现

(1)读者与作者的交流。

(2)读者与作品中人物角色的交流。

(3)读者与其他读者的交流。

(4)读者与作品所描写的整个自然、社会以及全人类的交流。

『名家名论』

诗人的职责不在于描述已发生的事，而在于描述可能发生的事，即按照可然律或必然律可能发生的事。

——亚里士多德

生产直接是消费，消费直接是生产。每一方直接是对方。可是同时在两者之间存在着一种中介运动。生产中介着消费，它创造出消费的材料，没有生产，消费就没有对象。但是消费也中介着生产，因为正是消费替产品创造了主体，产品对这个主体才是产品。产品在消费中才得到最后完成。

——马克思：《〈政治经济学批判〉导言》

民间故事书的使命是使一个农民在作完艰苦的日间劳动，在晚上拖着疲乏的身子回来的时候，得到快乐、振奋和慰藉，使他忘却自己的劳累，把他的硗瘠田地变成馥郁的花园……使一个手工业者的作坊和一个疲惫不堪的学徒的寒伧的楼顶小屋变成一个诗的世界和黄金的宫殿，而把他的矫健情人形容成美丽的公主。

——恩格斯：《德国的民间故事书》

14.2 课后习题详解

1. 文学消费与文学生产之间有何辩证关系?

答：文学消费与文学生产的辩证关系具体表现如下：

(1)文学生产规定着文学消费

“文学生产规定着文学消费”，主要表现在：

①文学生产为文学消费提供消费的对象，即文学产品

马克思曾经指出：“没有生产，消费就没有对象。”不存在没有消费对象的消费，而文学消费的对象是由文学生产提供的。呈现在消费者面前的是什么类型的消费对象，现实主义的作品还是现代主义的作品，高雅文学还是通俗文学，都是由文学生产决定的。因此，生产的状况直接影响到消费的状况。在极“左”文艺政策的影响下，文艺领域一度万马齐喑，百花凋零，作家的创造力被严重束缚，当时的人民群众只有极少数作家的作品可以欣赏，文学消费不能正常运行。直到1970年代末之后，文学生产才逐渐走上正常轨道，伴随着新的文艺政策的出台，文艺领域走向繁荣，各种文学作品层出不穷，文学消费也随之活跃起来。

②文学生产规定着文学消费的方式

生产不同，消费的方式也会跟着发生变化，因为不同的生产所生产出来的产品具有不同的特点，消费要适应这些特点，其方式也必然要产生一定的变化。考察一下文学生产的发展与读者的消费方式之间的关系，就会发现一个有趣的变化：生产说唱故事的时代，是群体消费的时代，人们坐在一起听说唱艺人讲述某个故事；生产文学书籍的时代，是个体消费的时代，只要有一本书，便能陪伴读者度过一段愉快的时光；而生产戏剧电影的时代又成为集体消费的时代，观众齐集在一个固定的场所，共同观看某个故事；到了电视与网络的时代，消费又以个人的形式进行了。由此可见文学生产对文学消费方式的影响。

③文学生产规定着文学消费的需要，或者说，生产着新的消费者

马克思认为，艺术的对象创造出懂得艺术和能够欣赏美的大众。艺术消费主体对于艺术的需要往往不是自发形成，而是通过对艺术产品的知觉所造成的。比如，正是武侠小说的生产培养了许多武侠小说的粉丝，同样，言情小说的生产培养了一批言情小说的拥趸。又如，尤奈斯库的《秃头歌女》首次上演的时候，只有三名观众，但随着荒诞派作品的大量产生，短短几年，荒诞派便成为法国文学界的一支举足轻重的力量，并逐渐产生世界影响。生产引导着需要，而需要又引导着消费者。正是在这个意义上，文学生产也生产着消费者。

(2)文学消费制约着文学生产

文学消费反作用于文学生产，对文学生产起着重大的制约作用。这表现在三个方面：

①文学产品在消费中才得到最后实现

在《政治经济学批判·导言》中，马克思提出“没有生产，消费就没有对象”，接着又指出，“产品在消费中才得到最后完成”。完整意义上的文学生产并非以作者创造出一部作品为终结，只有经过了读者的消费，文学产品才可能成为现实的产品，可见，文学消费是文学生产不可或缺的后续环节。

②文学消费制约着文学生产的方式和规模

归根结底，文学生产生产出来的产品，要经过文学消费的消化，否则，产品便会积压，无法实现其社会价值与经济价值，因此，文学生产必然要考虑文学消费的情况：其一，是文学生产的内容，即生产什么，怎么生产要考虑消费的需求。如我国抗战时期，民族处于危急存亡的紧急关头，群众需要的是黄钟大吕似的激励士气的作品，讲究闲适的小品文便难以为读者所接受。到了1990年代，社会安定，人们在紧张的劳动之余需要消遣，比较青睐轻松闲适的小品文，于是社会上便出现了大量的小品文或美文的选集和专集。其二，是文学生产的规模。文学生产在多大的规模上进行，也必须考虑到消费的需求。1980年代，我国处于武侠小说消费的高潮期，武侠小说的生产也空前繁荣，连一些从未进行过文学创作的人也写起武侠小说来，到了1990年代以后，武侠小说的消费逐渐降温，这类小说生产的规模也逐渐地萎缩下来。

③文学消费体现了文学生产的目的和动力

这是文学消费对文学生产的制约作用中最为重要的一条。消费与生产是互为前提的。不存在没有生产的消费，同样，也不存在没有消费的生产。作家们之所以创作，出版商之所以出版、发行文学作品，是因为有对这些作品的消费需求，或潜在的消费需求。正是读者大众的文学消费需求决定和刺激着文学生产。文学是人学，满足人的情感需求，是文学生产不竭的动力和源泉。我国“五四”运动前后，西方的文学作品和文艺思潮大量地涌入我国，有现实主义、浪漫主义、也有现代主义。但经过一段时期的发展，最后只有现实主义和浪漫主义在我国扎下了根，现代主义的创作则逐渐萎缩。这是因为我国当时的具体国情尚不适合现代

主义的发展，人们没有消费现代主义文学作品的热情与需要，因而现代主义文学的生产也就失去了目的和内在的动力，而到了1980年代，我国的国情发生了很大的变化。过去十年的历史使人们痛感人性的扭曲和丑恶的一面，物质生产的发展又使人们感到物质异化的威胁，救亡的任务已不再是人们肩头的首要任务，人们有更多的时间与精力来注视自身的生存状态，现代主义文学产生的土壤已经形成，人们希望看到现代主义性质的作品，于是，在国外的现代主义作品被大量译介的同时，我国的现代主义文学作品也就蓬勃地发展起来。

2. 简述文学传播媒介的演进及其美学意义。

答：文学的主要媒介先后有口头媒介、笔头媒介（或文字媒介、纸质媒介，其中又细分为手抄本媒介、机械印刷本媒介）和电子媒介（如电视、电脑、电子光盘、互联网等媒介）。

（1）口头媒介

在原始社会时期，文学活动往往以诗乐舞浑然一体的综合形式出现。

（2）笔头媒介

进入有文字的文明时代以后，文学活动才主要付诸文字形式，依次经历了手抄、石印、铜铸印刷和木刻印刷技术等形式，形成了早期文学书籍。直到大工业生产方式和机器印刷术先后问世，文学的快速的、大规模的批量印刷才成为现实。从此，印刷传播以绝对的优势取代了口头传播的传统地位，成为现代社会最广泛运用的文学传播方式之一。印刷传播使文学作品拥有了固定的文字形态和有形的物质载体，使作品可以跨地区、跨时代传播，但文字符号的抽象性和模糊性以及国家（或民族）间的差异性也使它排斥了一部分的读者。

（3）电子媒介

电子传播是在20世纪20年代以后，随着广播、电影、电视等传播媒介的先后出现而兴起的。主要表现为广播文学、电影改编文学、电视改编文学，以及随着互联网的兴起而出现的网络文学等。概括地说，它们是一种视听文学，尤其是电影、电视的视听复合方式和形象的直观性等特点使视听文学拥有了最大数量的接受者，而且它们真正打破了时间和空间的阻隔，其传播速度之快、空间之广，是空前的。

3. 文学传播方式对文学的生产与消费有何深刻影响？

答：文学传播方式对文学生产与消费的影响表现在：

（1）文学传播方式是作家创作与读者消费之间的中介和桥梁，使文学欣赏成为广大平民阶层精神生活需要，也使读者迅猛增加，使依附于作家的观念形态的文学之本取得了物质外壳。

（2）文化市场促使文学生产与消费之间的联系，艺术生产者要按文化市场的需求安排生产，有助于艺术生产力的大解放，使艺术资源得到合理配置，促进艺术的多文化市场的竞争机制推动艺术家对文艺观念和写作方法的探索。

4. 为什么说文学消费既是一般商品消费，又是特殊的精神产品消费？

答：文学消费具有物质消费和精神消费二重性，是一种特殊的商品消费。

（1）文学消费具有商品消费的一般性质

众所周知，要消费文学产品，必须付出一定的金钱。文学产品成为商品，文学消费具有一般商品消费的性质。具体表现在以下方面：首先，文学生产者与文学消费者之间的关系是一种商品交换关系。生产者生产文学产品时有着赢利目的，消费者消费文学产品时必须支付货币。其次，文学消费必须服从一般商品消费的规律。如价值与使用价值问题，供需平衡问题，商品折旧问题等等。与一般商品一样，作为文学产品的物质载体的书籍，也存在损耗问题。最后，商品消费的运作方式在文学消费中也同样存在。比如商品消费中常见的广告宣传，包装炒作等在文学消费中也随处可见，以达到促销的目的，最大限度获取利润。

(2)文学作品是特殊的精神产品，主要满足人们的精神生活需要

文学消费虽然具有商品消费的性质，但它不完全等同于一般的商品消费。文学消费属于社会精神产品消费。首先，文学消费主要用来满足人们的精神生活需要，给人带来精神享受。一般商品消费的价值对于消费者来说是相同的，有着同样的衡量标准。文学产品的消费价值对于不同的消费主体来说是不同的，并且具有不同的衡量标准。其次，文学产品的消耗具有超时空性。一般的物质商品的使用价值随着损耗会慢慢消失。而优秀的文学作品则具有永久的魅力，为历代消费者所共享。最后，文学消费是一种文化信息传播与接受，具有参与性，要求消费者主动投身其中，进行再创造，才能带来身心的愉悦和精神的满足。

5. 如何阐释文学消费与文学接受的意识形态性质?

答: (1)文学消费作为一种意识形态

文学生产者通过文学作品传达的意识形态性，在文学的阅读过程中，影响消费者。文学消费对于意识形态的三种反应模式：直接服务于现行体制与社会结构；直接批判现行制度的不合理性；声称远离现行政治制度的“非意识形态化”。

(2)文学消费作为意识形态消费的特殊性

其特殊性不是以概念形式的意识形态观念直接灌输给消费者，而是寓思想观念于艺术形式的结构和艺术娱乐的效果之中。

6. 文学消费与文学接受有什么区别和联系?

答: (1)文学消费与文学接受的区别

①性质不同

文学消费一方面满足人们的精神生活需要，给人带来精神享受；另一方面，为获得这种享受，消费者又必须会出相应的货币，因而文学消费兼具物质消费和精神消费二重性。文学接受则仅仅关注接受者对文学作品的阅读这种精神活动本身。

②内涵不同

文学消费固然主要指文学阅读，但也不尽然。有的文学消费者买来文学书籍，并不打算或并未进入阅读，而只是为了收藏、摆设或炫耀。文学接受则不包括这种占有式的外来享用活动，文学接受活动只是对进入具体的文学阅读过程的读者而言的。

③主客观条件不同

文学消费与文学接受有着不同的主客观条件。文学消费既依赖主观精神也需客观物质条件，文学接受则主要依靠主观精神条件，也即文学消费需要一定的经济实力和经济投入，文学接受则更重视接受发生时的心理基础，包括期待视野、接受动机、接受心境、隐含读者与现实读者的关系等。

(2)文学消费与文学接受的联系

文学消费充分反映了文学阅读活动中的现实复杂性，具有更强的针对性和说服力。作为文学接受的文学阅读活动，明显地具有一种静观的或审美的性质，它所描述的其实是文学阅读活动的审美状态。作为现代文艺学的两个重要术语，两者存在着紧密的联系，同指向完美的文学阅读状态。

7. 怎样理解文学接受是一种审美体验、审美认识、审美交流以及价值诠释活动?

答: (1)文学接受是一种审美体验活动

①无论是叙事文学，还是抒情文学，总是深深地渗透着作家本人的情感态度，作家的深刻与独到之处在于他以艺术的手法塑造了一个人们似曾相识的文学世界，将这些人们熟视无睹的、被掩饰了的、被遗忘的甚至被歪曲的情感加以重新体验和表现。所以，在某种意义上也可以说，作家创造的文学世界其实也是一个情感世界。读者对文学作品的欣赏过程，就是一个情感体验的过程。文学作品题材、结构、类型等外在表现形式和艺术存在方式，也都参与构建审美体验。文学作品中叙述角度的独特、安排故事情节的机智、悬念设置的奇妙、抒情意象的奇特、文学结构的精巧，以及遣词造句的形式美等，都可能给读者带来美的享受。

②文学审美价值属性的根本来源是与现实相联系的艺术世界或艺术境界

优秀的文学作品呈现给读者的是内容与形式的辩证统一，既源于现实又高于现实的艺术世界，它以生动的形象、丰富的情感、精巧独特的艺术形式感染读者，不但影响读者的理智，给人以知识，同时能激发人们喜怒哀乐、爱憎好恶之情，锻炼人们对作品艺术形式的感受和品鉴能力，给人审美愉悦和形式美感，唤起人们对美好事物的热爱和追求，从而使人们慢慢形成健康、高尚的审美趣味和敏锐、细腻的审美能力。

(2)文学接受是一种审美认识活动

①文学接受是一种具有审美特性的审美认识活动这是因为，文学在一定意义上起源于人类模仿和求知的本能。优秀的文学作品本身就是一个自足的艺术世界，涵容着社会、人生方方面面的知识和信息。所以提供给读者的社会生活画面和知识信息不仅是丰富的，而且是综合性的，既有显在的表层的具体感性的生活图景和时代风貌，又有潜在的深层的社会本质规律和人性心理、时代精神。

②对文学作品的阅读，读者能看到不同时代的社会生活的具体面貌，获得关于社会、人生的多方面知识和规律，使作为个体的读者有限的视野、知识和生活经验得到开拓、增长和丰富，提高了观察生活、认识人生、理解现实的能力。正是在这个意义上，车尔尼雪夫斯基指出，文学是“人的生活的教科书”。

(3)文学接受是一种审美交流活动

①文学作品增进人们彼此了解、沟通与交流的属性

在接受过程中，读者会依据自己的情感需要和认识程度与作者以及隐含读者进行情感的交流和心灵的对话。因此，文学消费和接受也表现为一种特殊的即审美的交流活动。优秀的文学作品能够对读者的思想、道德产生深刻的影响，帮助他们明辨是非善恶、真假美丑，提高思想认识，增强道德感，使读者心灵得到净化，人格境界得到提升。

②文学接受具有社会性的交际功能

文学艺术活动是社会群体、民族乃至全人类相互交流思想情感、传授生活经验的重要途径之一。因而文学接受是确保社会整体得以维系、社会价值得以建构、历史传统得以绵延的基本文化活动。

③文学消费作为审美交流活动的表现

文学消费既可以实现读者与作者跨时空的交流，也可以实现读者与作品人物的精神性交流，又可以实现读者与读者的现实性交流，还可以实现读者与自然与社会的间接性交流。

(4)文学接受是一种价值诠释活动

①文学是生活的反映，作家对社会生活的描绘、反映并不是纯客观的，它带有主体性色彩。任何一部文学作品，总是或隐或显地渗透着作家主体对生活的理解、评价和价值判断。读者也的确会被影响并加入诠释。文学接受因而表现为文化价值的阐释活动。

②文学作为人类有意识创造出来的精神产品，总是带有一定的目的和意义，包含着丰富的审美价值。文学作品被作家创造出来，进入社会生活，便会通过读者的欣赏、接受活动显现其丰富的价值内涵，并反作用于社会生活，对人类的心理与社会实践活动产生影响。

③广义的文化价值包括审美价值、认识价值的。狭义的文化价值则主要指民俗学(贾平凹的商州系列，李杭育的葛川江系列)、历史学、宗教学(《神曲》的基督教背景、《一千零一夜》的伊斯兰教)、哲学意义上的价值属性(存在主义小说的哲学意味，他人是地狱)。

14.3　考研真题详解

一、名词解释

1. 审美经验[中国传媒大学2010年研]

答：审美经验是人们欣赏美的自然物、艺术品和其他人类产品时所产生出来的一种愉快的心理体验。这种心理体验不同于一般生理快感，它是人的内在心理生活与审美对象(其表面形态与深刻含义)之间交流或相互作用的反映。在审美活动中，伴随着审美对象与主体同时生成，主体在全身心地投入中对审美对象的反应、感受或体验。审美经验是审美主客体之间的一种活生生的动态体系，而不是主体的意识或精神。审美经验所具有的人生实践性是其根本性质之一。审美经验的基本特征主要有感性直观性、超个体眼前的功利性、感知与情感交相伴随、自由无限性、非理性的显性表征。

2. 文学接受[中国传媒大学2010年研；四川大学2010年研]

答：文学接受是接受主体透过语言符号去感受、理解和把握文学作品中所表现的审美意识，从而获得情感愉悦和精神满足的一种审美的心理活动，是感知、想象、情感体验、理性思考等一系列复杂的心理活动互相交织的过程。文学接受的形式包括文学阅读、文学欣赏、文学批评、文学研究等，其中最主要和最基本的是阅读与欣赏。文学接受对于作品审美价值和社会功能的实现，对于激励作家的创作，对于推动文学事业的进一步繁荣发展都具有重要的意义。

3. 文学消费[西安外国语大学2022年研；四川大学2011年研；同济大学2013年研；中央财经大学2017年研]

答：文学消费是指人们为了满足自身文化、审美与娱乐等各方面的精神需求而对文学作品加以占有、利用、阅读或欣赏的活动。文学消费有广义与狭义之分：广义的文学消费是指人们用文学作品来满足自己的精神需求的过程，即文学阅读或文学欣赏；狭义的文学消费则是在近代以来出现的，是指在商品经济充分发展、印刷出版等传播媒介得到广泛运用的条件下，在文学成为一种特殊的商品以来，人们对它的消费、阅读和欣赏。当文学消费与文学鉴赏对举时，往往指狭义的文学消费。

4. 夸示性消费[北京师范大学2010年研]

答：夸示性消费，又称明显消费、炫耀性消费、显示式消费等，是美国经济学家维布伦在《有闲阶级论》一书中提出的概念。在维布伦看来，夸示性消费是与有闲阶级联系在一起的。因为人们所遵守的总原则是，“低贱的劳动阶层只应消费生产必需品。就物品的天性而言，奢侈品和生活享乐品属于有闲阶级”。把夸示性消费与书籍联系起来加以思考的是法国社会学家埃斯卡皮。他指出：“有些人为了‘炫耀’才购买‘必须有的’书。他们把买书看成表明自己富有、有教养或者高雅的标志。有些人是把购书作为投资而购买稀有版本的，有些人是出于习惯购买某套丛书中的各种图书的。有些人是因为忠于某项事业或者某个人(其作品受到行家的赏识)而购买书的，有些人是因为喜欢漂亮的东西而购买书的(如果一本书的装帧、编排或者插图很精美而被认为是艺术品的话)。上述例子中所说到的书是‘作为物品的书’”。在埃斯卡皮看来，这种拥有书的方式只是一种夸示性消费，它们与真正的阅读活动无关。

二、论述题

1. 试举例论述文学消费与文学生产之间的辩证关系。[首都师范大学2011年研]

相关试题：艺术生产与艺术消费的辩证关系如何？试举例说明。[扬州大学2016年研]

答：参见本章课后习题详解3。

2. 有人说：在后现代社会，随着物质生活水平的极大提高，满足人们精神需求的方式也越来越多样化，因此，文学可以由大众娱乐文化所取代。你怎样评价这种观点？[中山大学2012年研]

答：这个观点描述了现代社会的部分现状，但由部分现状推论出“文学可以由大众娱乐文化所取代”的观点是有失偏颇的。

(1)文学消费日益成为当代社会最重要的大众消费之一

随着文化传播行业的出现和文化流通的日益活跃，文学生产者与文学消费者逐渐完全脱离，作家也逐渐把自己的作品投入市场，换取报酬。文学生产成为一种谋生的手段，文学作品成为商品，文学消费也随之烙上了商品消费的印迹，具有了一般商品消费的性质。文学消费具有参与性，要求消费者投身其中。人需要观照，但更需要实践，从某种意义上说，旁观某一事件不如参与某一事件更能给人带来身心的愉悦。文学消费不仅能使消费者参与，而且要求消费者调动自己的各种潜能，发挥想象，创造一个新的世界，因而更能给消费者带来身心的愉悦和精神的满足。从这个意义上来说，文学是不可能被大众娱乐文化所取代的。

(2)文学作品的唯一性决定了文学不会被取代

①价值是凝结在商品中的一般的无差别的人类劳动。但是这种劳动在物质产品中的含量比较容易判定，而在文学作品这样的精神产品中却不大容易准确判定。因为与物质生产相比，精神生产受到更多的主客观因素的制约。这些因素有的更难于转化为一般的无差别的人类劳动。其中有的因素甚至是偶然的、不可重复的，如作家本人的天赋，偶然的际遇所引发的灵感，等等。这些因素的价值内涵更是难以计算。正是这种不可复制的唯一性决定了文学不会被取代。

②一般商品的消费价值对于消费者来说是相同的，文学作品的精神价值是针对文学消费者的精神需要而言的，但由于阶级、民族、时代、个人修养，甚至性格、职业、性别等的不同，文学产品的消费价值对于不同的消费主体来说则是不同的，并且具有不同的衡量标准。

(3)优秀的文学产品具有超越时代的永恒的艺术魅力

一般的物质商品的使用价值随着有形的损耗与无形的损耗总要耗尽。一双鞋能用一两年，一幢房子能用几十年，还有的物质商品也许用得更久，但总有耗尽的时候，而且一旦耗尽，这些商品就完全地消失，不存在了；而优秀的文学作品则具有永久的魅力，为历代消费者所共享。荷马史诗距今约三千年了，但仍能给人们美的享受，便是一个明显的例子。正是这种独特的魅力保证了文学不可能被其他娱乐文化所取代。

3. 有人说文学是一种认识活动，有人说文学是一种审美活动，请谈谈你的看法。[中山大学2010年研]

答：有人说文学是一种认识活动，有人说文学是一种审美活动，文学不论是作为认识活动还是作为审美活动，要想达到认识和审美的目的都必须经过文学接受这个过程。文学接受是指审美范围内阅读、欣赏文学作品的一种特殊的精神活动，它作为一种正式的文学理论术语出现在20世纪。其中，最突出的贡献者是接受美学的姚斯、伊瑟尔等人。在这种新兴的接受美学中，作者被宣告死亡，作家的权威被作品内在的结构所代替。文学接受被视为对于作品结构与意义的发现。

（1）文学作为审美活动

①文学必须具有审美性，能给人以美的享受，带来精神愉悦。不具有审美性的作品不能成为文学作品。因此，审美价值是文艺的首要价值和核心价值，文学的其他价值必须通过审美价值这一中介才能显现出来，不通过审美价值而显现出来的价值也就不是文学的价值了。所以，文学的其他价值都处于依附性的地位。

②文学的审美价值是指通过感受欣赏文学作品的生动具体的艺术形象，激起读者强烈的情感体验，使之产生感官的快适和精神的愉悦，给人以美的享受，从而陶冶性情，纯洁心灵，提高精神境界。

③文学的审美娱乐功能具体表现在下列方面：

a. 感官的快适。凡美的事物首先能满足人的感官的感性要求，文学作品也是这样。例如，一首好诗首先它的形式具有整齐对称美，它的语言语调具有音乐美，当然还会有意境美等。

b. 情感的激动和体验。艺术必须以情动人，只有能激起接受者强烈的情感活动的艺术作品才是优秀的艺术作品。文艺作品在激起人的情感活动中，情感的宣泄和补偿是两个重要方面。人积蓄了情感就得发泄，喜则形于色，悲会令人哭，否则会憋出病来。奥地利心理学家弗洛伊德认为，艺术是“一种替代性的满足”。人的现实生活总不会十全十美，无论是物质生活还是精神生活，都会有许多缺陷，而阅读欣赏文艺作品就可以使这些缺陷得到补偿。

总之，文学的这些审美娱乐功能使文学必然具有消遣休闲、宣泄情感、精神享受、陶冶情操等社会作用，这就是文学的审美娱乐价值的具体表现。

（2）文学作为认识活动

①文学以其生动具体的艺术形象，显现出丰富复杂的社会内容，再现出人生宇宙的种种状况，可以给读者以丰富的历史和现实生活的知识，使读者对自然、社会和人生有更深刻的了解，从而开阔视野，增加阅历，丰富知识，发展智能，这就是文学的审美认识价值。

②我国古代的孔子不仅认识到文艺兴、观、群、怨的多种社会功能，而且看到文艺还具有认识自然的作用，“多识于鸟兽草木之名”。马克思和恩格斯强调优秀的现实主义的作品具有巨大的认识社会的作用，马克思在谈到英国现实主义作家狄更斯、夏洛蒂、勃朗特和哈克尔夫人等时说：“现代英国一批出色的小说家，他们以自己的卓越的、描写生动的书籍中向世界揭示的政治的和社会真理，比一切职业政客、政治家和道德家加在一起所揭示的还要多。”中国古典名著《红楼梦》被人誉为封建社会的“百科全书”，具有极高的认识价值。

③文学的审美认识价值还表现在文学作品能使人更深刻地认识人、了解人。高尔基认为，文学的目的之一是帮助人们从“内心”去了解人。如高尔基拿巴尔扎克的《欧也妮·葛朗台》的吝啬与他的外祖父进行比较，并意识到“书本具有一种能给我指出我在人的身上所没有看见的和不知道的东西的能力。”鲁迅十分称赞陀思妥耶夫斯基的作品对于人的灵魂的开掘。他认为一读那些作品，便令人发生精神的变化。因此，通过阅读文学作品，能够了解人、熟悉人，甚至能够洞悉他人的性格和心理，这也是文学作品认识价值的重要体现。

4. 过去的文学理论教材讲文学欣赏，现在的文学理论教材讲文学接受，请你对这种不同谈谈自己的看法。［中山大学 2011 年研］

答：（1）文学欣赏与文学接受的概念

①基本含义

a. 文学欣赏是指读者进入到文学作品所创造的形象世界之中，感受到了作品的审美意蕴，领悟了作品的思想内涵，从而与作品中的人物或作者发生情感上、思想上的交流，获得精神满足和情感愉悦的一种审美活动。文学欣赏的性质是审美，纯属精神文化范围内的活动。它不考虑接受者的经济行为，不考虑文学书籍是买来的、借来的还是别人赠送的，仅仅关注接受者对文学作品的阅读这种精神活动本身。文学欣赏活动包含着极其复杂的心理内容，而美感心理是其核心。它以对文学形象的感知为起点，在感知的基础上，充分调动欣赏者的联想、想象、情感、理解等心理要素，最终使欣赏主体达到高度的精神愉悦。

b. 文学接受是一种以读者为主体，以文学文本为对象，以把握文本的深层意蕴为旨归的阅读和再创造活动。接受美学认为，读者的接受活动是整个文学活动中最重要的一环，如果没有读者的接受，文学作品只是潜在的文本，文学的功能不可能实现，整个文学活动也就失去了意义。文学接受大致可以从商品的角度和精神的角度去考察。从商品角度看，文学接受就是文学消费；从精神角度看，文学接受又可分为欣赏性接受即文学欣赏和批评性接受即文学批评。

②发展历史

①1949 年到 1980 年代中期的中国文学阅读理论可以称之为文学欣赏理论。无论是以群、蔡仪主编的文艺理论教科书中关于文学欣赏的见解，还是王朝闻、毛星、柳鸣九、钱钟书等人的有关文学阅读理论的论述，抑或是朱光潜、宗白华等人的文学理论专著中涉及阅读的部分，莫不如此。他们大都强调文学阅读中的感受、体会、移情、共鸣等因素，把文学阅读活动看作一个有限“再创造”的过程。

②20 世纪 80 年代中期到 21 世纪初的文学阅读理论尤其注重接受美学问题，被称为文学接受理论。从包括童庆炳主编的《文学理论教程》在内的各种不同类型的文学理论教科书，到朱立元的《接受美学》、金元浦的《接受反映文论》、王岳川的《现象学与解释学文论》等文艺理论专著，都把接受美学作为文学阅读理论的新型范式予以推广。

（2）文学欣赏与文学接受的关系

①从表面上看，文学接受与文学欣赏之间意思差别不大，都是指读者的阅读活动。其实不然，严格地说，文学接受包括文学欣赏和文学批评。前者的主体是普通读者，趋向于感性认识；后者的主体是专业人员，趋向于理性认识。文学欣赏是文学接受的初级阶段。

②由于接受主体的素质有别，阅读文本的目的、态度不同，文学接受呈现出不同的层次，概括地说，主要有欣赏、批评、借鉴三个层次。

a. 欣赏性接受，其接受主体主要是普通读者，着眼于对文本的阅读欣赏，目的在于通过对文本审美性的感受、体验、赏玩，获得精神上的愉悦和享受。它是一种审美接受活动，满足的是个体性读者的审美需要，着重实现的是文本的审美价值。

b. 批评性接受，其接受主体主要是学者、评论家，侧重于对文本的鉴赏研究、理性评判。它是在审美体验的基础上，根据一定的理论观点和审美标准，对文本进行理性的分析、研究和评价、判断。它是一种建立在审美接受活动基础上的科学活动，是审美性与科学性的统一，着重实现的是文本的包括审美价值在内的广泛的社会价值。

c. 借鉴性接受，其接受主体主要是文人、作家，着眼于对文本的借鉴、学习。它是在审美体验的基础上，对文本进行个性化的研究、分析，意在探寻其成功的奥秘，借鉴其艺术上的优长，学习其创作技巧，提高自己的写作能力，创作出更好的文本。它是一种以审美接受活动为基础的学习再创造活动，审美性、创造性是其追求的目标。

在欣赏、批评、借鉴三个层次中，欣赏性接受是一种比较纯粹的审美接受，是文学接受的主要方式和主要内容。无论是带有浓厚科学意味的批评性接受，还是带有鲜明创造倾向的借鉴性接受，都必须建立在欣赏性接受的基础之上。事实上，欣赏也是文学创作的真正目的所在。因此，在文学接受中，首先要了解的便是欣赏的基本规律。

5. 文学接受和文学消费的联系与区别。[中国传媒大学2019年研；南昌大学2023年研]

相关试题：简述文学消费与文学接受的区别。[陕西师范大学2022年研；福建师范大学2023年研]

答：参见本章复习笔记。

6. 文学消费的意识形态性。[湖南师范大学2022年研]

答：参见本章复习笔记。

第15章　文学接受过程

15.1　复习笔记

一、文学接受的发生

(一)期待视野

1. 期待视野的含义

期待视野是指读者在阅读一部作品时，会根据自身经验所形成的思维框架来进行阅读。对于接受者来说，期待视野不是固定不变的，经过每一次新的艺术鉴赏和实践活动后，原有的期待视野会被修正拓展来为接受者提供新的审美经验。期待视野是接受美学的重要概念，它是由接受美学的代表人物姚斯提出来的。

2. 期待视野的层次

(1)文体层的期待视野

文体层的期待视野是指读者对作品的形式特征方面的期待，包括作品的表现方法、结构技巧、语言特点、艺术感染力等方面。

(2)形象层的期待视野

形象层的期待视野是指读者由于作品中的某种特定形象而引发的期待指向。这种指向，意味着读者希望从初次接触到的形象和情景中，看到某种符合人物性格特征或符合某种特定情绪的氛围的展示与渲染。

(3)意蕴层的期待视野

意蕴层的期待视野是指读者从接受动机与需求中产生的对作品的深层价值、审美意味等方面的期待。这是因为人们有着力图超越自身而趋向崇高的欲望需求。

除此之外，还有其他要素影响读者的期待视野：作品的题目、书籍的装帧设计、作家的相关信息等。

3. 期待视野的形成

与期待视野的形成有关的因素：

(1)世界观、人生观、价值观

读者通过长期的生活实践形成了自身的对于世界、人生、价值的看法，从而形成了自身的审美与情感倾向。这影响读者对作品的期待。

(2)自身的文学素养

不同的读者有不同的文学素养，包括文学类型、文学史、文学中的技巧与手法、艺术特征等方面的知识，这决定了他们对文学的期待也不同。

(3)生理特征

读者的生理特征，包括读者的年龄、性别、性格等生理学意义上的特征。拥有不同生理特征的读者在文学的期待上也是不同的。

总之，期待视野的形成与诸多因素有关，包括读者的三观、文学素养和生理特征。这些因素共同作用形成了读者先在的思维定势与心理图式，并在阅读过程中起作用。

4. 期待视野的类型

按其接受主体的状况划分：

(1)个人性期待视野，是指一般读者在阅读某一具体作品过程中体现出来的期待视野。

(2)集体性期待视野，主要是指专门从事研究和批评的特殊读者所拥有的期待视野。

(二)接受动机

1. 审美动机

人类拥有力图超越自身而渴望自由的欲望需求，就文学而言，读者就将文学当作是使情感愉悦并达到自由平衡状态的途径之一。

2. 求知动机

文学承载着人类的智慧，读者总是试图通过文学作品来获得世界的相关知识，比如社会的本质、历史演变的规律等。

3. 受教动机

文学不仅描绘世界，而且也拥有道德教育意义，而读者也试图通过文学作品而获得道德方面的指引，这也是读者的接受动机之一。

4. 批评动机

这主要表现在从事文学研究、文学批评、文学教育的专业工作者身上。这些专业研究者因为拥有更多的专业知识，在阅读作品时不仅仅是想要获得审美愉悦，更是会利用文学理论对文学作品进行分析与批评，试图获得对文学更加科学的认识。

5. 借鉴动机

这主要表现在作家，尤其是初学写作者身上。这些创造者试图通过阅读他人的文学作品获得某种启示，并借鉴到自己的写作中，从而提高自身写作水平。

(三)接受心境

1. 接受心境的形成原因

(1)含义

在现实生活中，人们总处于一定的情绪状态，而情绪状态具有持续性，这种生活中的情绪状态会被带入到文学阅读活动中，影响阅读效果。读者的这种影响阅读的情绪状态，称作接受心境。

(2)分类

文学接受心境有三种情况：欣悦、抑郁与虚静。

①欣悦心境是指主体进入阅读活动时所特有的振奋、欢快、乐观的情绪状态。

②抑郁心境是指主体进入阅读活动时所特有的失意伤感、郁闷压抑的情绪状态。

③虚静心境则超脱于两者，其情绪状态呈现为冲淡平和、清静自然。

2. 接受心境对阅读效果的影响

(1)不同的情绪状态影响读者的阅读兴趣。处于欣悦状态时，读者甚至可能会对平常作品产生浓厚的阅读兴趣；处于抑郁状态时，读者可能会对一部十分优秀的文学作品也提不起兴趣。

(2)即使面对同一作品，由于情绪状态不同，也会导致不同的阅读境界。

(3)接受心境并不是一成不变的。文学作品会对人的情感产生作用，所以接受心境也会产生变化，从而影响阅读的效果。

（四）从隐含的读者到读者阅读

隐含读者是相对于隐含作者而存在的一个概念。隐含读者不同于生活中的读者，它实质上是虚构的某一类群体，是文学作品的预想读者。

1. 创作动机与隐含读者

作家的创作动机决定文本中隐含的读者的存在。作家在创作之前，往往会设想这部作品是为有哪一种阅读需求的读者而创作。

2. 选材与隐含读者

作家的选材及文体特点也会决定隐含的读者的存在。当隐含读者向现实读者转化时，文学接受就发生了；而文学接受之后的发展，与现实的读者相关，与隐含读者并不直接相关了。

3. 文本内涵与隐含读者

作家赋予文本的思想内涵会决定隐含的读者的存在。如雨果明确表示只要"本世纪的三个问题——贫穷使男子潦倒，饥饿使妇女堕落，黑暗使儿童羸弱"还没有得到解决，那么他《悲惨世界》就是依然是有价值的。

二、文学接受的发展

（一）填空、对话与兴味

1. 填空、对话

（1）"空白"

作为接受美学创始人之一的沃尔夫冈·伊瑟尔最早于1960年代在《文本的召唤结构》中明确提出"空白"一词。"空白"是指文本结构中的不确定和隐蔽处，当读者填充这些空白时，就会被文本结构召唤，并进行再创造。

（2）"填充不定点"

这是英伽登现象学理论的重要概念。英伽登认为文学作品是作家预设好的一个图式结构，需要通过"具体化"得以显现，而这一过程的主要任务之一就是填充结构中的"不定点"。"不定点"就是文学作品中的语言留白和叙事缺席。

（3）"对话"

文学理论中的"对话"概念由阐释学理论家伽达默尔指出。他认为作品的意义产生于读者与文本的"对话"之中，而且这种对话不是单次的，而是无限的。

2. 兴味

兴味是中国古代文论的重要概念，主要是指诗歌具有一种含蓄蕴藉、富有情趣，并且能引发读者兴致使其回味无穷的美感。它兼有审美接受与创作发生两种指向，兼具诗学与日常两个维度，且具有强大的意涵吸附性和文体开放性。这一概念与英伽登、伊瑟尔、伽达默尔的相关理论有融通之处。它们所揭示的都是文学作品阅读接受过程中的再创造特征，它所指明的正是文学作品构成审美价值的固有方式和特征。

3. 原因

从文学作品本身而言，造成这种方式和特征的根本原因是：

（1）与其他艺术门类相比，读者看到的文学作品只是抽象性文字符号的系列组合。这些文字符号并不能直接成为审美对象，它需要通过读者的处理（包括理解、想象、再创造）才能成为审美对象。

（2）文学的语言具有模糊性与暗示性，不像科学著作中的那么准确与严密，所以会产生各种意义空隙。

（二）还原与异变

1. 异变

(1)作品形象的异变

读者在阅读作品并“还原”其中的人物时，并不会完完全全按照作品中的描述进行想象，而是会加入自己熟悉的人物与事物的形象，并且也会根据自己的兴趣偏好以及情感倾向进行加工。

(2)情感的异变

在某一特定文本中，作家融进的情感虽是确定的，但不同期待视野的读者却会唤起不同程度或不同性质的情感体验。

(3)思想观念的异变

作家在创作过程中，总要赋予作品一定的思想内涵，但读者所体会到的作品思想内涵通常与作家所赋予作品的意义不同。

2. 异变与读者的期待视野

文学接受中的异变现象受到两方面的影响：一方面就是由于文学语言本身的模糊性与暗示性，文学作品中有许多的“空白”；另一方面，读者作为个体有着不同的期待视野。其突出表现在以下几个方面：

(1)某些政治观念会导致异变。

(2)某些预定文化观念会导致异变。

(3)文化视野会导致异变。

(4)个人经验会导致异变。

(5)文学欣赏能力会导致异变。

（三）理解与误解

1. 正解与误解

正解与误解是阐释学的重要概念，它们表示的是“前理解”与作者的创作动机、作品意蕴与艺术价值的不同“对话”关系。所谓“前理解”是指读者对作品先入为主的看法。当“对话”关系具有一致性时，称为“正解”；相悖时称为“误解”。

2. 正误与反误

在具体阅读现象中，误解又可分为“正误”与“反误”两种情况。

(1)正误，是指读者的理解虽然与作者的创作动机有所不同，但是这种理解确实指出了作品的某些实质，在客观上符合作品本身。

(2)反误，是指读者有意或无意地对文学作品进行分析与评价，这种评价并没有完全建立在文本之上而是牵强附会，甚至还有歪曲之处。

（四）期待遇挫与艺术魅力

1. 顺向相应

顺向相应是指读者的期待视野在作品中予以实现，也就是说作品中的事件走向、人物性格等方面与读者预先想到的一样。

2. 逆向受挫

逆向受挫是指读者在阅读过程中期待没有得到满足的情况，甚至有些时候文学作品会超出读者的期待视野，这被称为“完全遇挫”，而这种情况往往会使得作品呈现出不同他者的独特艺术魅力。

三、文学接受的高潮

(一)共鸣

1. 含义

共鸣，是指阅读者对文学作品进行审美观照时出现的感同身受，即读者和文学作品在思想感情方面的一种共通感。共鸣是阅读者在阅读或者鉴赏文学作品过程中普遍存在的情感现象之一。

2. 产生的原因

共鸣产生主要有两方面的影响因素：

(1)作品

作品本身具有深刻丰富的思想感情和强烈的艺术感染力。

(2)读者(即接受主体)

共鸣的产生也需要读者的参与，这就是说作品必须与读者的期待视野有相似的地方。这主要包括以下几方面：

①思想观念

文学作品不仅包括人物的思想观念，而且自身也会呈现出整体的思想观念，当读者的期待视野与之相符时，共鸣就会产生。

②情感经验

文学作品中饱含着情感的抒发，当读者有着相似的情感经验时，共鸣就会产生。

③意志愿望

文学作品中不仅含有作者的意志愿望，也含有作品中人物的意志愿望，当读者的意志愿望与之相符时，共鸣就会产生。

3. 作用

(1)共鸣是文学作品自身价值实现的重要途径。文学作品，只有通过引起众多读者的共鸣，才能真正发挥审美、认识、价值阐释和交流等作用。

(2)共鸣是判定一部作品价值高低的重要尺度。一部作品引起读者共鸣的程度越强烈，范围越广大，其价值往往也就越高。

(二)净化

1. 净化界说

净化原本是医学和宗教用语，亚里士多德首次将其用作文学用语，是指文艺的一种特殊接受状态。具体来说，净化是指读者在进入文学接受的高潮阶段后，经由共鸣之后，从而得到的精神调节状态。

2. 净化的表现

(1)调节读者的精神状态

读者通过文学作品进入其建构的文学世界，从而忘掉烦恼，祛除杂念，精神得到愉悦，境界得到提升。

(2)矫正读者的错误心态

读者可以通过文学作品来宣泄自身的情感，从而使不平衡的心态达到平衡。

（三）领悟

1. 含义

领悟是读者在文学接受进入高潮阶段的又一表现，是在共鸣、净化之后出现的。具体来说，领悟就是指读者通过阅读文学作品后精神境界得到升华的状况。

2. 特征

(1)基于理解的体味

领悟必须以读者对作品内涵的主动思索和深刻理解为前提。

(2)基于体味获取人生教益

只有充分通过理解与思索，才会产生领悟，而在这一过程中，读者的期待视野不仅得到了满足，而且加入了新的内容，从而使得读者拥有更加积极的人生向往。

（四）余味

1. 含义

余味是读者进入文学接受高潮后的最后一个状态。具体来说，就是指文学作品带给读者的相关体验在读者头脑中延续的状态。

2. 影响

余味对读者有两种影响：

(1)从短期看，读者在余味状态下产生思想情感上的变化。

(2)从长期看，作品会在各个方面对人形成潜移默化的影响，包括价值取向、审美趣味等方面。

『名家名论』

凡操千曲而后晓声，观千剑而后识器。故圆照之象，务先博观。阅乔岳以形培塿，酌沧波以喻畎浍。无私于轻重，不偏于憎爱，然后能平理若衡，照辞如镜矣。是以将阅文情，先标六观：一观位体，二观置辞，三观通变，四观奇正，五观事义，六观宫商。斯术既形，则优劣见矣。

——刘勰：《文心雕龙·知音》

无寄托则指事类情，仁者见仁，智者见智。

——周济：《介存斋论词杂著》

人之读一小说也，往往既终卷后，数日或数旬而终不能释然。读《红楼》竟者，必有余恋、有余悲；读《水浒》竟者，必有余快、有余怒。

——梁启超：《论小说与群治之关系》

中国人看小说，不能用赏鉴的态度去欣赏它，却自己钻入书中，硬去充一个其中的角色。所以青年看《红楼梦》，便以宝玉、黛玉自居；而老年人看去，又多占据了贾政管束宝玉的身份，满心是利害的打算，别的什么也看不见了。

——鲁迅：《中国小说的历史变迁》

“昨夜西风凋碧树。独上高楼，望尽天涯路”，此第一境也。“衣带渐宽终不悔，为伊消得人憔悴”，此第二境也。“众里寻他千百度，蓦然回首，那人却在灯火阑珊处”，此第三境也。

——王国维：《人间词话》

文学文本只是一个不确定性的“召唤结构”，它召唤读者在其可能范围进行再创造。

——伊瑟尔

作品意义在读者与文本的“对话”中生成。文学作品的意义是开放的，不确定的，处于无限的对话之中。

——伽达默尔·伊瑟尔

15.2 课后习题详解

1. 读者的阅读期待视野是怎样形成的？

答：参见本章复习笔记。

2. 文学接受的主要动机是什么？

答：参见本章复习笔记。

3. 如何理解接受心境与接受效果之间的关系？

答：参见本章复习笔记。

4. 隐含的读者是怎样形成的？

答：决定隐含的读者存在的因素包括：

(1)创作动机与隐含读者

作家的创作动机决定文本中隐含的读者的存在。作家在创作之前，往往会设想这部作品是为有哪一种阅读需求的读者而创作。

(2)选材与隐含读者

作家的选材及文体特点也会决定隐含的读者的存在。当隐含读者向现实读者转化时，文学接受就发生了；而文学接受之后的发展，与现实的读者相关，与隐含读者并不直接相关了。

(3)文本内涵与隐含读者

作家赋予文本的思想内涵会决定隐含的读者的存在。如雨果明确表示只要“本世纪的三个问题——贫穷使男子潦倒，饥饿使妇女堕落，黑暗使儿童羸弱”还没有得到解决，那么他《悲惨世界》就是依然是有价值的。

5. 文学接受为什么需要填空、对话与兴味？

答：文学接受之所以需要填空、对话与兴味，原因在于：

(1)接受美学认为，一个完整的作品必须经过读者的阅读。如果没有读者的参与，就不能称为作品，而只能叫作“第一文本”。当读者阅读这一“第一文本”后就变为“第二文本”，作品就不再是一个孤立的“自在”物，而成为审美对象。

(2)作为审美对象的第二文本，因为文学文本中的文字符号，必须经过读者的想象、体验，才能还原为可以构成审美形象。文学作品主要使用描述性语言，有着明显的模糊性和不确定性，文学作品的接受，只有伴随着读者在文学符号基础上展开的想象才能进行。

6. 文学接受活动中为什么会产生异变？

答：文学接受活动中产生异变的原因在于：

(1)文学阅读过程中充满着“填空”“对话”“兴味”，这使得异变产生。由于文学语言具有模糊性与暗示性，文学文本当中有许多意义空白，当读者阅读这些文本时会自觉地填补它们，也就是进行再创造。但是由于读者与作者有着不一样的特质，读者所还原的文学世界一定与作家在文学作品中构筑的文学世界不同，从而产生异变。

(2)读者作为个体有着不同的期待视野，也会使异变产生。具体来说，某些政治观念、某些预定文化观念、文化视野、个人经验、文学欣赏能力等方面都会导致异变。

7. 如何看待文学接受过程中的误解？

答：参见本章复习笔记。

8. 试述期待遇挫与艺术魅力之间的关系。

答：在文学阅读过程中，读者的期待视野与文本之间，常常呈现出顺向相应与逆向受挫：

(1)顺向相应

顺向相应是指读者的期待视野在作品中予以实现，也就是说作品中的事件走向、人物性格等方面与读者预先想到的一样。读者在顺向相应的阅读过程中，主要有两方面的感受：首先，因为文本的发展符合读者的预期，读者会感受到阅读的轻松与拥有先见之明的快感；其次，读者不会体验到超出期待视野的文学空间，所以会认为这种作品十分平庸，而丧失吸引力。

(2)逆向受挫

逆向受挫是指读者在阅读过程中期待没有得到满足的情况，这种情况通常发生在阅读优秀的文学作品时。这些作品一方面会包含着符合读者期待视野的内容，从而让读者可以感受到阅读的轻松，但有些时候却会超出读者的原本设想，让读者陷入逆向受挫中，从而感受到一个非常有吸引力的文学空间。读者在逆向受挫的阅读过程中，虽然会感到暂时的不适应，但是当进入文本所构筑的第二世界时，又会感到欣喜与愉悦，作品的艺术魅力就在这样一种阅读的双重体验中产生了。

(3)完全遇挫

完全遇挫是指文学作品的发展完全超出了读者的想象，也就是说读者的期待视野完全没有实现。比如，某些过于晦涩、令人难以捉摸的“先锋诗”，某些过于随意、无迹可寻的“意识流”小说等，常常会导致这种结果。这类令人“完全遇挫”的作品，有的尽管有着很高的创新价值，但因阻绝了读者的介入，其价值往往又很难得以实现。

总之，期待遇挫与艺术魅力有着密切的联系。但是，这并不是说期待遇挫越多的文本就越有魅力。一般来说，真正有艺术魅力并为大众喜爱的作品通常不仅有逆向受挫，还含有顺向相应。一方面，顺向相应让读者在阅读中感受轻松，因为其中含有读者旧有的经验；另一方面，逆向受挫又让读者不断感受到出其不意的阅读体验并扩充其期待视野，从而被作品牢牢地吸引。

15.3 考研真题详解

一、填空题

“隐含读者”是德国文论家______提出的概念，与“隐含读者”相对的是______。[首都师范大学2013年研]

【答案】伊瑟尔；现实读者

【解析】“隐含读者”是由德国接受美学的代表人物伊瑟尔提出的，“隐含读者”相对于“现实读者”而言，是指作家本人设定的能够把文本加以具体化的预想读者。

二、名词解释

1. 戏仿[北京大学2012年研]

答：戏仿是指在诗歌中仿拟另一诗作的风格、语气、格式等特征的一种修辞手法，常以夸张的形式出现。戏仿中，用于仿拟的替换成分与被仿的原成分之间往往存在着对立和反义的关系。从文体学和风格学上看，戏仿可以界定为“不协调的模仿”，是“滑稽”的一种手法或变体。其目的在于通过突出形式和风格同题材之间的悬殊或落差，造成一种滑稽可笑的效果。

2. 期待视野[江苏师范大学2024年研；南京大学2014年研；华中科技大学2020年研；中山大学2021年研；华南师范大学2021年研；中南大学2022年研；湖南师范大学2023年研]

答：期待视野是姚斯提出的一个重要概念，是指接受者由现在的人生经验和审美经验转化而来的关于艺术作品形式和内容的定向性心理结构图式，是一种预先存在的阅读意向。它将决定读者对所读作品内容的取舍，决定他的阅读重点，也决定他对作品的基本态度与评价。期待视野是在读者已有的生活经验和文化修养、审美趣味和审美经验以及当下的接受预示等综合的作用下形成的，是欣赏活动的基础。期待视野大体上包括文体期待、意象期待、意蕴期待三个层次。

3. 文体期待[首都师范大学2010年研]

答：文体期待是指读者在阅读文学作品时，由某种已经惯例化的文学类型或形式特征而引发的心理期待指向。这种指向意味着读者希望体味到某种文体所可能具有的特定艺术韵味、艺术魅力乃至语言、结构、人物、情节等方面的特色。

4. 隐含的读者[北京师范大学2010年研；北京大学2011年研]

相关试题：隐含读者[南开大学2024年研；南昌大学2024年研]

答：隐含的读者是德国接受美学家伊瑟尔20世纪60年代末提出的一个重要概念，它不同于生活中实际存在的读者，实质上是作家虚构的某一类群体，是文学作品的预想读者。这一概念对主导西方文论界半个世纪之久的形式主义文评批判最为有力，并最终结束了它的使命，开当今“读者时代”之先河，但接受美学对形式主义的批判却最终导致了自身的危机，引发后结构主义对形式主义进行新的本体思考，对西方形而上传统展开更加深入的批判，隐含的读者也因此不断受到挑战。

5. 移情[首都师范大学2012年研]

答：移情是美学的重要范畴之一。它是指诗人把自己的生命和情趣外射或移注到创作对象中去，使本无生命和情趣的外物仿佛具有人的生命活动。即古人所说的“以我观物，则物皆着我之色彩”。移情的过程就是诗人先有某种情意而后将它移注于外物之中，达到物人合一，使对象活动拟人化的过程。“感时花溅泪，恨别鸟惊心”“颠狂柳絮随风舞，轻薄桃李逐水流”“蜡烛有心还惜别，替人垂泪到天明”，这些诗句就是采用了移情手法，其中花、鸟、柳絮、桃李、蜡烛，这些本无感情色彩的“物”在诗人的笔下，宛若与人的喜怒哀乐之情息息相通，别有一番审美情趣。

6. 延留[首都师范大学2012年研；中国传媒大学2013研]

答：延留，又称余味，是指读者进入文学接受高潮后的最后一个状态（之前的状态为“共鸣”“净化”“领悟”）。具体来说，就是指文学作品带给读者的相关体验在读者头脑中保持延续的状态。余味对读者有两种影响。从短期看，读者在余味状态下产生思想情感上的变化；从长期看，作品会在各个方面对人形成潜移默化的影响，包括价值取向、审美趣味等方面。

7. 余味[北京师范大学2010年研；中国传媒大学2015年研；福建师范大学2023年研]

答：余味是中国古代文论中的术语，形容事物的性情未尽。中国文论自古就有以味喻诗的传统，许多文人学士在鉴赏文学艺术时，把味觉艺术引申到诗歌美学领域，以味作譬，阐释艺术美学中抽象玄奥的道理。自陆机《文赋》以味喻诗文之后，后继者蜂起，渐而形成中国古代文论中以味喻诗的一种传统的思维模式，或称之为一种很有影响的文艺理论流派——滋味说。

8. 滋味说［四川大学2013年研；华中科技大学2020年研］

答：滋味说是中国古典美学关于艺术美感的理论，语出南朝齐梁时钟嵘《诗品·序》："五言居文词之要，是众作之有滋味者也"。"滋味"就是"指事造形，穷情写物，最为详切"，即从内容与形式的统一上去创造鲜明的艺术形象。钟嵘认为诗歌是否具有美感魅力是艺术品评的标准，主张从美感辨味进行作品赏析，要求诗歌创作应"使味之者无极，闻之者动心"，具有艺术的感染力。

三、论述题

文学误读。［南开大学2010年研］

相关试题：如何认识文学传播中的误读现象？［中山大学2017年研］

答：文学误读，是读者对作品的创造性理解和主观评价。这是因为读者在阅读作品时的主观情感不可能和作者创作时的情感完全一样造成的。文学误读作为一个纯粹的文艺理论术语，诞生于西方20世纪60年代的解构主义思潮中。

（1）文学误读的产生原因

文学误读的生成受四个因素的影响：作者、读者、文本以及社会权力运作。

①作者

作者是作品的创造主体，无论是有意还是无意，无论是主观还是客观，他们都是造成误读不可或缺的因素。造成文学误读的作家方面的因素有：作者说话的艺术、作者创作当中的无意识机制、作者个性特征与社会的冲突。

②读者

读者的期待视野、个人偏好、识鉴能力以及读者的自我肯定意识等因素会造成文学误读。读者在阅读文学作品时，并不是在他们自己乐意选择的情况下进行的，而是在已经存在的阅读历史继承下进行的。读者个人差异是造成文学误读的主要原因之一，首先是因为读者各有偏好。其次是读者个人的识鉴能力高低不同。读者的焦虑呈现了"求异——逆反式"误读面貌，这是审美求异心理的审美逆向思维的结果。

③文本

文学语言是描述性语言，其内涵含蓄模糊，它的诸多空白与未定点组合的结果必然是文学作品思想的不确定。文学作品体现为一种召唤结构，它强烈要求读者去联想、填充，以最终使得不完全的"形"走向"无形"，得出自己对作品的独特理解，这在某种程度上也构成了误读。

④社会权力运作

权力是离文学最远的一种事物，文学要求自由独立，权力要求纪律与服从；文学要求同情与宽容，权力要求冷酷与严厉。但是在现实文学活动中，权力因素的介入事实存在着。其典型就是文学为社会权力的运作。这是文学误读现象形成的又一客观原因，尤其是理论批评界的误读所形成的强烈的社会舆论。

（2）文学误读的意义

①文学误读对文学活动的意义

误读是文学活动自身发展的需要，它是文学活动互动机制中不可或缺的活跃分子。作者创造出文本，若没有读者的参与，尤其是误读，它就不会演化、发展。在这一过程中，文本的潜在价值不断得到实现。读者的误读及时反馈给创作者，在某个方面来说，它又成为作者创作的一个指引与参考。

②文学误读对整个社会认知水平的意义

误读打破了“作者话语－读者接受”的单一模式。相反，读者也参与了文本的创作，读者与作者形成了相互学习、借鉴、监督的良好态势。这对整个社会的认知水平的合理化与提高不乏意义。

总之，因为误读，文学作品的再生力才得到有力展示，文学活动才能呈现出生生不息的动态感和鲜活感。离开误读，这一切的生成便失去了依靠。

第16章　文学批评

16.1　复习笔记

一、文学批评的价值取向

（一）文学批评的界定

1. 文学批评的定义

文学批评是指按照一定的标准，对作家作品和文学现象（包括文学运动、文学思潮和文学流派等）所做的研究、分析、认识和评价。文学批评的对象是各种文学现象，包括作家、作品、文学运动、文学思潮、文学流派等。在所有的文学现象中，文学作品占重要的地位，成为文学批评最主要、最基本的对象。

2. 文学批评活动的属性

从属性上看，文学批评是关于文学现象的思考与写作方式，具有科学性、艺术性和意识形态性。

（1）科学性

文学批评是一种由审美理性主导的人文科学活动，始于审美感悟，终于科学评价。这就要求文学批评必须在审美鉴赏的基础上，对以文学作品为中心的各种文学现象进行判断推理、分析评价，得出客观、公正的科学结论。

（2）艺术性

文学是满足人的审美需要的活动，其本质是审美。文学作品中所反映的社会生活虽然融合着政治、道德、经济、宗教、哲学等各种社会文化因素，但是其中的审美因素是主要因素。包括文学作品在内的一切艺术作品，都是对社会生活的形象反映，凡是没有形象只是以抽象的理论形式来表现思想观念的地方，就没有真正的艺术。既然作为文学批评的主要对象的文学作品具有审美的特质，那么文学批评就要在审美感受的基础上，根据一定的美学观点，以审美的角度来评价文学作品，从而揭示文学作品的审美价值。文学批评不应仅仅限于发现作品的思想和社会的价值，还要对思想内容表现与形象的成败和高下做出艺术的评判。

（3）意识形态性

文学批评是以文学作品为中心而兼及一切文学活动和各种文学现象的理性分析、评价和判断，这表明了它作为意识形态评价的那种普遍社会属性。从批评对象来说，作为主要对象的文学作品，不管是诗歌、散文，还是小说、剧本，都是精神生产的产物，是一种意识形态话语，而且各种文学现象如文学理论、思潮、流派等也都是意识形态自觉与不自觉的表现形式。因此，就批评对象而言，文学批评分析与评价的是意识形态范畴的客体形式。尽管文学作品的意识形态价值并不是唯一的价值，还有其他如美学的、历史的、文化的价值等，但这些价值都与意识形态价值有密切的关系或者自己本身也就是一种意识形态。

（二）马克思主义的文学批评及其标准

1. 马克思主义文学批评的定义

马克思主义文学批评，主要是运用美学观点和历史观点对作品进行分析的一种批评方法。

2. 美学观点和史学观点

(1)“美学的观点和历史的观点”是恩格斯提出的，他从两个方面考察了人类文学艺术活动的本质特征和规律：一方面，他根据人类生产区分为两大门类的理论，论述了文学艺术作为一种特殊的精神生产的审美本质及其创造规律；另一方面，他又根据历史唯物主义关于经济基础和上层建筑的观点论述了文学艺术作为社会意识形态及其发展、演变的规律，从而论证了人类文学艺术活动的本质规律是审美本质和社会意识形态性的统一。

(2)既然人类的文学艺术活动是一种审美活动，是一种以创造审美价值为目的精神生产活动，人们在考察它时，就不能不考虑它是否符合美的规律，是否创造了审美价值；既然文学艺术是一种特殊的意识形态，是一定时代的产物，它要反映一定历史时代的社会生活的面貌，反映历史时代的生活本质、规律、人们考察它时，就不能不考虑它与社会经济、政治以及各种意识形态之间的关系，不能不考虑它与整个社会发展、与整个时代环境和历史文化传统之间的联系。

正是在这样的理论基础上，恩格斯把“美学的观点和历史的观点”确立为文学批评的“最高标准。”

3. 思想标准和艺术标准

马克思主义文学批评的标准，包括了思想标准和艺术标准。

(1)思想标准

思想标准是衡量文学作品思想性正误强弱的尺度，包括真实性、倾向性和情感性三个方面。具体来说就是：

①就作品所反映的现实生活来考察其是否具有高度的真实性。

②就作品所蕴含的作家情感来考察其是否具有进步的倾向性。

③就作品所产生的社会影响来考察其是否具有健康的情感性。

(2)艺术标准

艺术标准是衡量文学作品艺术性高低优劣的准绳，包括文体构成、形象创造、意蕴表现三个方面。具体来说就是：

①就作品的语言技巧、结构安排、表现手法来判断其文体构成的完美程度。

②就作品的典型塑造、意境营造、意象醞造来判断其形象创造的鲜明程度。

③就作品的情感内涵、哲理内涵、思想内涵来判断其意蕴表现的深厚程度。

总的来说，文学批评应当始终不渝地坚持美学的和历史的原则及其具体的思想标准和艺术标准，同时又注意针对具体作品、根据具体情况灵活地运用。

二、文学批评的模式

(一)文学批评模式的含义

文学批评模式是从过去的文学批评实践中归纳概括出来的基本范式，每一种范式都会体现出独特的批评标准、方法。

20世纪以前出现的批评模式是传统的批评模式，而20世纪以来出现的批评模式是现代的批评模式。

(二)传统批评模式

1. 伦理道德批评

(1)含义

伦理道德批评是以一定的道德意识以及由此而形成的伦理关系作为规范来评价作品，以善恶为基本尺度来决定批评对象的取舍。目的是实现作品的伦理价值及道德教化功能。

（2）特点

①具有历史的长久性。

②使用的道德标准具有不同阶级、不同时代、不同民族的多样性。

③不同的评价结果具有差异性乃至对抗性。

2. 社会历史批评

（1）含义

社会历史批评是指通过考察作品产生的社会历史条件而评价作品的批评方法，强调文学是一定的社会历史环境的产物，因而文学批评的主要任务在于阐释它的社会历史原因及社会影响。

（2）基本原则

①强调文艺的社会性质，着重研究文艺与社会的关系。

②强调文艺是种族（主要指生理遗传），环境（主要指地理、气候），时代（主要指心理、文化）的产物，着重考察社会生活和历史状况。

③强调考察作品反映社会生活的真实程度和深度、广度，探讨作家的世界观对某一集团或阶级的世界观体现得怎样，从而确定文艺作品的价值。

（3）中国的社会历史批评

重视考据、义理、辞章三个方面。考据求信，义理求善，辞章求美。

（4）西方的社会历史批评

代表理论家及著作主要有维柯《新科学》、丹纳《艺术哲学》、勃兰兑斯《十九世纪文学主流》。

3. 审美批评

（1）含义

审美批评主要着眼于文学作品的美的构成及其审美价值，强调作品的“畅神”“移情”效果和娱乐、愉悦作用，把文学作品看作在真善基础上又超越了真善的“超功利”的审美对象。

（2）特点

①首先是一种情感性评价，它着眼于作品表达什么样的情感并在多大程度上得到了成功的表现和引起了读者的心灵震荡与情感激动。

②又是一种体验与超越矛盾统一的批评，它往往具有“超功利”的性质。

③还是一种形式或形象的直觉批评，它倾向于对文学作品的形式表现或形象构成做直觉性判断。

（三）现代批评模式

1. 心理学批评

（1）含义

心理学批评是指运用现代心理学的成果来对作家的创作心理及作品人物心理进行分析，从而探求作品的真实意图以获得其真实价值的批评。

（2）方法

心理学批评立足于对作品人物的心理分析，试图找出作者创作的心理机制，如意识或无意识动机，再转而对作品为什么要用这样的形式技巧、语言符号做出解释。

（3）分类

约翰·马勒在《心理学和文学》一文中指出："以某种方式与文学发生关系的心理学方法共分为三种截然不同的类型：一、心理动力型(Psychodynamic Paradigm)。这一类型并不十分严谨地围绕着运用于文学上的精神分析法，包括文学创作和接受过程中的心理经历及影响。二、心理-生物型(Psychobio-logical Paradigm)。这一类型着重研究文学接受的生理基础，以及这些与接受者特征有关联的文学对象的形式特征。三、认知型(Cognitive Paradigm)。这一类型结合语言心理学，着重研究本文的必要结构，以及使本文内容获得理解、记忆和修正的认识过程。"

这三大类型涉及了精神分析学、生物心理学、认知心理、实验心理学、格式塔心理学等不同的方式和内容。

(4)特点

①重视作家心理与作品的关系的分析研究，认为文艺作品是作家心理欲望的表现。

②重视潜意识研究分析，强调精神分析批评就是研究作者、作品中人物的潜意识。

③重视性欲本能的研究分析，认为人的精神活动、文艺创作是性欲受压抑后的升华表现。

2. 语言学批评

(1)含义

语言学批评是指重点关注作品的语言问题，并试图从语言或形式的层面入手来对文学作品展开分析的批评模式。

(2)发展历史

从20世纪20年代的俄国形式主义经由30年代的布拉格学派，40、50年代的英美新批评派以至60年代的法国结构主义这一系列的学派，它们都以"文本"的分析作为理论批评的基础，在发展过程中也都直接间接地接受了现代语言学尤其是索绪尔(1916年出版《普通语言学教程》)创立的结构主义语言观念和方法的启发。

(3)特点

①强调形式在文学活动中具有决定性的作用：形式决定一切，形式决定内容，形式即内容。

②强调语言在文学中处于核心地位：文学是语言的艺术，文学研究的重点是分析实用语言与文学语言的差异，突出文学语言的特性。

③强调文学的历史不是作家的创作史和作品的阐释史，而是文学形式的破坏性进化史，新的形式代替旧的形式的更迭史。

(4)贡献与不足

①贡献

20世纪文学理论经过俄国形式主义文论的"材料诗学"、英美新批评的语义学分析、文体学批评、结构主义叙事学等批评流派的努力，已经发展出一整套行之有效的文本分析体系。在诗论方面，有语境、隐喻、反讽、悖论、张力、含混、疏远、陌生化、文学性等；在叙事分析方面，有叙事模式、叙事语法、叙事时间、叙事语态、叙事视点、叙事者、叙事接受者等。这些技术性很强的分析手段和阐释工具，对发现作品的艺术特征，为文学研究提供大量确凿无疑的艺术事实发挥了重要作用。

②不足

把文学文本当成了一个封闭的自足体，既切断了与社会历史的关联，又回避了文学审美价值的分析，这样也就抽掉了文学中的人文内涵；同时，它们也往往混淆语言学与文学的界限，将文学批评变成了枯燥、烦琐、抽象的语法分析、结构分析与技巧分析。

3. 文化批评

(1)含义

文化批评可以有广义和狭义两种不同的理解。广义的文化批评可以囊括所有从文化角度进入文艺问题研讨的批评，狭义的文化批评则是在20世纪出现了形式主义、新批评等各种文本批评，使得文艺批评呈现“向内转”的趋向之后，文艺研究又一次强调把对作品的研究和作品之外的社会文化联系起来看待的“向外转”的趋势的表现，其代表性的流派有德国的法兰克福学派、英国的文化研究等。

(2)发展历史

①西方：现代意义上的文化批评始于20世纪50、60年代英国的文化研究。

②中国：文化批评兴起于20世纪90年代，当时经济的转型导致了文化的转型，文化的转型影响着文学的转型，文学批评的视野不再局限于文学正统的狭小圈子，而是着力于关注大众文化。

(3)特点

①注重探讨文学文本和社会之间的广泛联系。

②注重融合语言学、美学、心理学等多种学科研究的成果。因为其跨学科的性质，有人认为文化批评是一种泛学科的批评。

③注重对当代文化现象的研究，诸如大众传媒、大众文化、边缘文化、亚文化、艺术的生产和市场的机制等，拓展了传统文学研究的视野。

④继承了早先形式主义批评的那种对于文本的“细读”方法，注重深度分析具体文本的具体内涵。

三、文学批评的实践

文学批评既是一种基础理论，又具有突出的应用性和实践性。文学批评并不仅是继承和运用前人的理论、方法来分析、评价作家的作品，还要在批评实践中去验证已有理论、方法的有效程度，并在批评实践中去发现和总结当代新的理论和方法。

(一)学院批评

1. 含义

学院批评是专业人员(高校中的教师、学术研究机构中的研究人员)为主体的批评形式。

2. 特点

学理性、严谨性、规范性。

3. 不足

存在机制僵化、圈层固化、传播小众化的缺陷。

(二)读者批评

1. 含义

读者批评是指以文学作品的普通接受者为批评主体的批评形式。

2. 特点

参与广泛、形式灵活、表达自由、体验真实；但存在情绪化、粗鄙化等缺陷。

(三)媒体批评

1. 含义

媒体批评是以报纸、网站等大众传播媒介为载体的批评形式。

2. 特点

新闻性、尖锐性、大众性。

3. 作用

促进了文学批评的民主化;相对学院批评更为自由、激进;更符合大众口味。

『名家名论』

诗三百,一言以蔽之,曰:思无邪。

——孔子

故说诗者不以文害辞,不以辞害志,以意逆志,是为得之。

颂其诗,读其书,不知其人可乎?是以论其世也。

——《孟子·万章》

作品须对我们有益;须只模仿好人的言语,并且遵守我们原来替保卫者们设计教育时所定的规范。

——柏拉图

如果一部文学作品内容丰富,并且人们知道如何去解释它,那么我们在这部作品里所找到的,会是一种人的心理,时常也就是一个时代的心理,有时更是一个种族的心理。从这方面看来,一首伟大的诗,一部优美的小说,一个高尚人物的忏悔录,要比许多历史家和他们的历史著作对我们更有教益。因而一个作家应该去表达整个民族和整个时代的生存方式。

——丹纳:《〈英国文学史〉序言》

它们都主张对真实内容进行分析。这种真实内容往往隐藏在本文的后面,因而心理学家并非只从表面上去看本文,而是要看透它。从心理学角度看,文学只是一组符号,如果阅读正确的话,它可以显示出第二组符号;而第二组符号可以依次展示出控制文学'制造'的心理活动。

——约翰·马勒:《心理学和文学》

文化生产者拥有一种特殊的权力,拥有表现事物并使人相信这些表现的相应的象征性权力,这种象征性权力,还表现在文化生产者用一种清晰的、对象化的方式,提示了自然界和社会世界或多或少有些混乱的、模糊的没有系统阐释的,甚至无法系统阐释的体验,并通过这一表述赋予那些体验以存在的理由。

——《文化资本与社会冶金术——布尔迪厄访谈录》

16.2 课后习题详解

1. 怎样理解文学批评的意识形态性质?

答: 文学批评是以文学作品为核心向外辐射,理性地兼及一切文学现象、审美活动的判断、分析及评价。文学批评的效能和文学批评对象的性质共同决定了文学批评具有作为意识形态评价的一般社会属性。

(1)从批评对象来说

从批评对象来说,作为主要对象的文学作品,不管是诗歌、散文,还是小说、剧本,都是精神生产的产物,都是意识形态话语的一种,都是意识形态创造的产物。因此,就批评对象而言，文学批评分析与评价的是意识形态范畴的客体形式。尽管文学作品的意识形态价值并不是唯一的价值，还有其他如美学的、历史的、文化的价值等，但这些价值都与意识形态价值有密切的关系或者自己本身也就是一种意识形态。

（2）从文学批评的效能来说

文学批评也表现为一种意识形态评价。这是因为：

①文学批评具有作为意识形态评价的效能，这一效能通过对文学运动、思潮的评价，对文学批评本身的自省，对其他文学现象的衡量表现出来。

②文学批评运用与特定社会意识形态深度联系的批评话语判断文学作品的意识形态价值，从而决定其批评态度。

③文学批评通过对意识形态进行重构，培养相应的创作思想和批评思想，可以有效地对抗并摧毁敌对意识形态，确立某种新的意识形态权威并造就文学新人。

2. 为什么说美学的观点和历史的观点是马克思主义批评的总原则和方法论？

答：之所以说美学的观点和历史的观点是马克思主义批评的总原则和方法论，原因在于：

（1）美学的和历史的观点作为批评的最高标准，即一种方法论和原则

美学的观点和历史的观点曾被恩格斯称为文学批评的最高标准。美学原则和历史原则是以文学的审美意识形态的双重本质为基础的，它既体现了文学作为意识形态的一般规律，又体现了文学作为审美意识形态的特殊规律。对于社会主义文学批评来说，美学原则和历史原则必须要被坚持和发展。

（2）美学的观点和历史的观点有其基本内涵并相互联系

文学批评遵循美学的原则就要强调从艺术形象的分析入手，既反对从现成观念出发做机械的图解，也反对脱离作品实际做主观的臆断。文学批评遵循历史的原则就要在评价文学作品时注意以下两个方面：

①一方面，作为批评对象的文学作品，在本质上毕竟也是一种社会意识形态，是一种社会历史现象。因此，文学批评要考察作品的历史根源，揭示对象的历史个性。

②另一方面，作为批评主体的批评家，要把作品放在一定的历史范围内，联系作品产生时的经济、政治、文化和社会物质和心理环境来考察。

（3）美学的观点和历史的观点是综合地起作用

马克思主义创始人所确立的“美学观点和历史观点”虽然各有侧重，但两者是紧密联系而不可分割的。它们是辩证统一紧密融合在一起的。将它们作为批评标准，是以整个文学作品为统一对象，以文学的审美性和社会意识形态性的统一性作为依据的，故我们不能简单地认为美学观点就是艺术标准，历史观点就是思想标准，甚至将它们对立起来。如果将它们割裂开来，就会重犯历史的错误，导致庸俗化的、简单化的批评。

3. 怎样理解思想标准和艺术标准的具体内涵及两者关系？

答：（1）内涵

文学批评的标准就是评价文学作品价值的依据，它是一定时代的人们用以衡量文学作品思想上、艺术上价值高低的尺度。马克思主义文学批评的标准，包括了思想标准和艺术标准。

①思想标准

思想标准是指批评家据以评价文学现象的思想或意义内涵的价值尺度，体现为对于文学

作品蕴涵的真实、倾向和情感等做思想性的评判。具体来说就是：

a. 就作品所反映的现实生活来考察其是否具有高度的真实性。

b. 就作品所蕴含的作家情感来考察其是否具有进步的倾向性。

c. 就作品所产生的社会影响来考察其是否具有健康的情感性。

②艺术标准

艺术标准是指批评家据以衡量文学作品的艺术性的价值尺度。体现为对于文学作品文体构成、形象创造、意蕴表现等做艺术性的评判。具体来说就是：

a. 就作品的语言技巧、结构安排、表现手法来判断其文体构成的完美程度。

b. 就作品的典型塑造、意境营造、意象酝造来判断其形象创造的鲜明程度。

c. 就作品的情感内涵、哲理内涵、思想内涵来判断其意蕴表现的深厚程度。

(2)两者关系

①成功的文学作品总是思想性和艺术性的统一。在批评实践中，由于不存在没有思想性的文学作品，更不存在没有艺术性的文学作品，因而两者总是相互联系并且互为条件的。

②在具体的千姿百态的文学作品中，思想性与艺术性之间有时却不一定完全协调，或者思想性强而艺术性比较淡薄，或者艺术性独特而思想性不足。

③由于时代的变迁，历史的发展，对一部作品的批评往往会在历时性的接受中不完全相同甚至完全不相同，因此，思想标准和艺术标准相互之间孰轻孰重也会不一样。

从总体上说，思想标准和艺术标准是密切联系，不可分割的，两个标准是辩证统一的关系。不顾艺术性的思想性评价是空泛的；同样，不顾思想性的艺术性评价是肤浅的。

4. 文学批评与文化批评(或者文学研究与文化研究)究竟有何不同?

答：(1)两者在定义上的不同：

①文学批评是整个文学活动的一个重要组成部分，它可以是对作家、作品的评价，也可以是对文学运动、文学思潮以及各种文学流派的研究，还可以是对文学现象中带有规律性问题的探讨。要从事文学批评，就必须学习文学批评的理论，理解文学批评的性质、任务和作用，掌握文学批评的基本标准和主要方法。

②文化批评是从文化角度进入文艺问题研讨的批评，它广泛采纳和吸收了社会学、人类学和政治学的研究方法和视角，表现出一种打破文学研究樊篱、倡导跨学科甚至破学科研究的倾向。

(2)两者在特征上的不同：

①文学批评的特征

a. 文学批评与文学创造密不可分，文学作品是文学批评的核心。文学批评以文学创造的现状和未来走向，以及作品的社会影响与价值为基本着眼点。

b. 文学批评与文学接受有深刻的内在联系，文学接受是文学批评的基础，文学批评是接受活动的一部分。

c. 文学批评的各种对象中也包括文学批评本身，因此，文学批评不仅是对文学创造的超越，还是对文学接受的超越。

②文化批评的特征

a. 文学被视为更大的文化实践的一部分，突破了文学研究基于文本形式一内容、能指一所指、语言形式一主题意义等范畴之上的、简单呆板的二分阐释模式，由一元的社会学思维转向多元的文化视角，拓宽文学研究新视野，挖掘文学研究新深度，恢复文学研究新活力，催生文学研究新亮点。

b. 文学的大众文化、民间文化、亚文化等边缘文化类型成为批评关注的主要对象，突破了以往局限于经典文本的精英意识，强调经典与非经典文本的交互并重，恢复非经典在文学史、人类学史上的本有位置，构筑文学史多维本色，重建人类精神历程的完整记忆。

c. 对文本的具有跨学科特色的文化分析成为主要的批评方式。“文化研究”打破了单一的学科界限，将关注的目光投入日常生活，投入当下的社会实践，它解构了“纯文学”概念，终止了在文本间的自娱自乐，文学研究获得重新快速发展的新鲜血液，用灵活的手段、开阔的视野去解读文本及文艺现象，去发掘文本或文艺现象的内在因素和超越意义。

总之，文化批评是以文化为切入口，对“消费主义时代”文学所暴露的精神问题进行了深入的剖析，从而号准了时代的脉搏，批评更见深度。实践证明，文化批评的加盟，为文学批评提供了新的思考模式，丰富了批评的内容，强化了批评的文化底蕴，文学批评也得以超越形式和技巧的关注而显得更为丰富和厚重。

5. 简析学院批评、媒体批评和读者批评的利弊得失。

答：(1)学院批评

①长处和优势

学院批评注重学理的呈现，一般以文学理论为基础，讲究言之有据，具有独创性，行文规范，论述严谨，说理透彻。

②不足和缺陷

文学批评进入学术体制之中，丧失了批评的激情、活力和生机；受批评家专业地位与话语权影响，削弱了批评者提出重大问题、表达激进观念的学术生命力；学院批评圈子固化，文学批评远离平民大众。

(2)媒体批评

①长处和优势

媒体批评因其参与的广泛性，有力地冲击了学院批评一言堂的格局，促进了批评民主；相对学院批评更为自由、激进，能够补充学院批评不便言说的事实真相；也为学院批评家提供了重回大众视野的机会平台。

②不足和缺陷

媒体批评的动机可能是出于媒体自身利益而非文学的基本价值，以新闻逻辑或大众文化生产逻辑为准则，对批评规范和学理内涵不够重视。

(3)读者批评

①长处和优势

读者批评通过互联网和自媒体(如论坛、贴吧、博客、微博、微信、头条号等)发表自己对某些文学作品的看法，表达非常自由，形式灵活多样，且反应快速，也更便于呈现最真实的阅读体验。批评的规模、数量、频次以及互动性等都有增长。

②不足和缺陷

读者批评具有匿名性的特点，常常陷入情绪化、粗鄙化的误区，因而也就影响到批评质量，甚至有时候会转化为话语暴力。

16.3 考研真题详解

一、名词解释

1. 文学批评[中国传媒大学2011年研；厦门大学2011年研]

答：文学批评有广义和狭义之分。广义的文学批评涵括了今天所说的文学理论和文学批评，是指对文学作品以及文艺问题的理性思考。狭义的文学批评，是指对于具体文学作品文学现象的研究、分析、判断，它有别于文学理论，但涵括了对于当前的和历史的文学作品文学现象的分析、研究。

2. 文学社会学[中国传媒大学2011年研]

答：文学社会学是指从社会学的视角来研究文学活动。文学从创作到消费是一个组织起来的社会文化过程，这一过程受到一定的社会关系的制约，而浸润着社会思潮，反映着社会风貌，直接或间接地回答社会问题。因此，文学社会学是文学理论一种重要的形态，而且在所有的形态中具有特别重要的地位。

3. 文学心理学[中国传媒大学2010年研]

答：文学心理学是应用心理学理论和方法研究文学（文学作品、文学理论）与心理学之间的关系的学科，是文学批评学的一个分支学科。文学心理学主要有四方面内容：①个性心理学，把作家当作一种类型和个体来研究；②创作心理学，考察创作过程中的心理活动和心理规律；③作品心理学，对文学作品中所表现的心理学类型和法则的研究；④读者心理学，即对审美接受的心理特点和心理规律的研究。个体创作史以创作个性、创作风格、创作心理和创作历程为研究重点，因此离不开心理学方法。实质上，文学心理学就是从个体创作史的研究中逐渐形成和发展起来的。

4. 心理学批评[中国传媒大学2015年研]

答：心理学批评是指应用心理学理论和方法研究文学的批评范式，是文学批评学的一个分支学科。心理学批评兴起于19至20世纪之交，跟现代心理学的兴起与西方“世纪末”思潮有密切联系。它侧重从心理学的角度来认识文学现象。心理学批评包含着实验心理学批评、精神分析学批评、神话原型批评等多种派别，目前在西方仍有相当势力。心理批评开拓了一种心理学文艺学的方法，为心理学文学研究和文学批评开辟了一个新领域——无意识，并且为深层心理学研究提供了某些值得借鉴的方法和手段。但是这种批评方法也存在明显的局限性。一是心理学批评简单化、甚至庸俗化地在一切作品中寻找性的痕迹；二是心理学批评混淆了艺术与梦的界限，梦可能是不由自主地供认，艺术却应该是冷静沉着的表达；三是心理学批评过分注重作家的心理研究，冲淡了作品的社会内容和艺术价值。

5. 反讽[复旦大学2024年研；东北师范大学2018年研；中国人民大学2019年研]

相关试题：英美新批评中的反讽[浙江大学2024年研]

答：反讽，又称反语，是将所要表述的真实意思以完全相反的方式传达出来的一种语言技巧。它是一种依靠语境的压力而实现的正话反说。当反讽在文学作品中出现时，读者根据特定的语境，可以透过字面的意思领会到相反的实际含义。反讽的直接效果，是增进了语言表达的深度，加强了语言表达的多义性。反讽具有一定的嘲讽意味，但又不同于那种轻松幽默式的讽刺，体现的是一种严肃深邃的思考，常常含有较浓重的不满与愤懑。反讽的对象可以是他人，也可以是自身。美国“新批评”理论家布鲁克斯在其经典著作《精致的瓮》中对反讽做过详备的解释，使之成为叙事学理论中的一个重要概念。

6. 新批评[首都师范大学2024年研；中山大学2021年研]

答：新批评是英美现代文学批评中最有影响的流派之一，于20世纪20年代在英国发端，30年代在美国形成，并于40、50年代在美国蔚成大势，50年代后期，新批评渐趋衰落。但新批评提倡和实践的立足文本的语义分析仍不失为文学批评的基本方法之一，对当今的文学批评尤其是诗歌批评产生着深远的影响。代表人物有艾略特、瑞恰兹、兰色姆、韦勒克等人。他们认为文学作品是一个独立自足的实体，否认作品与其一切外在因素，如作家的创作意图、作品产生的社会历史背景、作品的社会效果、读者的接受反应等的联系，把批评完全限制在作品本身即文本的范围之内，而且，在他们看来，文学本体重在形式，作品是“一个为某种特别的审美目的服务的完整的符号体系或者符号结构”。因而，形式也即“完成了的内容”才是批评的真正对象。为此，他们倡导“细读”的方法，即审慎、细密地阅读每一个字，研究词语的搭配、句型、语气、上下文等，体会、剖析作品的言外之意、隐喻、象征、意象结构等。新批评精细的艺术分析在现代派诗歌的分析方面的成果是显著的，而且它对传统的重思想内容轻艺术形式的批评方法有借鉴意义，但它片面强调形式，又趋向了极端，同时细读的方法也使其分析有时过于琐屑乃至穿凿。

二、简答题

1. 简述文学批评与文学欣赏的区别与联系。[中国传媒大学2012年研]

答：文学批评与文学欣赏的关系具体表现为：

(1)文学批评与文学欣赏的联系

①文学批评离不开文学欣赏，文学批评必须以对作品、对形象的具体欣赏和感受为出发点，从观念出发而不从具体的作品和形象出发的批评不是正常的或正当的批评。

②高度的艺术感受能力和审美判断力是批评家从事批评活动的基本条件。深刻的、独具创见的批评，很大的程度上取决于批评家欣赏和把握作品的深度和获得与众不同的独特感受的程度。

(2)文学批评与文学欣赏的区别

①目的不同

文学欣赏是为了在作品中获得审美感受；文学批评则是在此基础上还要分析自己的感受，即它的目的是客观的分析和评价作品中的各方面的价值，如社会价值、艺术价值等等。

②程度不同

文学批评对作品的把握，对形象的感受和理解比在欣赏活动中要更为深刻和深化，它是对欣赏活动的超越。因此，它能够帮助和引导欣赏者提高鉴赏能力。

③特点不同

文学欣赏中允许个人偏爱的存在；而文学批评则不允许主观偏爱的介入，它要求尽可能客观地分析和评价文学现象。这不是说文学批评中不存在主观性，而是说批评中的主观性不像在欣赏中那样表现为个人偏爱，而主要是表现为批评的深浅程度和正确与错误。

④范围不同

文学欣赏的对象只是文学作品；文学批评的对象主要是作家和作品，此外还包括文艺运动、文学思潮、文学流派以及文学批评本身等等所有的文学现象。

⑤思维方式不同

文学欣赏是形象思维或艺术思维；文学批评是抽象思维、逻辑思维或科学思维。

2．结合英美“新批评”，谈谈你对文本批评的理解。［北京师范大学2013年研］

答：（1）文本批评

20世纪西方文学批评的一个引人注目的转变是批评的焦点从外部转向内部，从作家转向文本。文本批评正是在这一背景下产生的。“文本批评”是一种立足文本，分析和阐释文学文本各要素的批评方法，文本成为这一批评的出发点和归宿。文本批评中的“文本”指一个自主的意义客体和语言结构系统。

（2）对文本批评的理解

文本批评是对西方20世纪形式主义批评的整合，包括20世纪初出现的对整个西方文论产生深刻影响的俄国形式主义、20世纪40、50年代活跃于英美并波及其他国家的新批评、20世纪50年代末在法国兴起的结构主义批评以及60年代中期在法国萌芽并于70、80年代在美国文坛发展的解构主义批评。

①俄国形式主义

1915年至1930年在俄国盛行的一股文学批评思潮，其组织形式有以雅各布森为首的“莫斯科语言学会”和以什克洛夫斯基为首的“彼得堡诗歌语言研究会”。俄国形式主义是以对19世纪后期在俄国文艺理论界占统治地位的学院派挑战和反驳的姿态登上历史舞台的，它致力于建立一种新的、能把文学研究变成科学的批评理论，一开始就表现出与传统研究方法的决裂。他们在研究中抛弃有关作者、读者和文学作品的心理内涵这些难以量化的非实证的因素，在研究对象、研究方法乃至具体的概念、术语的界定上都追求一种严谨的科学态度，在诗歌、叙事文和文学史研究上提出了许多新的见解。俄国形式主义可被视为20世纪文学批评的开端和源头。

②新批评

20世纪20年代在英国发端，30年代在美国形成，40、50年代成为英美现代文学批评中最有影响的批评流派之一，50年代后期渐趋衰落，但新批评提倡和实践的立足文本的语义分析成为文本批评的重要组成部分。这一流派的缘起可追溯到艾略特和瑞恰兹。从艾略特的“非个性论”、瑞恰兹的科学语言与文学语言划分，到兰塞姆提出的“本体论”的批评主张，新批评形成了以文本为中心的批评理念，再经过威姆萨特、韦勒克等人的努力，从而成功地完成了由外在研究向内在研究的转变。

③结构主义批评

20世纪60年代在法国风行一时，并传播到其他许多国家的哲学和人文科学思潮。结构主义发端于瑞士语言学家索绪尔的现代语言学理论，在列维·斯特劳斯的人类学和神话学研究中具备雏形。代表人物有列维·斯特劳斯、巴尔特、托多洛夫、格雷马斯、布雷蒙、热奈特等。他们的研究角度各异，运用的概念也有区别，但都表现出对科学方法的信赖和对叙事作品内在规律的注重。结构主义叙事学是结构主义文学批评中最具代表性和最富有成果的部分。

④解构批评

20世纪60年代由法国学者德里达开创，70、80年代在美国蔚成大势的文学批评方法。1966年，德里达做了题为《人文科学话语中的结构、符号和嬉戏》的著名讲演，对西方哲学传统尤其柏拉图以来的形而上学思想提出了大胆的怀疑，1967年，他相继出版了《语音与现象》《论文字学》和《文字与差异》，标志着解构主义的兴起，书中对整体性概念和稳定性概念的解构，在西方引起强烈的震动和反响。耶鲁大学的保罗·德曼、希利斯·米勒、哈罗德·

布鲁姆和杰弗里·哈特曼等四人接受并传播德里达的解构理论，并创造性地发展和运用于批评实践方面，形成蜚声一时的“耶鲁学派”，在美国掀起一股解构主义的热浪。

3. 文学批评的意识形态性质。［中央财经大学 2017 年研］

答：参见本章课后习题详解 1。

三、论述题

1. 请选择一个你熟悉的 20 世纪西方文学批评流派进行简介，说明其产生时间、主要代表人物并对其著作进行介绍。［复旦大学 2010 年研］

答：以英美新批评流派为例。

英美新批评是 20 世纪西方文学批评流派中一个影响深远的批评流派。

（1）产生时间及发展阶段

“新批评”一词，源于美国文艺批评家兰色姆 1941 年出版的《新批评》一书，但这一流派的起源则可追溯到艾略特和瑞恰兹。英美新批评是英美现代文学批评中最有影响的流派之一，它于 20 世纪 20 年代在英国发端，30 年代在美国形成，并于 40、50 年代在美国蔚成大势。50 年代后期，新批评渐趋衰落，但新批评提倡和实践的立足文本的语义分析仍不失为文学批评的基本方法之一，对当今的文学批评尤其是诗歌批评产生着深远的影响。

（2）代表人物

①艾略特可视为新批评的思想先驱。他在《传统与个人才能》一文中提出了一重要论点——非个性论，这一论点构成了新批评文论的基石。艾略特强调批评应该从作家转向作品，从诗人转向诗本身。为新批评提供方法论基础的是瑞恰兹，他通过引进语义学的方法使人们把注意力移向语言。

②新批评派主要有三代批评家：第一代的代表人物有英国的休姆和美国诗人庞德；第二代的代表人物是燕卜逊和兰色姆；第三代的代表人物是韦勒克和文萨特。他们共同完成了新批评的理论体系。

（3）英美新批评代表人物的著作

①兰色姆《新批评》

兰色姆《新批评》一书主要运用文学本体论与“结构－肌质”理论，分别对瑞恰慈、艾略特、温特斯等人的文学批评进行了批评，并在批评中更细致地丰富了他的理论。

a. 文学本体论

第一，兰色姆将“本体”这一哲学术语首次用于文学研究。新批评则认为，文学作品是一个完整的多层次的艺术客体，是一个独立自足的世界，文学作品本身就是文学活动的本源。以作品为本体，从文学作品本身出发研究文学的特征遂成为新批评的理论核心。

第二，持有同样观点的文萨特和比尔兹利则从另外的角度来阐述他们的主张，为此他们提出了两个著名的概念：其一是意图谬误；其二是感受谬误。文萨特和比尔兹利视对作者意图的探究为谬误，其锋芒所向直指实证主义或浪漫主义文学批评。同时他们认为以读者情感波动弧度的大小评判作品的优劣，是一种感受谬误。在作家——作品——读者共同建构的艺术有机过程中，新批评毫不犹豫地斩断了两端千丝万缕的联系，从这个意义上讲，新批评是一种地道的作品本体论。

b. 结构－肌质论

兰色姆认为，结构与肌质是相互对应又联系紧密的概念，所谓结构是一首诗的逻辑线索和概要，它是一首诗可以用散文转述的部分，它给予一系列感性资料以秩序和方向。诗始终把握着具体事物的形象，这些具体事物和形象就是诗歌的肌质。诗的结构－肌质是一个不容分割的有机整体，正像一个活人的肉体和精神不可分离一样，文学艺术作品的形式和内容是不可分离的。

②瑞恰兹《文学批评原理》

a. 瑞恰兹是新批评派的另一位创始人。他为新批评派奠定了诗歌语言研究的方法论基础。其代表作是《文学批评原理》，在这一书中，瑞恰兹提出了语境理论。语境理论是新批评语义分析的核心问题，也是理解新批评方法的前提。这一理论由瑞恰兹提出，后来得到新批评派的赞同和运用。语境是指某个词、句或段与它们的上下文的关系，正是这种上下文确定了该词、句或段的意义。

b. 在此基础上，瑞恰兹进一步扩展了语境的范围。一是当时写作时的话语语境，二是指文本中的词语所体现的"表示一组同时再现的事件的名称"，这里词语蕴含了历史的积淀，一个词可能暗含着一个惊心动魄的事件，或某种强烈的情感。由此可见，新批评的语境理论具有十分开阔的视野，体现了新批评对文学语言的新认识。语境构成了一个意义交互的语义场，词语在其中纵横捭阖，产生了丰富的言外之意。

③燕卜逊《朦胧的七种类型》

a. 《朦胧的七种类型》是燕卜逊的文学理论代表作，在这一书中他将意义含混引入新批评，奠定了他在新批评流派中的崇高地位，其影响也波及中国现代诗歌的创作。

b. 意义含混是指文学语言的多义形成的复合意义。意义含混是指一个语言单位(字、词)包含两种或两种以上的意义。一句话可以有多种理解的现象，是指某种修辞手段所产生的多种效果。意义含混以往被视为文学创作的一大弊病，而新批评则把它视为诗歌语言的基本特征，使之大致接近"丰富""巧智"的意思。意义含混这一术语的提出和运用将使人们从语言学的角度更好地对诗歌的复杂性和幽微曲折性加以解释，从而丰富诗歌的意蕴。

④布鲁克斯《精致的瓮》

《精致的瓮》是布鲁克斯最为知名的文学理论著作，也是美国"新批评"理论的经典之作。布鲁克斯对新批评的贡献主要是提出了反讽、隐喻的理论观点。

a. 反讽

布鲁克斯对反讽做了最详备的解释。他把反讽定义为"语境对一个陈述语的明显的歪曲"。语境能使一句话的含混意颠倒，即为反讽。当反讽在文学作品中出现时，读者根据特定的语境，可以透过字面的意思领会到相反的实际含义。反讽的直接效果，是增进了语言表达的深度，加强了语言表达的多义性。反讽具有一定的嘲讽意味，但又不同于那种轻松幽默式的讽刺，体现的是一种严肃深邃的思考，常常含有较浓重的不满与愤懑。反讽的对象可以是他人，也可以是自身。反讽可以表现在语言技巧上，如故意把话说轻，但听者却知其分量。反讽也可以表现在整个作品结构之中。

b. 隐喻

隐喻是比喻中的一种，也是新批评诗歌分析中的又一重要概念。它已不只是修辞学上的术语，而成为诗歌的一种基本要素。布鲁克斯曾说："我们可以用这样一句话来总结现代诗歌的技巧：重新发现隐喻并且充分运用隐喻。"瑞恰兹把比喻分为两个部分，喻体与喻旨，前者是一种具体的形象，后者则是从形象中引申的抽象意义。一般来讲比喻中的明喻是喻体对喻旨的直接说明，而隐喻则要求喻体与喻旨"远距离""异质"。

⑤艾伦·退特《论诗的张力》

艾伦·退特《论诗的张力》对英美新批评美学最重要的贡献是张力论研究。张力论是新批评派最重要，也是最难捉摸的论点之一。

a. 张力原为物理名词，由退特引入文学批评中，成为新批评的重要概念，主要是指诗歌当中由词的字典意义（字面意思）与延伸意义（隐喻意义）所产生的相互牵制、相互依托的关系，诗歌的张力便来自词的全部外延与内涵所表现的各种意义的统一。

b. 诗歌应该是其字典意义与延伸意义的平衡，字面意思与隐喻意义这两种因素要同时存在并处于张力的状态。若过分偏重字面意义，诗便少了诗味；过分偏重隐喻意义，又常造成晦涩难懂。只有在两者的相互约束、相互限制中，使隐喻意义在尽可能理解的范围内发挥作用，使字面意思在尽可能暗示的范围内保持其意义的一致性，才能使诗内涵丰富而又耐人寻味。

2. 什么是文学批评？什么是文学理论？两者的关系是什么？请具体阐述。［复旦大学2010年研］

答：（1）文学批评的概念

文学批评是在文学鉴赏的基础上，以美学的和历史的观点对各种文学现象进行研究、分析和评价的活动。一方面，它作为一门学科，与文学理论、文学史共同构成了文艺学；另一方面，它作为一种活动，与文学创作共同构成了文学活动。

（2）文学理论的概念

文学理论是以人类历史和现实中的所有文学现象为对象，归纳总结文学的性质、特征和功能，阐释文学创作、文学接受、文学发展的规律，进而发现和论证文学的基本原理、概念范畴和研究方法的学科。文学理论虽然与文学史和文学批评一样，都把文学现象作为自身的研究对象，但文学理论并不专注于具体的作家作品和其他文学现象的分析，而是以哲学方法论的眼光，从宏观视野上来阐明文学的基本原理和概念范畴，也就是说，文学理论是把具体的文学现象当作某种理论观点、概念范畴、研究方法的例证来对待的。文学理论包括文学哲学、文学心理学、文学符号学、文学社会学、文学价值学等各种理论形态，与文学史和文学批评有着较为明显的界限。

（3）文学批评与文学理论的关系

①文学批评与文学理论的联系

同属文艺学范畴的文学批评与文学理论是互相联系、互相渗透、互相作用的，并不是截然分开的。

a. 文学理论要以文学批评实践所取得的成果为基础。许多文学理论就是在批评的实践活动中提出和完善的。例如，中国古代文论中的“文气说”，就是曹丕在评论“建安七子”的基础上提出来的；中国古代诗论中的“滋味说”，就是钟嵘在评论五言诗的基础上提出的；马克思和恩格斯在分析哈克奈斯、敏·考茨基、拉萨尔等人的作品时，对“真实性”“倾向性”“现实主义”等问题进行了深入的研究和分析，做出了有价值的理论概括。

b. 文学理论所阐明的基本原理、概念、范畴和方法是文学批评的指导，离开这种指导，文学批评就失去了灵魂，成为一堆材料和感想的随意堆砌。

总的来说，文学批评和文学理论是相互促进的，两者是“你中有我，我中有你”的关系。

②文学批评与文学理论的区别

a. 研究对象不一样

文学批评是以文学作品为核心向外辐射，理性地兼及一切文学现象、活动的判断、分析及评价。文学理论研究文学的普遍规律，具体而言，它以文学的基本原理、概念、范畴以及相关的科学方法作为研究内容。

b. 研究任务不一样

文学批评是在文学接受的基础上，以一定的理论和方法，对以文学作品为中心的各种文学现象进行研究和评价的文学活动。批评家必须要有审美体验、理性分析，最后做出价值判断。文学理论的任务一般规定为五个方面，即文学活动论、文学活动本质论、文学创作论、文学作品构成论和文学接受论。

c. 功能不一样

文学批评从文学实践出发，又反作用于文学实践。文学批评通过对文学作品进行分析和评论，既能影响作家对文学的理解以及文学作品创作的发展，又能影响读者对文学的鉴赏以及文学社会功能的发挥。优秀的文学批评不仅会对同时代个别作家作品起到支持、鼓励和指导作用，还会对同时代作家群体的创作思想和艺术倾向产生很大影响，甚至能改变一代文学风尚，提高读者的接受能力和艺术趣味，从而促进社会和时代的审美理想的形成。文学理论以哲学方法论为总的指导，从理论的高度和宏观视野上阐明文学的性质、特点和规律，建立起文学的基本原理、概念、范畴以及相关的方法。

总之，文学理论是对整个文学现象进行分析的原则与方法的科学，而文学批评是以一定的文艺思潮为指导，对一定性质的文艺实践起推动作用或阻碍作用的文学研究。两者是文艺学的两个分支，都要求把历史的、现实的文学理论与文学史和逻辑的研究结合起来，从古往今来的文学现象中，找出文学的本质和规律，揭示文学的不同形态的特点。